El nadador

Gonzalo Contreras

El nadador

ALFAGUARA

Para Carolina Rojas
de Hernán Rojas P.
Dic 95

ALFAGUARA

© 1995, **Gonzalo Contreras**
© De esta edición:
1995, **Aguilar Chilena de Ediciones, Ltda.**
Pedro de Valdivia 942, Providencia,
Santiago de Chile

- **Santillana, S.A. (Alfaguara)**
  Juan Bravo, 38. 28006 Madrid, España
- **Aguilar, Altea, Taurus, Alfaguara, S.A.**
  Beazley 3860, 1437 Buenos Aires, Argentina
- **Aguilar Mexicana de Ediciones, S.A. de C.V.**
  Avda. Universidad 767, Col. del Valle,
  México D.F. CP 03100
- **Editorial Santillana, S.A.**
  Carrera 13 Nº 63 - 39, Piso 12,
  Santa Fe de Bogotá, Colombia
- **Editorial Santillana, S.A. (ROU)**
  Boulevard España 2418, Bajo,
  Montevideo, Uruguay

IMPRESO POR EDITORIAL ANTARTICA S.A.

Inscripción Nº 93.187
ISBN: 956 - 15 - 0326 - 4

Diseño:
Proyecto de Enric Satué
Foto de cubierta:
Image Bank

Impreso en Chile/Printed in Chile
Primera edición: agosto 1995
Segunda edición: septiembre 1995
Tercera edición: noviembre 1995

A Magdalena,
mi hija

«Y ello no podía deberse, por nada del mundo, a una cuestión de sexo, pues los hombres, entre los dolientes sin esperanza, sufren en general más abierta y groseramente que las mujeres y resisten el mal con una estrategia más rudimentaria e inferior.»

Henry James,
prólogo a *Las alas de la paloma.*

Primera parte

Cuando llegó de la piscina, al parecer muy tarde, Alejandra no estaba por ninguna parte y dos platos intactos se hallaban sobre la mesa del comedor. Fue hasta el dormitorio y la encontró dormida, con la luz encendida y un libro en el regazo. Tomó un paquete de cigarrillos y la llave del mueble donde se encontraba el whisky. Pensó que se merecía un whisky, y podía estar seguro de que esa noche no iba a sobrepasarse. El asunto de la llave no era más que un pequeño fuero que le dejaba a Alejandra para que experimentara el control de al menos una parte de su existencia. Salió de la habitación, no sin antes reparar en el pequeño santuario de medicamentos que velaba el sueño irresistible pero inquieto de Alejandra, que respiraba acezante, como si su entrada al dormitorio coincidiera con el clímax de una pesadilla.

Luego de guardar su bolso y colgar su traje de baño, fue hasta la terraza con el whisky tintineando en su mano y se dejó caer en la tumbona.

Desde la reciente mudanza, Alejandra se había empecinado en comer juntos a eso de las diez en aquel comedor demasiado vasto, demasiado desnudo si se consideraban los amplios ventanales enfrentados a una noche infinita que insistía en agolparse ansiosamente contra los vidrios para reflejarlos a ambos sentados a la mesa. Por lo mismo, sin decírselo, se alegró de que Alejandra ya durmiera y se ahorrara la comida a solas. Cuando eso ocurría, ella solía ir después directo a la cama mientras él se arrojaba en su «alfombra voladora», como llamaba Alejandra, con cierto atolondrado entusiasmo, a esa tumbona que creía un regalo muy específico para su marido. Se había habituado a esa posición casi horizontal en la tumbona y al nocturno de las diezmadas luces de los edificios cercanos, que le producían la sensación de una ciudad parcialmente evacuada. Pero bastaba que se pusiera de pie, como hizo en ese momento, para experimentar la irónica constatación de que la ciudad no había sido abandonada. Por el contrario. Al frente —interpuesto un caudaloso río de automóviles que corría en dos direcciones opuestas, una corriente roja hacia la cordillera, otra amarilla hacia abajo— estaba el Megalonium, con sus guirnaldas de luces que seguían linealmente las geométricas cotas de su henchida arquitectura, y que a esa hora de la noche comenzaban a apagarse. Los letreros luminosos de las grandes tiendas se extinguían sincopadamente. Como el desaprensivo encargado de un faro, Max veía que los autos abandonaban ya a esa hora la playa de estacionamiento del centro comercial.

Acodado en la baranda, reparó en un movimiento extraño en su habitual panorama. Su mirada se detuvo en el extremo sur del *parking*, donde con el curso de los días una apresurada excavación nocturna, realizada bajo reflectores, había dado lugar a una piscina redonda y pintada de un azul vivo. Era frecuente que se escogiera esa zona desértica para levantar los más presuntuosos efectos publicitarios. Inmensos Santa Claus inflables, hadas luminosas y hasta un perro de dimensiones monstruosas al que se entraba por la cola y se salía por la boca. Fue hasta el closet de

la entrada por los anteojos de largavista. Enfo-
cándolos, constató que se trataba de un delfinario que
aparentemente debutaba esa noche. Los binoculares
atravesaron la oscuridad y se concentraron en un pequeño anfiteatro excesivamente iluminado: las galerí-
as atestadas de niños, banderas de fantasía ondeando
al viento, la encandilada agua en movimiento, unos
delfines ingrávidos rozando una pelota situada a una
altura imposible, una orca que besaba en la boca a su
atlético instructor en traje de goma, todo bajo una
música que llegaba apenas a sus oídos. Bajando los binoculares dejó la escena en suspenso, como si aquello
no estuviera ocurriendo de veras.

Desde un principio Max había considerado
una locura la compra del departamento, motivada sólo por el inexplicable terror nocturno de su mujer a
su propio jardín. Los últimos años en la antigua casa
ella había vivido inquieta por la idea de que una sombra, agazapada entre los arbustos, se abriría paso hasta ellos una vez que estuvieran dormidos. Ante el menor ruido, Max era empujado por los susurros apremiantes de su mujer a levantarse y salir en piyama a
ese jardín que era obra de ella, para vagar por él durante un rato prudente, apuntando aquí y allá con
una miserable linterna, hasta que volvía por fin a la
cama para encontrarla totalmente dormida. La sofis-
ticada alarma de rayos infrarrojos, que cruzaba el jardín con su luz invisible y dispuesta en estratégicas dia-
gonales, no logró disipar sus temores. Por el contrario, la sola presencia de la alarma siempre silenciosa
parecía confirmar sus aprensiones. Ante la idea de
acabar con esa inquietud adicional de su mujer, Max
aceptó la venta de la casa y la compra del departamento. No dejaba de parecerle extraño que Alejandra

se deshiciera así como así de las glicinias, camelias y hortensias que había cuidado con tanto esmero y que, siempre pensó, la sobrevivirían.

Hacía poco tiempo, incitado por la curiosidad, Max había pasado sin detener el auto frente a la casa ya en proceso de demolición, y no pudo ocultarse la amargura, y casi el pudor, de ver todavía en pie una de las paredes del baño con el papel mural celeste de flores de lis —elección de Alejandra—, las blancas siluetas del lavatorio, la tina y el bidet ya arrancados, todo exhibido como una prenda interior que se ha dejado olvidada a la vista de todos.

Desde la tumbona, de reojo, había visto pasar a Alejandra hacia la cocina y se sorprendió al encontrarla de pronto junto a él con un vaso de agua en la mano, observándolo con esa mirada azorada que en ella se había vuelto tan frecuente como involuntaria. Sin duda, un vago presentimiento la había hecho levantarse, como si desde su sobresaltado sueño sintiera que no podía dejarlo solo sin exponerse a que los pensamientos de su marido viajaran demasiado lejos.

—No sentí cuando llegaste. Te esperé pero me fui a la cama a leer y me quedé dormida —dijo ella todavía bajo el evidente efecto de los somníferos.

—Pero Alejandra, te dije que iba a nadar y que no me esperaras.

—¿Te vas a quedar un rato aquí?

—Sí, creo que sí —respondió él distraídamente.

—¿No quieres venir a la cama?

—No tengo sueño, no me esperes. Sigue durmiendo, linda —y le devolvió el beso en la mejilla.

—Buenas noches, amor —dijo ella marchándose, sin dar lugar a ninguna réplica. A Max no le vino ninguna a la cabeza, salvo la idea de que desde hacía un tiempo su mujer solía repetir la misma pregunta desde dos ángulos posibles, como si uno pudiera ser más convincente que el otro.

Más tarde, cuando todo se hubo silenciado y creyó estar definitivamente solo, lo invadió un agradable cansancio. Aún no salía de su sorpresa por haber podido trabajar tan concentradamente esa tarde, cosa que no había logrado en los últimos meses. Pasó más de cuatro horas revisando su *paper*, encerrado en el escritorio —en verdad, el dormitorio para niños—, y había conseguido dar forma a un par de ideas. Además de la terraza, el exiguo escritorio era el único lugar del departamento donde se sentía cómodo. Ahí, en las paredes, había colgado ya sus trofeos, sus medallas, las fotos de juventud: él de dieciséis años, arriba del podio cuando en Mar del Plata fue campeón sudamericano juvenil de cuatrocientos metros libres. Una hazaña totalmente olvidada y una marca que, como se fue enterando, había sido ya superada por casi medio minuto. La foto lo mostraba con la mirada extraviada por el éxtasis, delgado, sus costillas al aire, una flamante medalla al centro de su hundido pecho, el cuello exageradamente largo, su mentón firme, el pelo castaño que por efecto del blanco y negro y lo desteñido de la impresión parecía rubio y ceniciento, y su piel más tostada. Su preferida, un *close up* de su rostro surgiendo del agua con un grito de júbilo tras comprobar que había sido otra vez el primero en alcanzar el borde de la piscina. Otra fotografía, la más antigua, lo mostraba de niño, cinco años o menos, a horcajadas sobre las piernas cruzadas de una mujer delgada y distinguida; es un niño vivaz, su mirada resuelta puesta en el lente, como si esa dichosa coalición entre él y su madre pudiera desafiar al resto del mundo. Las otras eran de Alejandra, Cristina y él en distintos momentos de sus vidas. La colección de fotos estaba en la línea de sus ojos, y si levantaba la mirada algo más arriba de la pantalla de su computador —puesto contra una pared ciega— se encontraba con su título de licenciado en física y el otro, el posgrado de Bruselas, un diploma de una caligrafía y una ornamentación que desde hacía un tiempo venía considerando demasiado ostentosas para lo que había hecho con él hasta entonces.

Echando una mirada al reloj vio que eran ya pasadas las once y media de la noche. Se llevó otra vez a los labios el vaso de whisky con la misma complacencia, no sabía si por el trabajo realizado esa tarde, por las horas de natación o porque, como esperaba, el recuerdo de Bibi comenzaba a disiparse. Pero bastó esa optimista constatación para recaer una vez más en ella y en que no era el olvido lo que buscaba. No eran tanto el abandono y la pérdida lo que importaba ahora, sino esa estela de humillación que Bibi había dejado tras de sí y que él ya no podría remediar sin tenerla al alcance de sus manos. Si había que reivindicarse era ante Bibi y al menos para eso la necesitaba. Pero no era una cuestión que Max Borda se planteara. Él confiaba en que llegaría el día en que esas ideas que trepaban como arañas por los muros y el tejado de su conciencia lo dejarían en paz.

Observaba el estrellado cielo de diciembre. La luna creciente —apenas una hoz filosa— arrojaba una luz violeta sobre la eléctrica silueta de las crestas nevadas de la cordillera, como si allí se hubiera fijado un demorado atardecer. Max estaba quieto en su poltrona, pero no por eso tranquilo; roto el hechizo del trabajo de la tarde, una vez más se encontraba en ese abatido estado en el que se supone que cosas extraordinarias ocurren a miles y miles de kilómetros de uno, mientras el sitio que ocupamos es un solitario andén en que nos encontramos equivocadamente. Sabía que en ese mismo instante Bibi se hallaba junto a Salman. ¿Estarían en la cama? ¿O en algún restaurante sombrío, haciendo planes para el futuro? Había hecho el esfuerzo casi científico de imaginarla reposando su cabeza sobre el pecho de Salman luego de hacer el amor. Toda la ceremonia anterior, Bibi desvistiéndose para él, se la había repetido minuciosamente y sin la menor precaución consigo mismo; la horrible colisión de sus cuerpos como dos planetas estallando en un sordo y prolongado estrépito, la había reconstituido con la mórbida verosimilitud que le otorgaba su desapacible memoria. La parte que le tocaba a Bibi, sustraída del mundo en esos momentos de un modo que no dejaba lugar a nada que no fuera su propio apetito de la hora, la daba por descontada por conocida.

Estaba seguro de no envidiar a Salman por su flamante adquisición. Por momentos la idea le era casi placentera. Pensaba que esa experiencia con ella sería similar a la de cualquiera de los hombres que la tuvieran, y se la deseaba a Salman en toda su amplitud. Entonces conjeturaba si Salman tendría más aplomo que él para manejarla, pero se negaba de plano a esa posibilidad; pese a todo, él estaba mejor dotado que el pobre Salman para poseer una mujer, así fuera Bibi. ¿Cómo iba a ser de otra manera? Podía aceptar que Salman estaba mejor dotado para la humillación, y ése era un talento que él, al menos, no poseía. Ante eso, acababa concluyendo que Bibi pronto se cansaría de Salman y lo dejaría de un modo más o menos similar a como había hecho con él. Sólo que el orgullo de su viejo amigo no pagaría ningún costo, porque Salman no tenía orgullo que dañar. Atribuía, convencido, ese invencible cinismo a la falta de un verdadero temperamento. Sin embargo, no podía dejar de envidiar trémulamente la supuesta debilidad moral de Salman, porque llegado a ese punto sus propios escrúpulos, la única fortaleza a la que podía echar mano, se volvían en su contra como un fardo absurdo y lastimero. Sí, vislumbraba un flanco donde Salman le llevaba ventaja. Si era así, podía incluso traicionar a Bibi, con lo que le habría gànado para siempre la partida, ya que él nunca pudo asestarle un revés a ella, cosa que, pensaba, habría ordenado las cosas de un modo diferente.

Salman había mentido desde un principio, se preguntó afirmativamente una vez más. La soledad de la noche daba ese tono concluyente a sus meditaciones. Cuando se dejó caer sorpresivamente por casa de Salman ese atardecer, unos meses atrás, y lo encontró con una rubia desconocida y elegante cuyos ojos verdes y nerviosos arrojaban la única luz natural en esa buhardilla, y que apenas llegado Max se despidió precipitadamente, le pareció extraño. Ahora, con el paso de los meses, aquella primera extrañeza se había diluido para dar lugar a una desarmante certidumbre.

—Es una conocida, amiga de mi mujer. Es raro, se fue demasiado pronto —había contestado Salman ante la pregunta de Max—. Se puso nerviosa,

¿no lo notaste? No la veía hace años. Creo que tiene una fortuna, no sé mucho más. ¿Te conoce?

—No creo, pero tengo la sensación de haberla visto en alguna parte. ¿Cómo se llama?

—Viviana... no sé qué más, se me olvidó su apellido pero le dicen Bibi, con be larga, ¿no es raro? Estudió en Europa alguna carrera artística, tuvo un matrimonio desastroso, viajó... No sé por qué hoy está de vuelta, tal vez porque murió su padre. Hace diez años que no la veía. Vino a traerme unas fotografías donde aparece ella con mi mujer y a darme un pésame algo atrasado. No alcanzamos a hablar mucho, llegaste tú y se largó. No la culpo, con esa cara que tienes... Estás cada día más tenebroso, ¿te pasa algo? ¿No podías haber esperado una hora más para llegar? Interrumpes mis escasos contactos con las escasas mujeres bellas que se acercan a este desdichado.

—¿Te parece bonita? —había dicho Max con cautela.

—Desde luego, la más bonita que ha pasado por este departamento en los últimos diez años.

Salman decía esto con un humor que no dejaba de revelar cierta verdad. Solía quejarse de su desamparo y suponía que el mundo, pese a todo, o más bien por lo mismo, debía estar con él. Si bien se dolía ostentosamente de su soledad, daba la sensación de que no podría vivir con nadie más que consigo mismo. Tal como Salman lo pedía, Max siempre había sentido lástima por él. Era un viudo prematuro. Se había casado tardíamente con una mujer hermosa, demasiado hermosa para él, lo que a todas luces era un mero golpe de suerte, pero ella murió de un cáncer repentino y con ello fue como si Salman hubiera agotado todas las posibilidades de volver a acceder a la belleza por el resto de su vida. De eso habían pasado más de diez años y aún se podía sentir una desolación activa en torno a él. No tenía vicios ni tampoco grandes apetitos. Cantante lírico aficionado, había hecho un reemplazo de última hora para el rol de Morales en *Carmen*, en el Teatro Municipal, junto a la gran Estrada. Pese a que se le dijo que tenía real talento, no siguió por ese camino y ahora aprovechaba su hermosa voz de barítono como locutor en *off* de publicidad, y en doblajes de cine y cosas por el estilo. Sus amigos continuaban llamándolo «Morales», y él persistía en un litigio con el Estado por unas propiedades en el norte que, de fallarse a su favor, lo convertirían en un hombre inmensamente rico. En esos terrenos, cuyos títulos reclamaba Salman, se construiría un *resort* de lujo del que él ya tenía en su poder unos folletos de venta que exhibía con una furiosa exaltación que siempre parecía exagerada a sus esporádicos visitantes.

¿Por qué había pasado por su casa aquella tarde? Lo había olvidado. Compañeros de colegio desde la infancia, la amistad nunca había sido demasiado efervescente, por lo que no hacía falta animarla con ninguna actitud. Alejandra lo quería de una forma especial, y cuando les tocaba invitarlo a comer Salman se mostraba particularmente divertido, con el desparpajo y la desenvoltura del solitario que no tiene nada que perder. Imitaba sus propias voces de algunos *spots* de bancos o grandes tiendas en que había participado, voces que para el auditor, que no lo tenía al frente, resultaban efectivamente seductoras. Seguramente aquella tarde Max estaba algo triste y necesitaba la perfecta y neutra compañía del ensimismado Salman.

Ese sujeto era ahora el dueño de Bibi, se volvía a decir Max sin convencerse del todo. ¿Ocuparían la sucia madriguera de Salman? ¿Oirían juntos y complacidos la exasperante música de Salman en el viejo tocadiscos? Sus preferidos eran Offenbach y Strauss. A Max nunca le pasaba inadvertido aquel tocadiscos de los años sesenta, forrado en vinil rojo, donde Salman ponía habitualmente óperas, o más bien solamente óperas. Es cierto que Salman no veía ningún reparo en su forma de vida y había también algo de orgullo en ello. Lector asiduo de los existencialistas, como le gustaba insistir en sus conversaciones, se sentía a sus anchas en esa especie de marasmo en que flotaba sin progresión hacia ningún destino determinado, como no fuera, a kilómetros de la órbita de su existencia real, el litigio por los terrenos familiares. Max no había podido averiguarlo, pero tendía a pensar que ambos ocupaban aún hasta ese día el departamento de Salman. Por lo que sabía, el juicio no se había fallado y era improbable que Salman hubiera accedido a su quimérica fortuna. Esa común inclinación por la decadencia, se decía, los habría hecho preferir por ahora el triste escenario de la buhardilla. La imaginación de Max trabajaba con una laboriosidad acelerada y con una sensación de omnipotente sagacidad sobre lo que podía estar ocurriendo en esa buhardilla de la que él conocía cada rincón. Las proyecciones consistían siempre en escenas de una calculada sordidez. Podía verla a ella irritada, desaliñada, burlona, limándose las uñas en el intermedio de algún silencio insalvable que no tolera y desde el cual, con un rencor retrospectivo, trama algo contra quien se encuentra delante de ella, y afortunadamente ése es Salman. «Tu bigotito es ridículo, ¿no has pensado cortártelo? Pareces cantante de opereta.» «Ópera, querida, ópera», respondería Salman envuelto en esa bata de seda púrpura, estampada de un millar de abejas de tamaño natural, que solía ponerse cuando estaba en casa, y siempre estaba en casa. Si iba más lejos, veía a Bibi arrojándole a boca de jarro, en sus propias barbas, los detalles de alguna aventura, y a Salman implorante o taimado... Una vez más sus pensamientos habían tomado el rumbo equivocado, pues no hacía sino trasladar a Salman su propia escasez de recursos ante esa mujer que tal vez había llegado a amar. ¿Acaso ese Salman que Max ponía en acción no era él mismo, un instrumento de su propia imaginación con el que intentaba suplantarse? Le costaba reconocerse en el hombre que había gesticulado patéticamente al final, sólo al final, ante la impenetrable mirada de Bibi, que respondía con un bostezo inevitablemente sincero. No, Salman se reiría a gritos si se enteraba de unos cuernos que, como decía él, nunca le habían ido. Al instante llegaba a la conclusión de que dos seres tan semejantes como Bibi y Salman podían lograr un acuerdo sin duda mejor que el intento imposible que él había buscado. Si bien su voluntad se empeñaba en configurar un cuadro grotesco de ellos, estos ejercicios imaginativos solían tener el efecto inverso porque, a fuerza de agotarlos, las flechas se volvían contra él, y le ocurría tropezar inesperadamente con algunos olvidados fragmentos del pasado que agregaban unas gotas más de patetismo a su propio caso. Eran detalles nimios pero el tiempo los había vuelto raramente expresivos y, aunque Max no los vio entonces, tenía como consuelo el vivo recuerdo de que, aun en esos momentos de la más dulce euforia, nunca dejó de recelar un desenlace miserable reservado para él.

Sí, hoy podía verlos con la nitidez que otorgan la distancia y el violento desapego. Bastaba que mirara la ciudad sumiéndose en la noche, que sintiera la reverberación del silencio en torno a él, para verse otra vez recorriendo sumariamente ciertas escenas dispersas que lo llevaban a ese punto en que dan ganas de dar un puñetazo en la mesa ante la obtusa ceguera. «No puedo esta noche, querido, tengo una jaqueca horrible, de verdad», decía ella en el teléfono. ¿No había visto luego, esa misma noche, en un momento en que en la desazón lo obligó a asomarse a la ventana, la cola de una limusina negra con patente diplomática desapareciendo por la esquina? ¿Era la misma limusina que una vez había pasado a recogerla? ¿Tenía ese auto negro patente diplomática? No podía asegurar ninguna de las dos cosas. «No, mi amor, claro que estaba, no oí tu llamada, me tomé una pastilla para dormir y caí muerta, ¿no me crees?» Sus ausencias siempre naturales, las irreprochables dulzuras que seguían a sus recriminaciones y luego, al final, los fastidiados monosílabos con que se cerraba cualquier reclamo de su parte. Todo eso adquiría en el presente una irritante claridad.

Cuando Max se la encontró en el ascensor de su propio edificio, después de aquel encuentro en casa de Salman, naturalmente la reconoció y le costó trabajo ocultar su conmoción. No supo si se trataba de una coincidencia, si la mujer se hallaba circunstancialmente en el lugar, o si la joven platinada era simplemente una nueva inquilina. De lo que estaba seguro era de que no la había visto antes ahí. Eran tan pocos los vecinos que resultaba casi imposible olvidar a alguno. Pese al mutuo reconocimiento, ella no pasó de un cortés «buenas noches» y una mirada apresurada que cruzó por sus ojos y que venía a corroborar la impresión que se había hecho de ella en casa de Salman. ¿Dónde la había visto antes de eso? ¿Dónde?, se dijo una vez que la mujer hubo bajado en el décimo. Ya al abrirse las puertas en su piso veintiuno supo dónde había sido. Era ella, era ella la que nadaba con un traje de baño azul y unas pequeñas antiparras de natación.

Cuando Max Borda se encontraba en la piscina no se preocupaba más que del estilo de su *crawl* armonioso, algo anticuado pero eficaz. No, al nadar no solía fijarse en nadie, eran momentos de introspección, de reencuentro con su propio cuerpo, por el cual sentía una especial estima; en fin, un instante que tenía algo sagrado. Debía haber sido una semana antes o más, pero recordaba el dulce incidente. En un momento, al apoyarse en el borde mojado luego de cuatro intensas cruzadas consecutivas, su tórax palpitante, jadeante y contento mientras observaba la gran cúpula de goma encendida por las luces, la vio surgir del agua, tan próxima a él. Una mano rozó su pierna de una forma que podía suponer una torpeza cualquiera, esos choques involuntarios que ocurren en las piscinas públicas donde nadie es dueño de la mínima porción de agua que ocupa. Max vio a una especie de sirena pálida, con el pelo pegado al rostro, que sin sacarse las antiparras esbozaba un tímido «perdón» para volver a sumergirse junto a él, mostrando su espléndido trasero en la zambullida. Desapareció bajo el agua y emergió en otro lado de la piscina, también jadeante, aferrada al borde azul, dándole la espalda, exhibiendo unos hombros perfectos y unos brazos cargados de energía. Se abrieron las puertas del ascensor y Max caminó por el largo corredor hacia su departamento, donde lo esperaba Alejandra; aminoró el paso y se detuvo ante la puerta: la mujer que había visto en la piscina, luego en casa de Salman y recién en el ascensor, eran la misma. Y si se había apresurado así a abandonar el departamento de Salman, le dijo su conmovida vanidad, era porque lo había reconocido —a él le había provocado solamente un vago *déjà vu*—, y se preguntaba entonces las razones de aquella agitación. ¿Qué imagen se había llevado de él tras verlo en la piscina, como para huir del modo en que lo hizo en aquel encuentro fortuito donde Salman? Como fuera, ese mínimo contacto había producido un efecto en esa desconocida, y ahora no sólo sabía dónde había ocurrido el primer encuentro sino también algo más: esa mujer nadaba, lo mismo que él. Cuando entró en su departamento un nimbo de ensimismado autohalago vibraba en torno a él. Curiosamente, recordó, Alejandra lo esperaba despierta aquella noche.

Miró hacia la tersa piscina del delfinario sin llegar a advertir los brillantes lomos de los delfines que seguro se desplazaban libremente bajo las aguas inmóviles. Estaba agotado. Se levantó de la tumbona y fue hasta el dormitorio, donde Alejandra dormía ahora un sueño profundo y sosegado. Prendió apenas un minuto su lámpara de noche. El libro que estaba sobre la mesita y en el que su mujer llevaba meses enfrascada era *El retrato de una dama*. Luego apagó la luz.

El exclusivo edificio donde acababan de comprar seguía prácticamente vacío. De los cuatro departamentos de la planta veintiuno, sólo el de ellos estaba ocupado. El resto permanecía deshabitado y nada indicaba que fueran a tener vecinos en el corto plazo. Los departamentos continuaban vacíos porque, sobrevenida la crisis, la venta inmobiliaria se había detenido. Si bien Alejandra y él seguían pensando, como al principio, que al menos se había tratado de una inversión conveniente, esa decisión estaba todavía rodeada de una especie de estupor. La vista del amplio balcón daba por el norte a un sitio eriazo con un cartel *En venta* y que, mientras tanto, era utilizado como estacionamiento invernal de caravanas de *camping* y veleros. Mudados al nuevo edificio, Alejandra solía quejarse de que aún no hubieran instalado espejos en los ascensores. Max no se explicaba la necesidad de esos espejos, como no fuera por la brusca intimidad a que los sometía cada entrada a esa caja ciega que tenía el poder de acelerar el corazón de su mujer. Aquellos ascensores ultrarrápidos lo eran aun más, puesto que en ese edificio casi vacío nunca paraban más que en el piso del raro ocupante que les tocaba en uso. Ambos sentían el mismo vértigo, pero ella hubiera querido tener un espejo ante sí en esos instantes. Como sea, parecía cómoda en el nuevo departamento y creía que su obstinación estaba dando resultados. Max sólo podía decirse que con el cambio Alejandra había contrariado caprichosamente la inercia en la que hasta hacía unos meses se deslizaban sus vidas, sin demasiados sobresaltos. Desde que ella decidió dejar la casa Max no había dejado de temer, por lo abrupto de la iniciativa, alguna torcida respuesta del destino. La imaginación nunca estuvo del lado de su mujer, como no fuera al servicio de resultados funestos, y éste podía ser el caso. Pero Alejandra había sido rotunda al respecto. «Es maravilloso», exclamó cuando visitaron el departamento por primera vez. Max observó con desaliento esos muros recién pintados y los ventanales que abarcaban una vista apabullante de media ciudad. «Vamos a ser felices aquí», había dicho Alejandra con la más temeraria de las convicciones.

Max tomó la precaución de consultar al siquiatra de Alejandra para averiguar si esa obsesión por la mudanza se debía a uno de sus momentos maníacos. Régulo Reinz —así se llamaba el siquiatra de turno (¿el quinto, el sexto?)— contestó: «Por supuesto que no, déjela hacer, es un buen síntoma.» Es lo que hizo Max, y el temido desarreglo del destino pareció cumplirse cuando él se vio puesto al alcance de la pequeña rubia del décimo piso. Fue así como comprobó una vez más la absoluta y encantadora ignorancia de su mujer acerca de lo que ocurría a su alrededor, y cómo ese limbo en que el litio mantenía a Alejandra era un inmerecido refugio.

Luego vino la serie casi sistemática de encuentros en el ascensor, confirmando —con una cierta satisfacción por parte de Max Borda— que la joven de mirada alerta y maneras irritables (si se pensaba en cómo trataba a los objetos que manejaba en sus manos, la cartera, los anteojos de sol, o su modo precipitado de subir el cuello de la chaqueta de cuero que no terminaba de ajustarse) vivía en el mismo edificio. Eran impresiones superficiales que no decían nada concluyente acerca de ella pero que animaban crecientemente la curiosidad de Max. Los sucesivos encuentros en el *hall*, cuando la compulsiva ley de los ascensores que se negaban a bajar los hacía coincidir ocasionalmente, pero con una frecuencia inexplicable, al pie de esas puertas metálicas, no podían sino obedecer a una mecánica celeste que se

empecinaba en reunirlos, según la perturbada conclusión de Max por ese tiempo.

En el espacio de un mes se encontraron media docena de veces y en cada ocasión todo ocurrió
sin variaciones. Max o Bibi esperaban distraídamente
frente a los ascensores, mirando cada tanto el indica-
dor luminoso, cuando advertían, ya desde las puertas
batientes de vidrio, que el otro estaba ahí. Era un pequeño y fulminante milagro. Pero Max no alcanzaba
a gozar del prodigio, porque el viaje era tan veloz que
la repentina ingravidez en que se sumían les concedía apenas una fugaz y turbada mirada durante un
trayecto que iba a acabar demasiado pronto. En ese
abrupto interregno ella siempre se mostró preocupada de sí misma, sustraída a la situación; al cabo del as-
censo, tras la súbita apertura de las puertas, hacía el
gesto imperceptible de arrojar una mirada longitudi-
nal sobre la línea de los ojos de la persona que había
compartido con ella esos instantes, en este caso un
Max Borda más o menos adherido a una de las paredes del ascensor, y se despedía con una ligera inclinación de cabeza. La vertiginosa índole de ese viaje ocasional lo hacía eximirse de dirigir la palabra a su vecina, porque cualquier conversación hubiera sido cor-
tada de un modo bochornoso por la tajante resolución con que se comportaba la máquina. Al dejar el
ascensor, Max se decía que su indiferencia era suficientemente manifiesta para desalentarlo y su evita-
ción no todo lo activa para ser elocuente. De modo
que no podía sino sentirse trivial ante los ojos de esa
mujer de la cual, por supuesto, nada esperaba, pero a
quien el destino parecía haber situado, sin saber cómo, dentro de su campo de tiro. En su recuerdo, el
ascensor continuaba siendo el anuncio de su derrota.

No dejaba de pensar en la mala pasada que la ley de gravedad le había jugado desde los inicios. ¿Qué había visto en él la insolente jovencita durante esos embarazosos paréntesis en el ascensor?

Se encontraron otra vez, pero él iba con Alejandra, que llevaba sus trágicos anteojos de sol y no vio siquiera a la joven rubia que bajó con ellos los últimos diez pisos. Bibi revisaba nerviosamente su cartera pero se dio el tiempo, cuando se abrieron las puertas, de hacerle saber a Max —con una mirada cargada de sentido que arrojó directamente sobre él— que por fin constataba algo que presumía.

Si en un momento lo atormentaron aquellos edificios contiguos en construcción y sus altas grúas giratorias —las ventanas ciegas de la obra gruesa, los fantasmas con casco de seguridad desplazándose por sus penumbras interiores—, con el curso de los meses se convirtieron en su paisaje objetivo. Por momentos imaginaba, con el mayor optimismo, que en un futuro no muy lejano todo ese nuevo barrio sería una hermosa y verde zona residencial. Los árboles estarían altos y frondosos, y las calles que los rodeaban les serían ya familiares. Pero esa necesaria proyección en el tiempo no podía ahorrarle pensar melancólicamente en los límites de su edad; sólo lo aliviaba suponer que para entonces ya estaría libre del peso de desear nada.

Un par de días atrás una joven se había suicidado lanzándose desde el octavo piso del edificio recientemente levantado junto al suyo, lo que no dejaba de parecerle extraño: según entendía, los suicidas suelen ir a estrellarse ahí donde bulle la vida. Alejandra dormía a esa hora. Desde que su única hija se había marchado a California, vivía solo con su mujer. Aun Úrsula —la joven perra pastor alemán— parecía, pese a sus esporádicos ataques de ansiedad, acostumbrarse a esa vida en alturas. El conserje del edificio la sacaba una vez al día para que hiciese todas sus cosas de perra; además seguía disciplinadamente su adiestramiento, dos veces por semana —martes en la tarde y sábado en la mañana—, a cargo de un experimentado instructor. La perra era inteligente pero inquieta y necesitaba una mano experta para prepararla como conviene a esa civilizada existencia.

Ese sábado Margarita pasaba la aspiradora. Quién sabe cuánto rato hacía que trajinaba ya por la casa. No los había despertado porque tenía instrucciones de acercarse al dormitorio sólo cuando fuera llamada. En una ocasión manifestó de modo categórico que nunca había trabajado para una familia que durmiera hasta tan tarde. Max ya estaba poniéndose su bata cuando, a las diez, sonó el timbre. Margarita abrió la puerta y Max adivinó, por la escrupulosa puntualidad, que era el instructor de Úrsula. Cuando llegó al living, Boris ya estaba ahí. Era un joven estudiante de medicina a quien habían recomendando como un infalible adiestrador de perros. No es que quisieran hacer de Úrsula una virtuosa de nada, sólo que desde un principio la perra se había revelado un poco rebelde, o por su espíritu más bien juvenil costaba que entendiera lo que se le ordenaba. Boris era un tipo alto, delgado, de rostro adusto, y uno podía imaginar perfectamente que sometería a cualquier animal con su sola mirada. Se pagaba los estudios con el entrenamiento de perros y no cobraba barato. No era un tipo con quien uno fuera a regatear. Su seriedad era inconmovible.

—¿Está lista ella? —dijo luego del parco saludo que ofreció a su empleador. Se podría decir que una suerte de resentimiento sordo animaba al joven estudiante de medicina mientras paseaba su mirada por el espacioso departamento que albergaba a su pupila.

—Te la traigo en un minuto —dijo Max yendo hacia la cocina, donde usualmente Úrsula permanecía echada—: Vamos, llegó tu profesor, levántate.

Úrsula se puso de pie y dócilmente se dejó poner la cadena alrededor de su cuello.

A Max siempre lo sorprendía el trato entre ambos. Suponía que, por razones de profesionalismo, Boris creía necesario no establecer relaciones afectivas demasiado estrechas con los animales a su cargo, por lo que su trato con Úrsula era siempre de una fría cordialidad.

—¿Cómo está hoy día nuestra señorita? —fue lo más festivo que pudo decir el sombrío Boris—. ¡Vamos andando, que tenemos mucho trabajo!

—A propósito, Boris, ¿cómo la ves...? En sus progresos, quiero decir —preguntó Max.

—Bien, avanza, avanza —dijo el instructor y se marchó llevándola por la cadena. Desde la puerta, mientras se alejaban por el pasillo hacia el ascensor, parecían una peculiar pareja. Un pretendiente demasiado compuesto y algo aburrido, y una cortejada un poco indiferente ante los escrupulosos modales de su cortejante.

El rumor en la puerta despertó a Alejandra, que apareció con un rostro somnoliento. En esos momentos parecía provenir siempre de algún lugar infinitamente más remoto que las zonas que visita en sus sueños el común de los mortales. Cada mañana, al verla despertar, Max escudriñaba con alguna atención el estado de ánimo de su mujer.

—¿Estuvo aquí Boris? —preguntó todavía medio dormida.

—Sí, se la llevó. ¿Quieres que le pida a Margarita el desayuno?

—No, no. Voy a tomar una taza de té —dijo ella entrando en la cocina.

Luego de la ducha Max decidió volver a su escritorio y a la pantalla de su computador, que tan buenos resultados le había dado la tarde anterior. La mañana comenzaba bien. En un punto Alejandra había tenido razón: el escenario imparcial del nuevo departamento volvía menos acentuadas las fluctuaciones en el ánimo de su mujer. El decorado neutralizaba su frágil emocionalidad, ya que sus súbitos cambios no se encontraban con aquellas reverberaciones que devolvían las paredes y los objetos de esa antigua casa que había asistido a su lenta declinación. Si con el cambio Alejandra había pretendido deshacerse de alguna parte del pasado, lo había conseguido cambiándolo por un presente que en su apariencia carecía de significado y tenía la virtud de no referirse a nada. El nuevo tratamiento de litio tenía buena parte en este efecto. Le había dado a Alejandra una serenidad que podía pasar por la menos elaborada de las indiferencias. Max veía algo cercano a una paciente normalidad alojada en ese departamento. Esa normalidad se expresaba, en parte, en el tono de la mirada de Alejandra, concienzuda, alerta, como si quisiera comprobar a cada minuto que las cosas marchaban, que alguna esperanza acariciada por ella se estaba cumpliendo.

—Amor, ¿vas a pasarte la mañana entera aquí? —Alejandra irrumpió en su escritorio ya cerca de la hora de almuerzo.

Cuando Max se volvió, ella se apoyaba en el umbral y con esa frase parecía haber agotado todo lo que venía a decir. Max vio en los ojos de Alejandra, al mirarla rápidamente, el velado temor de que él accediera a dejar su escritorio, como ella se lo pedía. Respondió consecuentemente que tenía aún mucho trabajo por hacer.

La llamada no lo sobresaltó. Si el teléfono sonaba después de las dos de la madrugada, por fuerza se trataba de Virginia y era casi siempre para comunicar una decisión precipitada. La avanzada hora indicaba que había estado meditando largamente alguna cuestión y necesitaba compartirla con alguien, y ese alguien era Max y no Alejandra. Virginia sabía perfectamente que los sedantes sumían a su hermana en un sueño total, y conocía también los desesperados insomnios de su cuñado. En pocas palabras, llamaba para despedirse; temprano por la mañana partiría a Buenos Aires con su cónsul.

—Está durmiendo —dijo Max—. No querrás que la despierte.

—No, sólo dile que partí. ¿Cómo está ella?

—Bien, si la vieras como la veo yo ahora, la envidiarías.

Había algo particular en la forma en que hablaban por teléfono cuando Alejandra dormía. Desde luego, bajaban el tono y la conversación se escurría en un susurro casi propiciatorio. Era mejor así que cuando las circunstancias los obligaban al tono lejano y la afectación que habían desarrollado frente a los demás con el correr de esos últimos años, en que la resignación había terminado por alejarlos más de cuanto hubieran querido o sospechado. Esas raras conversaciones nocturnas producían el turbador efecto de una intimidad recobrada.

—¿Cuándo vuelves?

—En una semana, creo. Es la despedida. Se va luego a un país africano, no sé dónde, y por supuesto no lo voy a seguir, aunque me lo pidió.

—¿Por qué no?

—Una chilena sería demasiado vistosa en Soweto, no sé, donde sea, si el cónsul sueco viene de terminar su misión en Chile. Su mujer sospecharía, ¿no crees? Además, tú sabes que yo no me alejaría de Alejandra... Tampoco de ti.

—Pobre Hubertus.

—Entre otras cosas, nunca me acostumbré a su nombre.

—Yo tampoco, pero puedo ponerme en los zapatos del cónsul; me parece que llegó a enamorarse, ¿o me equivoco?

—No te rías de mí...

—No me río de ti. Es que no me gusta verte tan sola.

—Eso ya no tiene remedio. ¿Cómo está Alejandra?

—Bien, ya te dije. Duerme.

—¿Cómo estás tú?

—No tan bien y no tengo ganas de dormir.

—Me puedo imaginar mil cosas de ti que no me vas a contar. Tú me despides de ella. ¿No le afectará que me vaya sin despedirme?

—Yo me encargaré de que no... Por lo demás,

este último tiempo has estado suficientemente lejos como para que se haya acostumbrado.

—Entonces tampoco te va a afectar a ti. Has tenido la suerte de que sea sueco y un poco tonto, pero eso no eres capaz de verlo. Bueno, qué más, te amo. Nos vemos la próxima semana —y colgó.

Max se quedó un momento escuchando el ruido neutro del teléfono y colgó el aparato. Se volvió hacia Alejandra, que dormía de lado como siempre, abrazando la almohada y dejando ver su perfil, tan estático y apacible que parecía un ser elegido a quien el tiempo hubiera concedido una tregua. La miró dormir largo rato y no pudo impedir uno de esos accesos de ternura hacia ella que le sobrevenían en momentos extraordinarios; una bella durmiente —con una fuerte dosis de somníferos— y un insomne se encuentran en un lugar indefinido del espacio donde no los alcanzan los daños del tiempo. Con una mano le ordenó el pelo que caía por su frente y la besó. Luego salió cautelosamente de la cama y se dirigió a su escritorio. Cerró la puerta con sigilo, un sigilo semejante al que había puesto ese día por la mañana al abrir la carta que Elisa le enviaba desde Madrid. Tenían el acuerdo explícito de que cuando el otro estuviera feliz, o al menos conforme con su existencia, no se escribirían, porque la felicidad se escribe con tinta blanca y no hay nada que decir acerca de ella. La carta de un corresponsal feliz puede resultar muy inoportuna si el otro no se halla en el mismo estado. Con cada separación en aquel largo e interrumpido romance tomaban alguna precaución fantasiosa para tener al otro presente. Elisa había roto el pacto, pues le anunciaba su matrimonio con el pusilánime cirujano, el de siempre, el que nunca se resolvía a dejar a su mujer como se lo venía prometiendo por años, hasta que por fin «el pobre hombre» había dado el gran paso. La carta estaba escrita en un tono tan neutro que no daba lugar a alegrarse por ninguno de los dos. Lo que lo había inquietado era la última parte: «Está bien, me caso y qué, tal vez no sirva de nada pero hay que hacerlo, ¿no lo crees tú, que me conoces tal vez mejor que nadie? A propósito, ¿cómo está Alejandra?» Max tampoco había cumplido el pacto, porque si Elisa lo rompió anunciando una buena noticia, él hizo su parte al no escribirle acerca de todo lo mal que estaban las cosas. Pensó, sonriendo, que ambos se habían defraudado de un modo inversamente proporcional y trágico. Elisa sabía en detalle todo lo de Alejandra y, por las palabras de Max al despedirse de ella en Barajas —luego de su última pasada por Madrid—, se quedó con la seguridad de que las cosas mejorarían para él y su mujer. Max, por su parte, le deseó a su antigua y querida amante suerte en ese ya dilatado noviazgo. Esa última vez —la carta confirmaba que había sido la última— no hubo lugar más que para la amistad y las mutuas confidencias. Como sea, en todo ese tiempo —un año y algo— no había sido capaz de escribirle una palabra sobre lo confundido que estaba. No habría podido sostener por más de dos líneas el cinismo que practicaba en sus cartas a Elisa. Ahora, con el anuncio del matrimonio, sus culpas se descargaban. De algún modo se alegraba de que esa relación languideciente se resolviera por el lado de ella. Fue hasta la alacena de la cocina con Elisa en la cabeza y sacó su botella de Cutty Sark. ¿Debería mandarle un regalo? ¿Se envían regalos a las ex amantes cuando éstas se casan? Todo parecía indicar que sí. Lo pensaría más adelante. Por consideración al sueño de Alejandra, y porque no deseaba ninguna interrupción esa noche, evitó el estrépito que siempre hace el hielo al salir de las cubetas.

Max no se extrañaba de no recibir respuesta de Javier. No esperaba otra cosa de él. Sabía que en el fondo lo exasperaba con sus asuntos personales. Envió una segunda carta a Roma, para la cual tampoco obtuvo respuesta en el tiempo que era razonable esperar. Javier sólo escribió cuando intermedió una carta de Cristina donde ésta le pedía a su tío que por favor respondiera a su padre. En su actual estado, Javier le parecía tan lejano, su rostro tan remoto, que esas cartas sin respuesta tenían la naturaleza de la tupida rejilla de un confesionario de la que no emerge ninguna voz. Era esa extraña sensación de soliloquio la que lo incitaba a escribirle, y particularmente en ese tono, aun sabiendo que sus intimidades no podían sino sonar como un desafío para su corresponsal de Roma, su único hermano, sacerdote. La respuesta de Javier lo desconcertó.

«No sé por qué me has nombrado ese cuadro, *El retrato en el espejo convexo* del Parmigianino. Lo fui a ver solamente por ti. Sí, me parece una pintura extraordinaria, pero absolutamente mental. Parece que no arrancara vida más allá del cuadro. Creo que carece de trascendencia, no en un sentido histórico, que sin duda la tiene, sino metafísico. Me parece una pintura material que encierra el sicologismo de todo el arte moderno. Si bien para un experto el Parmigianino puede ser un precursor o algo así, su universo me asfixia. Ésta es la opinión de un lego. No sé mucho de pintura, pero sí puedo entender que te guste a ti. Me parece extraordinariamente moderno, pero tú sabes que, más que el hombre interesado consigo mismo, me atrae el hombre interesado por el universo. Es curioso que no haya naturaleza en él y que toda ventana al mundo esté dada por un reflejo. ¿Desde cuándo te interesa la pintura?» Ésta fue la parte de la respuesta de Javier que logró interesarle. El resto eran formalidades familiares, algunas minucias personales y por cierto, en una escueta frase final, la negativa del cura a pronunciarse respecto del reciente episodio sentimental referido por Max y en el que éste se había excedido con cierta intención. Por supuesto, no le interesaba una opinión tan poco autorizada como la de su hermano sobre sus cuestiones amorosas, y no era tampoco el solo cinismo lo que lo llevaba a tocar esos temas con Javier; más bien lo alentaba el ánimo de verse reflejado en el más severo de los espejos, sólo que este espejo se volvió transparente y dejó pasar de largo los destellos que le arrojaban. El exhaustivo análisis de Javier sobre el cuadro del Parmigianino contenía la negativa expresa a actuar como elemento refractario, y no lo sorprendió. La primera vez que Max vio con sus ojos ese pequeño y diabólico óleo, lo afectó tan profundamente como si el cuadro hubiera sido pintado para él. La respuesta de Javier confirmó lo que siempre había pensado: su hermano era tanto más sabio que él. En el fondo, lo envidiaba por haber sabido apartarse de las amenazas de la existencia, y una de esas formas de mantenerse a salvo era huir de la opacidad natural de las cosas.

Pese a que recibir noticias de Javier era todo un acontecimiento en la familia, Max se preguntó si debía mostrarle o no una carta tan excéntrica a su madre, con quien el sacerdote también se comportaba como un corresponsal lacónico. Concluyó que sí, que su anciana madre debía saber por la vía que fuera algo del actual tono anímico de su hijo.

—¿Qué cuadro es ése? —dijo tranquilamente la anciana, quitándose por un momento los anteojos en el extremo de la mesa que ocupaba. Frente a ella, lo mismo que frente a Max, había un plato de porcelana con un desgastado monograma familiar.

—Es muy largo de explicar, sigue leyendo —dijo Max, impaciente—. Lo único que te pido es que te ahorres el último párrafo.

—Perdona, debiste haberlo dicho antes porque ya lo leí —dijo la mujer con un gesto abatido, sacándose otra vez los anteojos y mirando a su hijo que sorbía de su copa en el otro ángulo de la mesa—. Si no querías que lo leyera, tampoco voy a hacer ningún comentario.

—Te lo agradezco. Quería que vieras por lo menos la caligrafía de tu hijo.

La mujer suspiró profundamente y dejó la carta a un lado, lo mismo que el tenedor que había tenido en vilo en la otra mano.

—No me gusta enterarme de estas cosas —dijo indisimuladamente contrariada, sin importarle faltar a su palabra anterior—. ¿Alejandra lo sabe?

—Por supuesto que no, y además no tiene ninguna importancia.

—Si no tiene importancia, ¿por qué se lo contaste a Javier? —inquirió la anciana.

—Quería el consejo de un hombre sabio.

—¿Quieres el consejo de una simple mujer?

—Mamá, para mí no eres una simple mujer. Eres mi madre y no quiero cargarte con mis problemas —dijo Max llevándose la servilleta a la boca luego de probar, recién, el primer bocado de su entrada fría.

—No hagas más tonterías. Ése es mi consejo, aunque no me lo pidas. Si Alejandra te tiene tan harto como sospecho, déjala. Yo me quedé sola muy temprano y, visto en el tiempo, creo que es lo mejor que me pudo pasar. Tienes un pobre concepto de tu mujer si crees que no podría vivir sin ti.

—Alejandra está a salvo, mamá, y tampoco es ella la cuestión. El problema soy yo. Por lo demás, gracias a mi providencial buena suerte fui abandonado antes de que me enamorara completamente.

—Entonces fue serio —dijo ella con cierto candor.

—Quién sabe... probablemente no. Pero ya pasó.

—No me importa si ya pasó o no. Ese tipo de cosas son el aspecto de tu persona que a mí, como madre, menos me agrada.

—Ese aspecto de mi persona, como tú lo llamas, es el más desesperado.

—Si tú sufres, y también Alejandra, y no ves esperanzas para los dos, déjala. Que tu aspecto menos desesperado actúe alguna vez con cierta sensatez.

—Está enferma, mamá...

—Lo estaría contigo o sin ti.

—No puedo dejarla, y aun si pudiera no lo haría, no tengo ningún motivo. Lo que pasa es que Alejandra nunca te ha gustado, ése es tu problema.

—No me parece bien de tu parte que, además de su enfermedad, le agregues a Alejandra un sufrimiento más.

—No te preocupes. ¿Sabes que me alivia que te hayas enterado? Será que necesito tu absolución —dijo él.

—Para eso existe la confesión, Max.

—Ya lo intenté con un sacerdote, pero no quiso tocar el tema.

—No le pidas tanto a tu hermano.

—Algún día tendrá que entenderme.

—No esperes a que él te entienda, compórtate como debes y no va a hacer falta.

—Lo estoy haciendo. En el futuro ya no va a hacer falta ni siquiera la comprensión de Javier.

—Así lo espero, así lo espero —dijo la mujer apartando aun más la carta y continuando con el plato que tenía delante.

Virginia volvió al cabo de la semana. Su departamento tenía, como siempre tras esos breves abandonos, un aire indiferente y remoto, como si los objetos se hubieran olvidado de ella y su repentina llegada no lograra refrescarles la memoria.

Se demoró conscientemente en deshacer su maleta, que había contenido lo justo para esa semana en Buenos Aires durante la cual despacharía, sin demasiados remordimientos, una relación que ya había alcanzado el límite de su resistencia. Estaba agotada. Solía concederles a los hombres un tiempo extra de su persona a cuenta de las torpes inquietudes que se habían tomado con ella. Convencida de haber otorgado siempre más de lo necesario, ese inmerecido tiempo que agregaba al ciclo del débil fulgor y la rápida caída le dejaba la conciencia más tranquila. Rara vez alguno de sus amores tenía algo que reprocharle, y a ella nunca le tocaba tomarse la molestia. Observó su cama de mujer sola, su recargado *boudoir* donde los objetos parecían querer trazar con clara voluntad una cierta densidad biográfica; particularmente, las fotografías que atesoraba en pequeños y modernos marcos, donde podía exhibir en perfecta cronología, ahora que nadie le exigía exclusividad, a sus sucesivos amores. Había varias de Max. Los cepillos de pelo, los artículos de tocador, las joyas, fantasías y perfumes, la naturaleza del orden impuesto por ella, todo conspiraba para volver odiosamente introspectivas sus estancias en aquel departamento en las Torres de Tajamar que miraba al río y al cerro San Cristóbal. En los hechos, pese al cuidado aparente que ponía en su departamento, prácticamente no hacía más que dormir en él e ignoraba incluso cómo se prendía el horno. Las raras veces en que le tocaba comer en casa, se hacía subir comida preparada desde el restaurante chino de abajo.

Decidió que no llamaría ni pasaría por la casa de su hermana, pero resistió sólo unas horas. Cuando anunció por fin su regreso, supo por Margarita que habían partido la noche anterior a la montaña. Virginia y Max habían estado antes ahí. Era un antiguo refugio cordillerano que llevaban unos alemanes, frecuentado por personas que sufrían problemas de salud, algunos especializados amantes de la naturaleza o parejas de recién casados. Era extraño que no hubieran ido a la Lopecina, adonde ella habría podido llegar sin ninguna excusa en ese largo *week-end* de Semana Santa. La sorpresiva luna de miel no podía sino haber surgido de una iniciativa de Max, ya que si Alejandra la hubiera propuesto —Virginia estaba segura—, habría dado en el vacío. Su amor propio no estaba dispuesto a la autocompasión, pero ese fin de semana la ausencia de ellos y los auriculares mudos de otros teléfonos que a continuación marcó la afecta-

ron doblemente por encontrarse de forma inesperada, cosa que rara vez le ocurría, materialmente sola.
Pero era su culpa. Nadie podía estar al tanto de su
llegada. Aterrizó al comienzo de un largo fin de semana después de plantar sin mayores explicaciones a
su cónsul, segura de no poder soportar los tres días
restantes a que la obligaba esa patética despedida.

Ese viernes recayó entonces en su soledad de
un modo práctico, pero la cosa no pasó de unos
pocos instantes desoladores, instantes ante los cuales
Virginia sabía armarse de inmediato. Su consuelo fue
enterarse por Margarita, la empleada, del lugar elegido por Max para esa fuga conyugal, lo que agregaba
una incógnita adicional a las motivaciones de su cuñado. El refugio alemán resultaba tan absurdo que se
echó a llorar ante el espejo de su tocador. No veía
más que un rostro cansado por el vuelo y las inútiles y
alargadas noches, único registro visible de aquella semana en Buenos Aires; en cuanto a su memoria, estaba ya completamente desalojada de todo lo ocurrido
en los últimos días. Eso decía el espejo, y para neutra-
lizarlo se tiró en el sillón con su máscara exfoliante.
En su contestador telefónico, en los cinco días de ausencia, la cinta no había registrado más que esos
exasperantes sonidos de llamadas arrepentidas: algún
hombre —cualquiera de los imbéciles que la ronda-
ban por esos días— que no tuvo el valor de dejar un
mensaje.

Más tarde, otra vez frente al espejo, Virginia
se examinaba y se encontraba hermosa, o más bien
atractiva y por sobre todo inteligente. Con los años
había llegado a la convicción de que siendo algo más
estúpida hubiera tenido mejor suerte. Pero no se lamentaba por las altas metas que alguna vez le puso a

su existencia, y acerca de las cuales tenía ahora la certeza de que no le serían concedidas más que en una ridícula medida.

Virginia pensaba con ironía que, pese a su probada mundanidad, su espíritu debía tener algún sino fatal como para haberse enamorado del hombre más próximo en su pequeño universo íntimo. No intentaba engañarse al respecto; más aun, ninguno de sus amantes ignoró que ella estaba subordinada a un destino que no pasaba por ellos. Le fascinaba sentirse desenmascarada en ese punto esencial. Nada importaba que nadie conociera la identidad del destinatario; el secreto resguardaba la calidad de ese sentimiento.

No lograba encontrar en sí misma ningún rencor contra Max, pese a creer que en alguna medida le era debido. Se habría visto obligada a poner también a su hermana en la mira de sus resentimientos, cosa que resueltamente no se permitía. Envidiar a una enferma y respetar a Max por no abandonarla era el triste resumen al que debía conformarse. La fórmula era demasiado simple para mayores interpretaciones. Aun así pensaba que el precio había sido demasiado alto para ella, y el abandono de ese amor había dejado una huella en su alma que ni siquiera una existencia exterior tan animada como la suya lograba atenuar.

Pese a todo, no dudaba de que su incesante actividad mundana la aliviaba de mayores tormentos, y por pasajero que fuera ese sedante no dejaba de constituir un triunfo sobre sí misma. No había logrado amar a otro hombre y dejó de admirar a Max de la forma como lo hizo años antes. Virginia tuvo la esperanza de que vaciando su corazón abandonaría todo sufrimiento, pero su meditado propósito dejó un agujero todavía más profundo que el causado alguna vez por Max, pues ella continuó por sí sola con la excavación. Pero las cosas podrían haber sido peores, pensaba, porque, con todo, nunca hubiera sido capaz de suicidarse, por ejemplo, o caer en un vicio funesto. Siempre encontraba en la textura de la vida algún pretexto para continuar con decisión hacia un punto de su destino que desconocía por completo. Sus finanzas eran irregulares, pero no llegaba a experimentar ningún vértigo al respecto. Contaba con el seguro de vida que había tomado Mercado y la generosidad de algunos amantes. En momentos desesperados, alguna vez, debió recurrir a Max, quien en una ocasión le había ofrecido una pensión fija. Virginia, naturalmente, la rechazó. Su cuñado no se saldría con la suya estableciendo algún tipo de dependencia específica que aliviara los remordimientos que hubiera llegado a sentir.

En el centro de la rotonda que precedía a la hostería, donde los automóviles dejaban a los pasajeros para ir luego a los estacionamientos bajo los árboles, había un pequeña fuente donde flotaba una tupida maraña de nenúfares. De pronto, bajo las hojas flotantes y de aspecto antediluviano que cubrían casi toda la superficie de esa agua inmóvil, distinguió un pequeño pez de un vivo color naranja fosforescente, y uno de esos ojos redondos y estrábicos lo miró fijo por un segundo. Otros especímenes se escurrían entre los nenúfares. A Max siempre lo asombraban estas pequeñas cosmogonías compuestas de un par de elementos; un agua casi estancada, nenúfares y unos cuantos peces anaranjados constituían un todo más perfecto que el desazonante mundo que veía a su alrededor.

En ese mismo momento, por la ventana de su habitación en la hostería, apareció Alejandra y abrió los postigos de par en par. Viéndolo abajo en la rotonda, hizo un gracioso y entusiasta saludo con la mano. Max debió alzar la vista y hacerse sombra sobre los ojos, ya que el sol le daba en plena cara. Contestó agitando la mano más o menos a ciegas, y alcanzó a vislumbrar una sonrisa en el rostro de Alejandra mientra ella desaparecía por la ventana tras indicarle con gestos atolondrados que bajaría de inmediato. Con cierta irritación se le reveló en esa sonrisa a la distancia la falta de convicción, el esfuerzo que ponía Alejandra en ello. Max había salido temprano por la mañana con la idea de visitar las cascadas cercanas. Alejandra, como siempre y a pesar de sí misma, dormía hasta tarde. No le debió resultar sorprendente encontrar la mitad de la cama vacía junto a ella cuando despertó a eso del mediodía.

Alejandra no podía menos que entender el significado de una invitación así. La hermosa hostería alemana de montaña los constreñía a ser algo más felices que la temperatura habitual que había tenido esa relación en los últimos años. Alejandra sabía que no defraudaría a Max, o al menos eso es lo que se había propuesto. Max, en cambio, no podía evitar sorprenderse a sí mismo súbitamente malhumorado cada vez que Alejandra indagaba en sus ojos para constatar si no lo estaba haciendo demasiado mal. Sentado ahora en un banco de piedra bajo unos inmensos y frondosos tilos, comprendía que la empresa era imposible, ya que ambos estaban en el secreto y sabían que esa pretendida felicidad no era más que una sucesión de gestos de buena voluntad, los que no había que intentar descifrar.

Si bien los treinta metros que mediaban entre la fuente de la rotonda y la entrada del edificio impedían ver al otro en detalle, y más aun contra el sol, Max comprendió, por cierto doloroso rictus que percibió en Alejandra, cuán lejos estaban y lo irreversible de la distancia que los separaba. Venía con sus anteojos oscuros de sol, pantalones de montar y una blusa suelta que caía por sus caderas. Llegó hasta él y lo besó, casi confidencialmente, junto a la oreja.

—Hola, mi amor. ¿Despertaste muy temprano? Te eché de menos en la mañana.

—¿Cómo dormiste?

—Estupendamente. Estaba muerta. Supongo que no me harás caminar tanto como ayer.

—Tal vez más. Quiero que veamos la gran cascada. Tendremos tiempo para volver a la hora de almuerzo.

—¿Vas a contratar a un guía del hotel?

—No, para qué, el camino está señalizado.

—¿Crees que con estos zapatos estaré bien?

—Sí, están bien —dijo su marido.

—Dame tu brazo.

Así, dejaron el parque que rodeaba la hostería para entrar al bosque, en dirección a la ramificación de senderos que llevaban a las cascadas.

El camino era una senda bien surcada que corría por la ladera empinada de un cerro. En ese escarpado sendero de cabras se encontraron frente a frente con un grupo de alegres seminaristas que bajaban en fila india. Eran todos jóvenes y sonrientes, y marchaban con indisimulado entusiasmo. La noche anterior se habían sentado alrededor de una larga mesa muy cercana a la que ocupaban ellos. No eran

bulliciosos pero sí muy elocuentes y a cada momento
había uno que sostenía la palabra con decisión mientras los demás escuchaban. Se diría que no decían nada que no mereciese la pena. Max se dedicó a oírlos
a medias mientras escuchaba, también a medias, las
palabras de Alejandra acerca de Virginia y de lo lejos
que la sentía ese último tiempo. Vestían todos de se-
glar, en mangas de camisa o con toscas chombas teji-
das quizás por sus madres. Llevaban resistentes zapatos negros con suela de goma, y una pequeña cruz
prendida sobre el pecho de sus camisas confirmaba
su condición de futuros sacerdotes. Por la tarde los
había visto en una sombría sala posterior del inmenso hotel de piedra, celebrando una misa de campaña.

En la estrecha senda Max y Alejandra debieron pasar por turno ante cada uno de los seminaristas, con quienes fueron compartiendo, uno a uno,
una educada inclinación de cabeza.

—Son muy jóvenes. ¿No te parecen tiernos
los curitas? Se ven tan buenos —dijo ella cuando ya
se alejaban.

—No les queda más remedio —respondió
Max con una sonrisa, y siguieron subiendo. Abajo, a
sus pies, en el fondo de un gran cañón, corría un río
inmóvil visto desde esa altura.

—Creo que tengo vértigo —dijo Alejandra.

—No mires hacia abajo.

Alejandra se aferraba a su brazo con más
fuerza. El camino se alejaba luego del precipicio para
internarse en un bosque donde a lo lejos, perdido en
el follaje, se oía el estruendo de la gran caída de
agua. Descendiendo con dificultad por un sendero
de hojas húmedas y muertas, llegaron hasta la cascada, donde descubrieron que no estarían solos. Un

hombre se les había adelantado y parecía estar ahí desde hacía mucho rato, contemplando el panorama. El agua, proveniente de un río subterráneo de poderoso caudal, surgía con un bramido ensordecedor de una gran boca abierta en la roca, esparciendo una tupida llovizna que alcanzaba a más de veinte metros sobre su sumidero. El hombre que los había precedido debía conocer ya el lugar, porque llevaba una gruesa chaqueta de hule amarillo que le permitía conjurar la llovizna, y sobre todo por la concentrada atención que le dedicaba al sitio. Se volvió al oír pasos detras de él y se sacó a modo de saludo su sombrero de pescador, del mismo hule amarillo. Era un anciano de pelo blanco y rostro contento y aristocrático. Junto a él descansaba una red cazamariposas transparentemente azul.

El anciano parecía sumido en la fascinación de los cien metros de precipicio por donde caía el agua en la vertical hacia el mismo río que habían bordeado antes. Desde ahí, en medio del follaje, se divisaban las cumbres nevadas de los picachos más altos de la cordillera, tan cercanos y a la vez tan imposibles en la distancia, como esas postales que pretenden una inverosímil tercera dimensión. Max y Alejandra resbalaron todavía un poco más en la superficie musgosa, hasta quedar algo más cerca del torrente y del anciano forrado en hule. El ruido era ensordecedor. El viejo parecía divertirse. Era imposible no pensarlo como un alegre gnomo del bosque y Max se preguntaba si no formaba parte del decorado, de la ambientación que la hostería quería darles a sus paseos por los alrededores. Luego de un rato de estar ahí, tal vez veinte minutos, Max le hizo una seña a Alejandra para que volvieran porque, más allá de la contemplación extática de la cascada, el estruendo no permitía otra cosa. Al momento de volver sobre sus pasos, el viejo gritó:

—¡Esperen, esperen!

Ambos se detuvieron. El viejo se puso de pie y remontó la pendiente sin gran dificultad.

Lo esperaron hasta que llegó acezante, ayudado de su bastón, al terraplén donde Max lo ayudó a subir tendiéndole la mano.

—Gracias —dijo el viejo con la respiración entrecortada.

—¿Vuelve a la hostería? —le preguntó Max.

—Sí, claro, con ustedes si me lo permiten.

—Por supuesto —dijo Alejandra y comenzaron a caminar. Dejaron que el viejo tomara la delantera.

—No los había visto por aquí —dijo el viejo sin volverse. Para entonces se encontraban nuevamente en la estrecha senda que bordeaba el acantilado, y tanto Max como Alejandra iban más pendientes del abismo bajo sus pies que de otra cosa.

—Llegamos ayer por la tarde.

—Nunca había visto el hotel tan lleno de gente en abril.

—¿Viene siempre, usted?

—Sí, bastante, me gusta el lugar. Vengo desde hace treinta años, aquí se encuentran las más extraordinarias mariposas —se volvió hacia ellos con una sonrisa luego de esa declaración.

Durante el almuerzo, que el viejo insistió en compartir con ellos en el comedor al aire libre, se explicó mejor. Reinhardt, porque así se llamaba, era un entomólogo aficionado pero no por eso menos apasionado. Era alemán y se había afincado en Chile luego de la Segunda Guerra Mundial. Había instalado con éxito una fábrica de explosivos que luego dejó en manos de sus hijos, lo que le permitió dedicarse a lo que amaba desde su juventud en Baviera, los insectos, y particularmente las mariposas. Reinhardt hablaba también con entusiasmo de sus coleópteros, y sobre todo de una especie que pretendía certificar como hallazgo suyo, propia de los contrafuertes cordilleranos chilenos, un escarabajo de aspecto maligno que llevaba disecado y vitrificado en una hermosa cajita con tapa de vidrio, un ataúd de lujo que sacó cuidadosamente de su bolsillo. Contenía a un pequeño sujeto antediluviano cuyas retorcidas antenas hacían pensar en un barroco momento de la naturaleza, y que se llamaría *scarabaeus reinhardti* el día que viniera la aprobación de una irrecordable sociedad entomológica. Se podía pensar que ese escarabajo de aspecto huraño había gozado de un dichoso incógnito hasta que Reinhardt lo descubrió en alguna escarpada quebrada cordillerana. Es fácil imaginar al solitario escarabajo contrariado, sorprendido por los lentes ópticos del alemán que lo observaron fijamente y que ya en ese instante concibieron para él el descabellado destino de un reconocimiento internacional. El viejo se ocupaba de ese tipo de cosas. Max y Alejandra lo miraban con interés. Con su mirada de viudo feliz y extasiado ante la naturaleza, Reinhardt se extendió en un prolongado elogio del amor que él, con su experiencia, podía ver nítidamente en la pareja que tenía al frente —Alejandra no soltó ni por un instante la mano de Max— y que le evocaba a su adorada Greta, cuya partida por lo visto había sabido sobrellevar. El silencio y la atención de ambos no hacía sino confirmar su animado juicio. Max no podía evitar contemplarse a sí mismo en aquellas palabras y consideraba una verdadera fortuna la agradecida mirada del viejo respecto al mundo.

—Treinta y cinco años de feliz matrimonio. Lo mismo cuando fuimos pobres durante la guerra que cuando nos hicimos de una buena situación con lo de los explosivos. Bueno, explosivos y también fuegos artificiales, somos líderes en el mercado de los fuegos artificiales, pero ésa es una parte pequeña de la empresa.

—Qué fantástico —dijo Alejandra—, fuegos artificiales.

—¿Y qué clase de explosivos son? —preguntó Max intrigado.

—Para la gran minería, TNT de alta densidad. Pero, como le digo, eso está a cargo de mis hijos —dijo el viejo con una cierta picardía.

Después del almuerzo Reinhardt pidió unos coñacs; tres corridas, para ser más exactos, que lo fueron enrojeciendo progresivamente hasta darle el aspecto de un Papá Noel que acariciaba, con una mirada ensoñada y vidriosa, un pasado lleno de coloridas escenas de dicha alemana. Luego de insistir en anotar el almuerzo a su cuenta y de despedirse calurosamente, se fue un poco zigzagueante por los senderos que llevaban hasta la hostería.

—Es encantador. No me mires así, fue muy atento con nosotros.

—Yo no he dicho nada. Estaba pensando si lo envidiaba o no.

Alejandra estaba algo embriagada ante esta suerte de renovada fe de bautismo con que los había estigmatizado el viejo alemán. De alguna forma, a la hora de la siesta, se atrevió a dar rienda suelta a su ternura, siempre amagada por un oscuro temor a estar faltando a las reglas. Hacía mucho tiempo que había perdido la confianza en la oportunidad de sus impulsos, porque crecientemente parecían no coincidir con los momentos de Max.

Max estaba durmiendo, semidesnudo, vuelto hacia la pared. Tenía la respiración acompasada del que ya sucumbió al sueño. Por las persianas entraban, filtradas, unas perfectas láminas de luz que se ordenaban geométricamente sobre el suelo de madera. Tocó a Max y comprobó que dormía. Los coñacs del alemán habían surtido su efecto. Alejandra sentía un deseo punzante y experimentaba una absurda soledad ante ese cuerpo desnudo tan cercano. Ella también se había desnudado por completo, lentamente y con precaución, y yacía junto a él sin atreverse a importunarlo. Apenas rozaba suavemente el brazo flectado de su marido, que no respondía a su llamado. De pronto él se volvió involuntariamente, mostrándole un rostro ya abandonado al sueño. Alejandra vio turbada su miembro erecto, como un regalo que no sabía si le estaba concedido. Lo contempló largo rato, insegura de lo que debía hacer. Le bastó empujar levemente su hombro para dejarlo totalmente de espaldas sin que despertara. Su respiración era pareja, pero al contacto con su mano se agitó. Ella no esperó más y se montó sobre él. Sólo cuando yacía con todo su abandonado peso sobre el pecho inerte de Max, él abrió los ojos. La estrechó aun más en sus brazos. Ambos, jadeantes, permanecieron largos minutos abrazados sin decir palabra. Alejandra no podía advertir que los ojos de Max miraban hacia un rincón de la habitación, donde por las rendijas se había escurrido una rara mariposa que revoloteaba en un desesperado intento de remontar la persiana y hacer el camino de regreso a través de la perfecta franja de luz por la que había entrado.

Cuando Max abrió la puerta se sorprendió de encontrar a Virginia sola en el living. Le pareció que habían pasado semanas o meses desde la última conversación telefónica.

—¡Virginia! ¿No estabas en Buenos Aires?

—Estuve, pero acorté el viaje —respondió ella mientras Max se inclinaba para darle un rápido beso en la mejilla. Luego dejó su maletín sobre la mesa del comedor.

—¿Llegaste hace mucho rato?

—Un poco, media hora.

—¿Dónde está Alejandra? —preguntó Max.

—No sé. Margarita me dijo que cuando ella llegó, Alejandra ya no estaba, y que tal vez había ido de compras, pero no estaba segura. Ella me abrió, no usé mi llave.

—La tienes para usarla. ¿Cuándo volviste?

—Hace una semana.

—¿Y por qué no nos llamaste?

—Llamé al llegar, pero supe por Margarita que estaban en la cordillera. Supongo que fueron a esa especie de sanatorio alemán. Estuve alguna vez ahí. Es bonito.

—No es un sanatorio, Virginia —dijo Max sacándose la chaqueta mientras iba al dormitorio a revisar el contestador. No había nada.

Max volvió donde Virginia.

—¿Dijiste que llegaste hace una semana? ¿Estuviste de incógnito en Santiago durante siete días?

—¡Qué incógnito! Estuve preocupada de mis

cosas. Además, para qué los iba a llamar, no tenía nada particular que decirles.

—No hace falta que tengas algo que contar para vernos. Alejandra te necesita.

—Sí, pero no siempre estoy de ánimo.

—Y parece que tampoco lo estás hoy día. ¿Quieres algo? Yo voy a tomar un whisky.

—Dame otro a mí.

—¿Cómo estuvo el viaje? —dijo mientras sacaba el hielo.

—¿Te interesa de veras saber de mi viaje?

—No volviste de buen humor, en todo caso. ¿Pasó algo malo? —dijo entregándole su vaso.

En ese momento asomó Úrsula por la puerta de la cocina. Se hizo notar por un bullicioso estornudo y luego siguió imperturbable su camino hasta la alfombra, donde tenía prohibido echarse.

—¿Habrá comido? Me olvidé de preguntarle a Margarita —dijo Virginia mientras veía a la perra trazar sobre la alfombra una perfecta circunferencia con sus medidos pasos, para dejarse caer en su centro.

—Margarita le deja su plato. Déjame ver —dijo Max yendo hacia la *loggia*—. No ha tocado su comida —fue su escueto informe al regresar. Acto seguido, fue hasta donde la perra y le acarició el lomo.

—Déjala que esté ahí, por favor —dijo Virginia. Max no oyó siquiera sus palabras .

—¿Qué te pasa, mi preciosa, que no has comido nada? —dijo él levantándole el hocico a Úrsula. La perra lo miró a su vez con sus ojos impávidos.

—Son las nueve y media, Max —dijo Virginia.

Max consultó su reloj y comprendió bien lo que Virginia quería decir.

—Alejandra debe estar por llegar.

Mientras decía esto acariciaba a la perra.

—Me gustaría verte más alegre, al menos esta noche. ¿Es posible? —dijo él con algo imperioso en el tono. Virginia no lo dejó escapar.

—¿Estás preocupado por mí?

—Siempre estoy preocupado por ti, Virginia.

—Espero no haberte quitado el sueño.

—No, pienso en ti de día, es más seguro.

—Me encantaría saber con qué frecuencia, pero no me contestes.

—Habitualmente te apareces por sorpresa. Todavía no logro controlarlo —dijo Max poniéndose de pie y mirando su reloj—. Es raro que Alejandra no haya vuelto.

—Es raro que haya salido —respondió Virginia.

—Cuando sale me llama y hoy no le toca siquiatra —dijo Max como para sí mismo—. Este último tiempo ha estado de mejor ánimo, tal vez fue a ver a alguna amiga, o de compras, no sé. No le hace mal un poco de independencia.

—Entonces no nos preocupemos. Debe estar por llegar.

—¿Te quedas a comer?

—Sí, claro.

—Ya son casi las diez, Alejandra debe llegar en cualquier momento. Voy a ver qué nos dejó la Margarita.

—¿A qué amiga podría haber ido a ver? —dijo Virginia asomándose a la puerta de la cocina.

Ahí era todo nuevo, blanco, aséptico, las cosas no habían tenido tiempo de sumarse entre sí.

—No sé. Dejó de ver a sus antiguas amigas hace tiempo. Hay dos o tres, pero igual habría avisado. Tampoco me gustaría llamarla por aquí y por allá, como si la vigilara...

—Esperemos —dijo Virginia.

Cuando dieron las diez y media de la noche la conversación se había ido adelgazado hasta no ser más que unos sueltos y espaciados pensamientos en voz alta acerca de la ausencia de Alejandra. Conjeturas optimistas que se lanzaban mutuamente en medio de los densos silencios que se hacían cada vez más largos. Durante todo ese rato no cambiaron de posición. Virginia estaba de espaldas a los ventanales, con la ciudad iluminada como fondo. Max había tomado ya su tercer whisky y Virginia tenía el suyo casi sin tocar.

—¿No vamos a suponer que le puede haber pasado algo malo? —dijo de pronto Virginia—. Ya son las once.

Max no dijo nada.

—Voy a llamar a los carabineros —dijo Virginia poniéndose de pie.

—¿Y qué vas a decir?

—Reportar una persona desaparecida, eso. ¿No es lo que se hace en estos casos?

—Tal vez es demasiado pronto, no sé —respondió Max.

Virginia pasó por alto esa errática consideración y fue hasta el teléfono. Cuando volvió, Max vagaba mudo por la terraza.

—Por ahora no tienen nada, ninguna persona perdida con las señas de Alejandra. Pero tienen que comunicarse con el resto de las comisarías. Van a llamar para confirmar. De todas formas dejé hecha la denuncia... y tuve que explicar lo de su enfermedad.

—Voy a hablar con Bravo. Él puede decirnos algo.

—¿Quién es Bravo?

—Su siquiatra —dijo Max, y esta vez fue él quien desapareció por la puerta del dormitorio.

Volvió en un par de minutos.

—No dijo nada muy concreto. Me pidió que estuviera tranquilo y que no demostrara ninguna preocupación cuando ella regresara. No pude decir mucho más porque tenía invitados...

—Tiene invitados —parafraseó sarcásticamente Virginia.

—Esperemos —dijo Max.

Cerca de la medianoche sonó el teléfono; ante el insistente llamado de la campanilla, Max se limitó a mirarlo confundido. Virginia se puso de pie cuando vio que él no se movería.

—Eran los carabineros. No tienen a nadie con esas características. Si no llega esta noche, habrá que ir mañana a una comisaría a hacer la denuncia formal —dijo al colgar.

—Sí —replicó lacónicamente Max, hundiéndose aun más en el sillón.

Pasó otra hora en la que intercambiaron apenas media docena de frases voluntariamente inconexas.

—No pasa nada malo, ¿no es cierto? —dijo Max desde su sillón luego de un inmensurable silencio.

—¿Tienes miedo?

—Sí, ¿tú no?

—Sí, yo también tengo miedo pero no quiero pensar en nada malo —fue la respuesta de Virginia—. ¿Tienes hambre? ¿Preparo algo? —agregó ella para reparar la flaqueza de las palabras que habían salido de su boca.

—No para mí, gracias —y Max persistió en su mutismo.

Continuaron así, uno frente al otro, atrapados en un condensado silencio del cual, a cada minuto que pasaba, era más difícil salir.

—Si no hay noticias esta noche, mañana habrá que hacer algo..

—Algo como qué... —dijo Max, mirando fijamente a Virginia con unos ojos ya vidriosos por el alcohol y el desvelo.

—Si no quieres entenderlo, te lo repito: habrá que esperar el informe de los carabineros, y si no hay nada tendremos que ir mañana a la morgue.

—La morgue —musitó Max.

—Si no eres capaz de hacerlo tú, lo haré yo. ¡No me voy a quedar de brazos cruzados!

Virginia no obtuvo respuesta.

Debió conformarse con la visión de las espaldas de Max aferrado al balcón y al vacío que tenía ante sí. Desde ahí Max podía distinguir la piscina azul del delfinario, las gradas vacías, las banderas inertes, los delfines casi invisibles nadando en la apacible oscuridad, lejos del murmullo que sobrevolaba la ciudad.

Esa noche un nuevo orden comenzaba a imponerse y a modelar a su gusto la maleable materia de sus protagonistas.

Cuando Max volvió de la terraza, Virginia ya dormía en un sillón. La contempló durante un momento, ovillada, sus dos manos tomadas haciendo de almohada. Se había dormido a pesar de sí misma. Vio sus piernas, sus rodillas desnudas, un zapato que se había deslizado de su pie, su pelo cayendo desordenado sobre el rostro; no hizo más que acariciarle suavemente la cabeza dormida y siguió hasta el dormitorio principal.

Se despertó con una sacudida, como si ese día requiriera algo perentorio de él. Estaba vestido, tal como se había dejado caer sobre la cama la noche anterior. La cama revelaba un sueño convulsionado que ni aun la borrachera había podido aplacar. No recordaba haber soñado nada específico, pero tenía la sensación de haber sido asaltado durante la noche por una desordenada pandilla de demonios. Sentía que no era tanto su vida como el universo entero, con todas sus leyes, lo que en el día de ayer había dado un vuelco estrepitoso del cual no se repondría jamás. La camisa blanca, los pantalones de gabardina, contenían un cuerpo aterido, en una perfecta encrucijada entre la vida y la muerte. Apenas se incorporó de la cama, sintió que lo aguardaba la revelación de un castigo que se le infligía y que no hacía sino comenzar. Tenía la certeza de haber sido arrojado a un infierno que maliciosamente se negaba por ahora a revelar la profundidad de su abismo. Lo reconfortó oír el bullicio de ese jardín infantil que desde sus dos amplias terrazas nunca pudo descubrir. Cada mañana oía ese rumor lejano de una multitud de niños jugando en un patio. Como un cometa que venía a escarnecer más aún la realidad de esa mañana, pasó como un rayo por su mente la imagen de Bibi participando de su agitación nocturna, si bien no lograba precisar qué lugar pudo ocupar en el tumulto de sus sueños, como no fuera el de una perversa organizadora. Sabía que no tenía las fuerzas para enfrentar la prueba que el destino le había puesto delante, por su misma convicción sobre el alcance de esas fuerzas. Ese día, con todas las infinitas posibilidades de horror que podía contener, no era capaz de afrontarlo. Por momentos se preguntaba si no se resolvería todo por medio de esas variantes inesperadas en que aun las más horribles pesadillas, con el despertar, desembocan en un simple entrecruzamiento de historias con cuyas posibles combinaciones un genio maligno se divirtió por un rato. Sin embargo, ya era tarde para ese flojo razonamiento. Había despertado y el día prolongaba la atemorizante textura que había cobrado su existencia desde la noche anterior, sumada al presentimiento de que una dosis concentrada de dolor, que había estado esperando su oportunidad, se cernía sobre él para cumplir con un designio que le estaba dado desde siempre y que hasta ahora sólo había sido aplazado.

Sintió ruido en la cocina. Con un punzante dolor de cabeza, en calcetines, se asomó a la puerta y vio a Virginia que preparaba el desayuno. Eran las ocho diez de la mañana. Para la situación que vivían, era un despertar tardío. El *ralenti* con que Virginia procedía en el ceremonial de los objetos del desayuno —tenía los ojos hinchados por un sueño corto y sobresaltado— se debía acaso a la presencia silenciosa de Max bajo el dintel, observándola. Con esa actitud oficiosa Virginia quería tal vez decir que la vida continuaba al mismo ritmo de siempre, sólo que era ella la que con un dejo de culpa disponía esa mañana las tazas y vigilaba las tostadas, y no Alejandra.

Su vestido estaba arrugado. Se había quitado todo de las manos, las pulseras, los anillos, el reloj. Max imaginó que Virginia despertaba a menudo así. Continuaba con su tarea sin darse por enterada de la observación de Max desde la puerta. El desaliño de ambos de alguna manera los unía, y aun la mirada abandonada de Max parecía en consonancia con esa demorada secuencia de actos.

—¿Dónde quieres tomarlo? —dijo Virginia sin mirarlo siquiera un instante.

—Vamos a la terraza.

Virginia tomó entonces la bandeja y cruzando el living la llevó hasta la terraza, inundada a esa hora de una luz todavía fría. El sol acababa de aparecer por la cordillera y al abrir las correderas de vidrio y sentarse ante esos cafés humeantes sintieron un escalofrío.

—No ha llamado nadie —dijo Virginia de pronto, cuando Max echaba azúcar a su café—. Estuve despierta toda la noche. ¿Dormiste algo?

—Algo, creo. Soñé tantas cosas que no sé si dormí.

—¿No quieres tostadas?

—No, gracias.

Max vio que Virginia comía casi automáticamente esas tostadas de un pan comprado por Margarita dos mañanas atrás y que Alejandra había dejado para el día siguiente en el refrigerador. Ahí lo había encontrado Virginia. Ese pan congelado y luego tostado era la última señal física debida a un gesto de Alejandra. Los buses amarillos que venían a recoger a los niños para llevarlos al colegio tocaban sus bocinas. Los autos a punto de partir echaban humo por el tubo de escape en el estacionamiento, y alguna dueña de casa aparecía por una ventana todavía en ropa de dormir.

—Quiero estar solo hoy día, quiero que me dejes hacer lo que tengo que hacer —dijo Max refugiándose en su taza de café.

—¿Y sabes lo que tienes que hacer? —preguntó ella.

—Por hoy al menos, nada. Me voy a dar veinticuatro horas para esperar que nada malo haya ocurrido.

—Haz como quieras. Voy a pasar al baño, si no te molesta.

—No me malentiendas. ¡No quiero ir a la morgue a preguntar por ella! ¿Te parece raro?

—¿Y qué piensas hacer hoy? ¿Ir a nadar? ¿O al cine? ¿Tienes algún plan para pasar este día?

—No lo he pensado, por de pronto no voy a ir a la universidad. Me quedaré aquí, no sé.

Virginia entró al baño, no se demoró más de un minuto y salió para recoger sus joyas, que estaban sobre la mesa. La operación de ponérselas tampoco demoró. Luego fue directo a la puerta de entrada y sin decirle una palabra cerró la puerta tras de sí.

Segunda parte

Max tocó el timbre y le pareció que la asisten-
ta que abrió había estado escuchando tras la puerta
sus pasos que se acercaban por el largo corredor. Entró a ese lugar con una curiosidad que iba más alla de
su preciso objetivo. Siempre había querido conocer
la consulta del doctor Bravo, cuya voz había oído por
primera vez la noche pasada. La curiosidad era justificada. Después de todo, su mujer pasaba ahí cuatro
horas a la semana y nunca dudó de que fueran para
ella las más importantes. La sala de espera era discre-
tamente sombría, los muros estaban cubiertos por
una tela color burdeos y adornados con grabados de
escenas de caza inglesas. Una lámpara de mesa tras-
plantada de algún hogar ya en marcha intentaba darle el toque cálido a ese ambiente impersonalmente
elegante que en parte quería justificar los altos hono-
rarios del siquiatra. Intentó distraerse ojeando una
revista, pero su atención estaba puesta en el murmullo que se alcanzaba a escurrir de la puerta cerrada
frente a él. Era un murmullo sostenido, monocorde,
casi una oración que sostuviera un penitente ante su
confesor. Se abrió la puerta, se oyó el perfecto tosido
de quien se aclara la garganta luego de haber guardado silencio durante mucho rato, y acto seguido una
mujer de una edad y un tipo semejantes al de su
propia mujer salió del gabinete. Al encaminarse ella
hacia la puerta de salida, lo hizo con el rostro vuelto,

de manera de no ser reconocida por el anónimo espectador que ocuparía su lugar. Siguió con detención la salida precipitada de aquella mujer que sin duda había dejado una parte inconfesable de su alma detrás de esa puerta ahora nuevamente cerrada; su actitud no había sido distinta del escrúpulo de una infiel que se escabulle furtivamente de una situación comprometedora. Max había esperado ver alguna vez ese ritual de confidencialidad con sus propios ojos.

—Pase —le dijo la secretaria cuando como por encanto se abrió otra vez la puerta. No había nadie tras ella, de modo que tuvo que pasar como a una sala vacía porque Bravo, estaba visto, no saldría a hacerle ninguna recepción. El hombre estaba sentado en un confortable sillón, como el que podría haber en el living de cualquier casa, y le ofreció con un distraído gesto de la mano otro idéntico una vez que hubo levantado los ojos de la agenda que recorría minuciosamente. El diván de rigor se hallaba en un extremo de la pequeña sala, junto a unos ventanales ante los que se recortaba un moderno edificio de cristales. Así, vacío, el diván parecía un objeto amenazante, casi obsceno; era el lecho donde había yacido por horas su mujer, abandonada de sí y observada en detalle en su completa anatomía por ese sujeto que aún no se resolvía a romper el silencio.

El siquiatra, de unos cuarenta años, vestido elegantemente, cerró la agenda y lo miró con una sonrisa neutra. Max no se esperaba un hombre más joven que él.

—Cómo se encuentra —dijo el siquiatra evitando el tono de la interrogación.

—Confundido —respondió Max con voz débil.

—Lo entiendo. No hay ninguna noticia de

ella, supongo.

—No, nada.

—¿Qué piensa hacer?

—No sé. Di aviso a la policía, no se me ocurre nada más.

—Trate de mantenerse tranquilo. Está agitado y lo entiendo, pero en este momento es imprescindible la calma.

—Podría estar todavía más intranquilo de lo que estoy.

—Usted me sugirió anoche la posibilidad de un suicidio. Me interesa saber su punto de vista. ¿Tiene algún indicio como para suponerlo? —preguntó el siquiatra en voz baja.

—Ninguno en particular. Es una hipótesis que cualquiera se plantearía en una situación como ésta.

—¿Esa hipótesis se le vino de inmediato a la cabeza?

—Ya le dije, la consideré aunque no tengo ninguna razón para suponer un suicidio... Por el contrario, creí sentirla mejor en el último tiempo, nuestra relación mejoraba... creo. Pero la verdad es que estoy aquí para oírlo a usted —dijo Max, algo impaciente.

—Se equivoca, usted tiene mucho que decirme.

—Me imagino que usted estará lo suficientemente al tanto sobre mí —replicó Max rápidamente.

—Por supuesto, Alejandra me habló mucho de ustedes. Es uno de los temas que tratábamos.

—Le habrá dicho que las cosas no iban tan mal...

—Si lo comprendo, ella no contemplaría la posibilidad de un suicidio porque las relaciones entre ustedes mejoraban. ¿Es eso?

—Hubo momentos en que hubiera podido

llegar a entenderlo, pero no ahora, no sé si me explico. En el último tiempo puse mucho de mi parte y no creo que ella lo ignorara.

—¿Antes no lo hizo?

—Tal vez en algunos períodos no hice por ella todo lo que podía hacer.

Max dejó que los ojos del siquiatra repasaran su figura luego de esa confesión que, estaba seguro, no agregaba nada a lo que su interlocutor sabía de él.

—Entiendo —dijo Bravo luego de un momento—. ¿Por qué no nos habíamos conocido antes? Después de todo, soy el siquiatra de su mujer.

En ese momento el siquiatra manipulaba una lapicera con la que marcaba un compás contra su rodilla. Max observó por un segundo ese metrónomo con el que Bravo quería hacer más evidentes los tropiezos del diálogo, y se apresuró a responder.

—Ella nunca me insinuó siquiera que fuese necesaria una entrevista entre usted y yo. Por lo que sé, estaba contenta con el tratamiento y más bien creo que no le habría gustado la idea. ¿Se lo sugirió usted?

—Se lo sugerí, solamente eso. Es esa resistencia de ella la que me interesa ahora.

—No puedo hacerme cargo de algo de lo que ni siquiera me enteré.

—¿No le parece raro que ella no le hubiera comunicado mi interés en verlo?

—Jamás me dijo nada.

—Alejandra me dio a entender que era usted el que se negaba a venir.

—Eso no es cierto. De habérmelo pedido, no me habría negado. Es absurdo que lo piense. No tengo nada que ocultarle.

—¿A quién?

—A usted —dijo Max luego de una fracción de segundo, con una voz en la que pareció fallar el timbre. Esa sola respuesta produjo un temblor de satisfacción en todo el cuerpo del joven siquiatra.

Max comenzaba a tener la desagradable sensación de haber sido tomado por sorpresa, pero podía justificar la curiosidad que ponía Bravo en él. Pensaba que ese acoso y el desarme total de la víctima eran parte de la usual práctica indagatoria y estaba dispuesto a rendirse a ella en la medida en que su conciencia, luego del despertar de esa mañana, se hallaba como nunca dispuesta a una exhortación.

—¿Qué cree usted? ¿Qué está pasando? —dijo Max rompiendo el silencio que él mismo había provocado.

—No lo tengo claro, pero si bien no comparto su propia visión del estado de Alejandra, ni del estado de sus relaciones, tampoco me inclino por la idea de un suicidio. Yo manejaría una hipótesis menos dramática.

—¿Y cuál es esa hipótesis?

—Algún acto temerario, voluntarista, producto de un estado eufórico.

—¿Cuál podría ser ese acto?

—Lo ignoro. Es indiferente cuál sea. Lo más probable es que Alejandra esté realizando alguna fantasía impulsada por algún deseo reprimido... una especie de rebelión interior. ¿Me explico?

—Usted, supongo, sabrá cuáles eran sus fantasías —dijo Max con precaución.

—No suelen ser verbalizadas. Uno sólo interpreta lo que el paciente quiere decir de sí mismo.

—No me ha respondido. Ella lo veía cuatro

veces por semana. ¿No puede decirme nada de ella que yo no sepa?

—Sin duda conozco bastante el alma de su mujer, pero no puedo abarcar todo el repertorio de sus posibilidades imaginativas. Es un cúmulo de cosas y ninguna por sí sola explicaría un acto específico. Ahora, el conjunto de síntomas, si bien podría darnos pistas, es inútil en este caso porque para el suicidio no hacen falta buenas razones, ni siquiera *una* razón. Pero insisto, creo que ella está viva y en acción.

—¿Qué quiere decir con eso de *en acción*?

—Tiendo a pensar en algún tipo de maniobra.

—No lo entiendo.

—Una maniobra, una jugada de Alejandra, un acto de individualidad que no hay que juzgar por su contenido, porque no es el punto, sino por sus intenciones.

—¿Sería acaso premeditado? ¿Eso es lo que está diciendo?

—Exacto —dijo Bravo fijando la mirada en Max.

—¿Una especie de broma...? —interrogó Max azorado.

—Si quiere, puede llamarla así.

—Para ser una broma, es bastante cruel con nosotros.

—¿Quiénes son *nosotros*?

—Bueno, su hermana y yo. Somos su única familia y los únicos que estamos al tanto de su desaparición. Nuestra hija vive fuera del país y creo que no es prudente informarle nada por ahora.

—Eso queda a su criterio.

—Es un poco precipitado... Además, si acepto su tesis de que sería una broma...

—Yo no he dicho que sea una broma, esa palabra la usó usted. No, no creo que sea ninguna broma. De lo que se trate, es para tomarlo en serio. Sólo el tiempo nos irá dando pistas de cúan lejos puede llegar, pero cabe también la posibilidad de que esto se resuelva pronto. No han pasado todavía veinticuatro horas desde que desapareció.

—Tengo la esperanza de que esto se solucione sin cargar con una preocupación extra a Cristina.

—Su partida afectó profundamente a su esposa, ¿no es así?

—Le afectó que partiera, como a cualquier madre, pero no hizo de eso un drama, que yo sepa.

—No me cabe ninguna duda de que no hizo ningún drama y que es otro de sus sentimientos que ocultó.

—¿Cuál sería ese cúmulo de sentimientos ocultos que usted sugiere? —dijo Max con determinación.

—No se equivoque. Usted me toma por un confidente. Ya se lo dije, uno apenas puede intentar interpretar la complejidad del alma humana a partir de lo que el otro quiere decir de sí. Alejandra me manifestó que solía callarse buena parte de sus emociones, lo que no tiene nada de anormal.

—¿Expresó Alejandra alguna vez rencor respecto de mí? —preguntó Max con una voz que fue declinando en las últimas sílabas.

—Naturalmente, no puedo responder a eso. Tengo la impresión de que usted se sitúa con excesivo énfasis en el centro de su existencia. Dada esta extraña desaparición, creo confirmar que estamos ante un acto de autonomía, referido seguramente a ella misma más que a una circunstancia o a un otro.

—La famosa fantasía, ¿no es cierto?

—No se confunda con el término, cuando hablo de fantasía me refiero a la elaboración mental de un deseo reprimido y largamente anhelado. Por lo general tienen un sentido claramente identificable, otras veces no tanto. Algunas fantasías se relacionan con el logro de una dicha posible, y otras no se asocian necesariamente con un resultado feliz. Tomándonos de esa palabra, usted sabe como yo que Alejandra no ha sido feliz.

—El suicidio no está del todo descartado de esas posibles fantasías...

—Quiero ser claro. El depresivo no ve la muerte como tal, sino que ve en ella la posibilidad de dormir, dormir para siempre, abandonar los afanes de la vida, entregarse a ese sueño que suele ser el estado más deseado en su vigilia. Usted lo habrá comprobado en Alejandra.

—Sí, claro.

—Sin embargo, insisto: no creo en la posibilidad de un suicidio.

—¿Por qué?

—Porque el depresivo con tendencia suicida terminal suele concebir la idea con cierta anticipación, acostumbra arrojar señales, y el primero en ser informado de esas señales habría sido yo.

—¿Nunca mencionó siquiera la idea?

—No, por el contrario, curiosamente se afirmaba en la idea de continuar con usted.

—¿Por qué dice *curiosamente*?

—Porque en un cuadro depresivo una afirmación positiva de esa naturaleza debe ser tomada en cuenta. Lo usual en estos casos es que ni aun los lazos afectivos más directos tengan la capacidad de constituirse en motivos vitales.

—En otras palabras, ¿ella sentía la importancia de nuestra relación? —interrogó Max algo más sereno.

El siquiatra agitó levemente la cabeza, como si no consiguiera todavía darse a entender.

—Eso creo. Estoy seguro de su voluntad, lo que ignoro es el grado de su convicción.

—Como sea, su voluntad tomó otro rumbo si ha planeado una maniobra como la que está haciendo.

—Exacto, puede ser justamente una prueba de su voluntad.

—Entonces... ¿ella está oculta en alguna parte, buscando algún efecto determinado con su desaparición?

—Puede ser. Mi duda de que nos encontremos frente a un suicidio es que éste suele tener ciertos componentes de exhibicionismo. De algún modo inconsciente, estas personas intentan desbaratar el mundo que existía a su alrededor. Éste no es el caso. En otras palabras, el acto y el cuerpo del suicida deben estar cargados de elocuencia para sus relaciones más cercanas, o hacia la sociedad si cabe el caso. Salvo que...

—¿Salvo qué...?

—Salvo que ella hubiera extremado su delicadeza al punto de quitarse la vida y escamotear su cuerpo a todas las consecuencias obvias. Es bastante difícil hacerlo, convengo en ello, y lo descartaría. Si le parece, podemos considerar otros motivos.

—Hable, por favor.

—Desde anoche he pensado en el asunto y podría haber una variante.

Max guardó silencio y esperó a que continuara.

—Es muy simple. Usted dio ya cuenta a la policía; la buscarán, supongamos, sin resultado...

—¿Y...?

—Y ellos sospecharán de usted. Quiero decir la policía.

—¡¿Pero por qué?! —Max levantó el torso del sillón en que estaba hundido.

—Porque es lógico que así sea. Ella puede haber entrevisto esa lógica.

—No puedo seguirlo —dijo Max desalentado.

—Hay hechos objetivos y les sería difícil ir contra ellos. Su mujer está enferma y usted es un hombre sano que podría haber deseado...

—No vaya por ahí, lo que está diciendo es una locura.

—No importa lo que yo diga, lo único que nos interesa es establecer un cuadro posible y me gustaría que accediera a considerar éste. Piense sólo una cosa. A la policía no le será difícil saber lo de usted y su cuñada... ¿Me entiende?

—¿Ella lo supo? —preguntó Max, dejando pasar un momento que le concedió al siquiatra.

—No creo faltar a mi ética profesional diciéndole que sí.

—Eso fue hace muchos años... ¿Qué pensaba Alejandra al respecto?

—Era un hecho de su vida. Creo que sentía que había quedado atrás, pero nunca del todo. Ella es una mujer inteligente.

—¿Tanto como para concebir algo así?

—Yo diría que de sobra. Creo que en cierto modo usted ignora quién es su mujer. Reconozco que se trata de una tesis muy elaborada, pero no la descartaría.

—Entonces... si lo entiendo —Max bajó la voz—, no sería una broma sino una trampa. Quiere vernos inculpados a Virginia y a mí... ¿Es lo que quiere decir?

Ante el silencio del siquiatra, agregó intempestivamente:

—¡Pero tampoco hay un cuerpo! Por lo tanto, no podrían acusarme de nada.

—Eso es exactamente lo que no debe decirle a la policía. Basta que use ese argumento para que vean en ustedes a los dos principales sospechosos. Mi consejo es que no haga nada. Retire de la policía la denuncia. Bastará con decirles que la ha encontrado para que ellos desistan de cualquier acción. De esa forma desbaratará sus propósitos, si es que estamos en la dirección correcta. De no ser así, con el tiempo se encontrarán en el mismo problema, sólo que la cosa será más grave. ¿Le queda claro? En el intertanto seguiremos en contacto. Lo más probable es que estemos frente a la primera hipótesis, y lo que intenta no le dará resultado. Espere, ése es mi consejo.

El hombre miró su reloj y con el mismo gesto con que lo había hecho sentarse, una mirada imperceptible, puso de pie a Max, y éste salió apresuradamente del pequeño gabinete.

Max estaba de pie, solo en el gran living, pero era como si todavía no acabara de llegar, si se observaba la irresolución que comunicaba a los objetos que lo rodeaban. Todavía bajo el efecto perturbador de las palabras del siquiatra, no atendía al timbre que sonaba. Virginia estaba visiblemente emocionada, o agotada, o las dos cosas a la vez, al menos a los ojos de Max cuando éste abrió la puerta.

—¿Estabas durmiendo? —dijo ella observando un semblante cuyos gestos más básicos de expresión parecían haberle sido arrebatados hacía cosa de minutos—. Llevo media hora tocando. ¿Puedo pasar?

Max se limitó a hacerla pasar sin decir palabra. Una vez en medio del salón, Virginia se volvió hacia él.

—He estado hoy en la mañana haciendo un pequeño trabajo que tú, como marido, deberías haber hecho.

—¿Qué hiciste? —preguntó Max secamente.

—Estuve en la morgue reconociendo cadáveres. Tres cadáveres, tres mujeres de una edad más o menos semejante a la de Alejandra, NN, muertas en circunstancias trágicas las tres, guardadas en una especie de casillas postales, perfectamente blancas y frías...

—Si lo hiciste, ya está hecho. Pero quiero que de aquí en adelante no hagas nada más, no quiero ninguna gestión tuya al respecto —dijo Max sentándose con un aire agobiado.

—No creo que me puedas pedir eso.

—Siéntate. Tus nervios no contribuyen en nada a todo este asunto. Quiero pedirte una cosa, que confíes en mí y que por favor dejes todo tal como está.

—¿Qué estás diciendo? ¿Que deje de buscar a Alejandra?

—La cosa no es tan simple como parece.

—¿Qué quieres decir?

—He estado con su siquiatra y me ha hecho ver otro ángulo de las cosas.

Virginia pareció contrariada. El que Max implicara a un tercero en decisiones que les concernían de tal modo a los dos, le parecía una falta de delicadeza con ella. Le costaba aceptar que Max no percibiera la naturaleza de la alianza que debía establecerse entre ambos en ese minuto.

—Su parecer —continuó Max— es que no hay razones para temer nada trágico, y que podría tratarse de algún tipo de maniobra de ella...

—Explícate mejor.

—Sí, una especie de mala pasada que nos estaría jugando.

—¿Por qué dice que *nos* estaría jugando?

—Su impresión es que busca producir algún efecto en mí... y también en ti.

—¿Ese efecto buscado se debería a que lo supo? —dijo Virginia sin demostrar su pesadumbre.

—Sí, lo supo —respondió Max; Virginia no hizo ningún gesto y dejó que él continuara—. Según Bravo, lo que Alejandra pretende es que tú y yo seamos inculpados de su presunta desaparición. Es una aritmética bastante simple, aunque corresponde más bien a la aritmética de los sueños. Nos ha dejado solos, así de claro.

—Supongo que no lo supo de tu boca.

—Por supuesto que no.

—Por mí tampoco... aunque nunca dudé de que lo supiera.

—¿Por qué lo dices?

—Porque es natural que lo intuyera pese a todas nuestras precauciones, y porque hace no mucho tiempo tuvimos aquí en el departamento una extraña conversación en la que me dio a entender que en caso de cualquier desgracia que le ocurriera, o de su muerte llegado el caso, le gustaría, me dijo, que yo cuidara de ti. Esa sola confesión, que fue sincera, desbarata la hipótesis del siquiatra ése. Tenemos puntos de vista muy distintos el siquiatra, tú y yo acerca de quién es mi hermana. No la creo capaz de una maquinación así.

—Yo tampoco, pero convendrás en que la idea de Bravo es menos grave que las otras posibles, y que por perversa que aparezca resulta más optimista atenerse a ella. Ésa es la única razón por la que le doy cierta fe —respondió Max—. En otras palabras, cualquier alternativa que no sea ésa nos lleva a conclusiones menos esperanzadoras o más brutales, por decirlo así, y me resisto a concebir un acto brutal de parte de Alejandra, aun contra sí misma.

—Te oigo y creo estar soñando.

—A mí también me parece un sueño, pero suena más lógico que un suicidio. No se ha encontrado ningún cuerpo, ni cartas, ni ninguna de las señales obvias. En todo esto hay algo que sale de lo ordinario, como sería un simple suicidio. Alejandra no se quitaría la vida así no más. Se contradice con su espíritu y creo que tú y yo hemos pecado de superficialidad al pensar en ella. Es casi injusto lo que hemos estado haciendo al barajar la idea de un vulgar suicidio. Quiero ser más claro: hemos banalizado su estado y no consideramos que su sensibilidad nunca dejó de estar activa. No sé cómo explicártelo, pero siento que una elaboración más compleja, más refinada, una condensación de sus fuerzas, la ha llevado por primera vez a desafiarnos, y que ella se ha situado en un lugar adonde ni tú ni yo llegamos.

Virginia se quedó en silencio. Lo observó, pero de inmediato bajó los ojos. Sentía que Max —él se había vuelto de espaldas, miraba en otra dirección con las manos en los bolsillos—, con su barroco razonamiento, sólo pretendía echar un velo sobre la más apremiante de las situaciones a las que se habían visto convocados y que, por trágica que fuera, era la única que podía aproximarlos. Dejó que los minutos pasaran y actuaran por sí solos. El aire entre ellos había adquirido una densidad tal que los atrapaba en la misma sustancia, pero ese mismo espesor impedía cualquier acercamiento. Fue ella la que rompió el silencio.

—En cualquiera de las alternativas es como si ella nos estuviera mirando, ¿no es así? ¿Sientes que nos está observando desde algún lugar? ¿Eso es lo que quieres decirme?

Max se limitó a sonreír levemente.

—Algo más o menos así —respondió.

—Aunque no creo tampoco que le haga falta observarnos. Si está en alguna parte, puede perfectamente imaginar el curso de la situación... entre tú y yo, quiero decir.

—Eso es muy exacto, estoy actuando rigurosamente según el curso de su imaginación —replicó Max sentándose otra vez.

—Te conoce lo suficiente como para imaginar el papel que tú asumirías en esta ocasión —terminó Virginia, con un gesto peculiar de ella que consistía en aplicar a su interlocutor una mirada tan serena que, más que una interpelación, parecía una retirada del campo.

—Hablas de mi *papel*, como si se tratara de un rol en una obra.

—Eso es precisamente lo que estoy diciendo. Estás actuando en un teatro vacío —dijo Virginia.

—Puede ser, pero no habla mal de mí que actúe lo mismo que si la platea estuviera llena —dijo Max echándose hacia atrás en el sillón.

—El punto es que estás actuando...

—¿Y qué quieres que haga? ¿Que me arroje a tus brazos —Max levantó los ojos hacia ella— para

completar el cuadro del drama? Virginia, la oportunidad siempre ha estado en contra nuestra, y ahora
más que nunca.

—Podrías haberte arrojado a mis brazos por
lo menos en algún momento. Yo me habría encargado de soltarte, pero te hubiera sentido más sincero.

Max volvió a sonreír. Se puso de pie y fue hasta donde estaba Virginia, de piernas cruzadas, observándolo con una mirada enervada. En cuclillas frente
a su sillón, la tomó suavemente por los hombros.

—Virginia, entiende bien, el tema ahora no
somos nosotros.

—Según tus teorías, se trata exactamente de
nosotros.

—Sí, se trata de nosotros, pero del modo menos propicio. Aunque no te guste, de confirmarse la
desaparición de Alejandra estaríamos en la primera
fila de los sospechosos. No quiero que tú y yo seamos
apuntados con el dedo. Aun cuando no pudieran
probarnos nada, la sola idea me da náuseas. Así es
que he seguido el consejo de Bravo y he retirado la
denuncia por desaparición...

—¡¿Qué hiciste?! ¡¿Te volviste loco?!

—No, no estoy loco. Ella va a aparecer, más
tarde o más temprano va a aparecer y lo mejor será
no haber armado ningún escándalo que la pueda
afectar a ella... o a nosotros —dijo Max con una pas-
mosa resolución.

—¿Y si de verdad le hubiera pasado algo? ¿No
has pensando en eso?

—Si le hubiera pasado algo, sería irremediable, y en ese momento, cuando lo supiéramos con
certeza, sabríamos qué hacer.

—¿Dijiste acaso en la policía que ella había

aparecido?

—Eso hice.

—¿Crees que nadie va a notar que tu mujer ha desaparecido? ¿Que el resto del mundo es imbécil? —replicó Virginia, exasperada.

—Es probable que alguien lo note, y por lo mismo es preferible que dejemos de vernos. Si agregamos a su ausencia tu presencia más constante aquí, estaríamos contribuyendo a las posibles sospechas... sobre todo si después se revelara alguna desgracia de la que no podamos probar nuestra inocencia.

—¿Me estás diciendo que en este preciso momento no podemos vernos?

—Así es.

—Creo que es muy injusto para mí, Max; tal vez haya perdido a mi hermana y además me condenas a estar lejos de ti, que eres la única persona cercana que tengo en el mundo.

—Descansa, Virginia. Tal vez todo esto se arregle de un modo que ni siquiera imaginamos.

—¿Qué tengo que decir? —dijo ella sollozando y cubriéndose el rostro con las manos.

—No digas nada, confía en mí.

Virginia no esperó a que Max dijera otra cosa. Tomó su cartera y en medio de un desordenado sollozo salió del departamento. Max quedó largo rato de pie en medio del amplio living, cuyos ventanales se abrían a una luminosa tarde arrebolada. Eran recién las seis y necesitaba desesperadamente un whisky.

Virginia había resuelto no contrariar los deseos de Max, no por obediencia a él sino porque las enrare-

cidas hipótesis formuladas por su cuñado habían logrado amedrentarla también a ella. Si su razón las rechaza-
ba por completo, su intuición no estaba dispuesta a hacer lo mismo. Mejor dicho, a cada instante acudía a su
mente la maquinación descrita por Max y cada vez se
sentía más flanqueada por el círculo que pudiera estar
tendiéndoles Alejandra. Ella, acostumbrada a llevar con
cierta ligereza secretos que hubieran quebrantado el
ánimo de cualquiera, se sentía esta vez amenazada por
un mundo lleno de voces murmurantes que la delataban. Por esos días rehusó toda invitación, y menos aun
llamó ella a nadie. Sentía que cualquier paso que diera
a solas sería una imprudencia y que su hermana había
minado suficientemente bien el campo en torno a ellos.
Este solo efecto logrado sobre ambos venía a darle la razón a Max. No dejaba de atormentarse con la idea de
que en los últimos años no había sido todo lo prudente
que la fuerza de los hechos exigía, que su corazón no
había abandonado nunca sus expectativas, que no hizo
lo suficiente por disiparlas o, peor aun, que ella misma
había elucubrado más de una vez, al filo de su conciencia, la imagen de una Alejandra renunciando. Era la palabra que tantas veces había resonado en su mente, sin
que supiera exactamente cómo debía ocurrir esa renun-
cia. Traer al presente ese malévolo zarpazo de su imaginación, que alguna vez se coló en ella en momentos de
profundo desaliento, bastaba para paralizarla. Contes-
taba el teléfono con la única esperanza de que fuese
Max para anunciarle alguna novedad o retractarse de
sus palabras. Max había resuelto dejarla en la otra orilla del río, como si de alguna manera se rindiera a las
reglas del castigo que les había tocado y le adjudicara
a ella la parte que le cabía.

Lograba entender que sólo quedaba esperar,

y no parecía del todo descabellado que Alejandra les hubiera cedido el escenario sólo para ver el efecto sobre ellos. Cuando tomaba esa bifurcación, no sabía bien por qué, Alejandra se le volvía extrañamente reconocible. Si esta idea la aliviaba de los temores de su posible muerte, al mismo tiempo agregaba una inquietud suplementaria. Durante un tiempo que ahora cabía medir en años, ella había logrado aligerar su conciencia por medio de su silenciosa resignación, y creía que Alejandra, de saberlo, debía estimar la amplitud de su sacrificio. Experimentaba en ese instante la injusticia de un castigo tardío y cruel, cuando todo el gasto ya estaba hecho y esa hazaña, una de las más penosas de su vida, era impugnada ahora por una venganza de Alejandra. Se sentía doblemente desolada, no sólo por la cruda estrategia de Max sino también porque se sabía gritando en el desierto; no tenía a nadie ante quien explicar o exculpar las razones de sus antiguas acciones. Esa persona no podría ser otra que Alejandra, a la que veía en esos momentos como un dios omnipotente y vengativo que observaba su discurrir en el vacío.

Resuelta a no importunar a Max, al que suponía apremiado por cuestiones semejantes, Virginia experimentó por esos días el absurdo de tener que dejar pasar las horas en el más enloquecedor de los mutismos. Su inmovilidad era tanto más desquiciante, ya que siendo una mujer inactiva en cuanto a ocupaciones específicas, solía llenar su tiempo con mundanidades para las que no tenía ningún ánimo por ahora. Nunca había sabido gastar sus horas en nada concreto, como no fuera en la compañía de otras gentes. Esa parálisis a la que estaba condenada, ese quedarse de brazos cruzados, los consideraba tan criminales como su deslealtad anterior con su hermana, o más bien un injusto efecto de aquélla. Si eran ésas las intenciones de Alejandra, había logrado actualizar con todos sus ecos y sombras los remordimientos con los que Virginia creía haber pagado ya suficientemente. Cuando volvía a su última conversación con Max y reconsideraba sus argumentos, en los que se veía expuesta a que alguien sospechara de ella como cómplice de un crimen contra su propia hermana, le parecía asistir al montaje de una mala tragedia que buscaba impresionarla y ciertamente lo lograba. Por las mañanas leía atentamente el diario, particularmente las páginas policiales, para buscar algún deceso por suicidio o cualquier muerte de una mujer con las características de su hermana. No encontraba nada.

Sentía que la soledad a la que estaba relegada, el sufrir a solas esa tortura diaria, acabaría con su espíritu ya suficientemente quebrantado. Si bien había cumplido con las instrucciones de Max y se veía constreñida a actuar según ellas, creía que revelándole todo a Arturo Grez no traicionaría la sustancia del pacto que había asumido. Varias razones, a su juicio, recomendaban confiarse a Arturo antes que a ningún otro. Arturo había sido un antiguo amante, uno de los más fieles e incondicionales. Era de los pocos hombres por los que creía haber sido amada sinceramente, y si bien el desenlace no fue mejor que con los demás, Arturo le había dado muestras de su lealtad en distintas ocasiones a lo largo del tiempo. Como abogado y alto funcionario de la Cancillería, Virginia veía en Arturo Grez un paradigma de la ponderación y la sensatez, y sin duda él tendría una mirada distinta de las hipótesis que había metido en la cabeza de Max el siquiatra de Alejandra. Por otro lado, era la única persona que estaba al tanto, en detalle, de su sobresaltado romance con Max. De hecho, Grez había sido el desgraciado relevo de Max tras la última escaramuza de Virginia con su cuñado.

Virginia lo citó en su casa, y cómodamente tirado en una *chaise longue* el impecable, elegante y ahora algo más gordo funcionario escuchó en silencio el detallado relato de Virginia. Luego de que ésta hubo acabado, la primera sensación que experimentó aquel hombre, tras la inverosímil y atropellada narración, fue que una de las cosas más sensatas que había hecho en su vida fue deshacerse oportunamente de esa mujer a la que, sin embargo, había amado. Con la agradable seguridad de hallarse lejos del epicentro de un tornado, Grez dejó pasar unos minutos antes de decir nada.

—Y bien, qué piensas —inquirió Virginia, alentándolo a hablar.

—Bueno, qué puedo decir, todo lo que me has contado es bastante... increíble, por decirlo así.

—Puede ser, pero, ¿qué debo hacer yo?

—No lo sé, no lo sé... Según el análisis que hizo el siquiatra ése, o tu cuñado, o ambos, hay algo razonable en sus argumentos. Alejandra ha estado siempre enferma, eso lo sabemos. Tal vez sea un poco aventurado suponer que podría recaer alguna sospecha en ustedes, aunque por otro lado eso podría suceder si, Dios no lo quiera, encontraran muerta a tu hermana en circunstancias dudosas. Pero creo que es prematuro ponerse en esa eventualidad.

—Max no piensa así.

—Un hombre desesperado no suele razonar correctamente. No veo a Alejandra manipulando de esa forma las cosas. Me cuesta creerlo, o mejor dicho no puedo creerlo —dijo Grez con un tono indiferente.

—Si escucharas a Max entenderías mejor sus aprensiones. Y por otro lado, si no se trata de eso, es simplemente que está muerta.

—En eso tienes razón —replicó Grez con un tono más cavilante.

—¿Crees que haya podido pasarle algo?

—Han pasado ya tres días. Se puede suponer cualquier cosa, incluso...

—Incluso qué...

—Acaba de ocurrírseme algo, pero no sé si estoy yendo demasiado lejos —dijo mirándola fríamente.

—¿Qué quieres decir?

—No lo tengo claro por ahora, pero hay algo extraño en todo esto.

—Todo es extraño, pero qué es lo que te sorprende.

—Un hecho que creo que no había considerado. Escúchame bien. Tu hermana desaparece misteriosamente, ¿no es cierto?, y nadie más que tú y tu cuñado lo saben. Bien, entonces él, apelando a la posible sospecha sobre ustedes, compra, por decirlo así, tu silencio. Tu hermana desaparece, nadie sabe nada y además estás forzada a cerrar la boca. Me parece extraño, demasiado extraño.

—Estás insinuando que...

—No estoy insinuando nada aún. Comprenderás que no lo estoy acusando, pero estarás de acuerdo en que, visto de ese modo, su actitud parece demasiado deliberada.

—Nunca estuve de acuerdo con no hacer nada y esperar.

—La lógica dice que un hombre que ha perdido a su mujer, la busca. Cualquier otra conducta es sospechosa...

—¿Qué piensas? —dijo Virginia ante el excitado silencio de Grez.

—Voy a dar vuelta el razonamiento de tu cuñado. Tu cuento tiene un misterioso reverso, o mejor dicho un muy bien urdido reverso. Sólo volviendo a pensar en la cuestión podía llegar a una *liaison* tan notable, verdaderamente notable. Qué gran tipo ese Max.

—¿Quieres decir que podría ser él quien la hizo desaparecer?

—Exactamente, podría.

—No llegaría nunca a creerlo.

—Eso te lo dejo a ti, solamente escucha lo que tengo que decirte. Si su versión suena coherente en su primera lectura, la mía no lo es menos.

—Sería una pesadilla.

—Creo que ya estás en una pesadilla. ¿No es lo que has buscado siempre?

—De qué estás hablando...

—Siempre lo has amado y nunca he podido entenderlo —dijo Grez sombríamente.

—Por favor, dime qué piensas... ¿Por qué Max haría algo así?

—Eso no lo sé, no lo conozco lo suficiente. Lo poco que sé de él lo he sabido por ti, y tus relatos no me han hecho estimarlo, precisamente... Es fácil suponer que estaba más hastiado de su mujer de lo que tú te imaginabas. ¿Es eso posible?

—Sí, está dentro de lo posible. Pero como sea, más tarde o más temprano, si Alejandra no aparece habrá que dar cuenta a alguien de su desaparición.

—Por supuesto, pero puede ser que necesite

tiempo. Me explico: sin cuerpo no hay delito, y tal vez lo que él necesite sea tiempo para estar seguro de que el cuerpo no pueda ser hallado, y así dar el aviso sólo cuando tenga la certeza de que nadie va a encontrar nada. Para entonces le serán indiferentes las sospechas que puedan recaer en él. Mientras, necesita tu silencio y tu inactividad, y los ha obtenido a la perfección. Bien por él. Ignoro el método que tu cuñado podría haber utilizado para hacerla desaparecer, pero más de alguno habrá.

—No entiendo cómo puedes llegar a pensar esas cosas —musitó Virginia.

—Caen por sí solas. No suelo ser tan brillante, es que aparentemente Borda ha armado su trama según una lógica y no queda más que seguirla.

—¿Y qué debo hacer yo?

—Creo que nada, por ahora. Haz lo que él te dice. Sería muy prematuro denunciarlo o ponerlo sobre aviso. Podríamos equivocarnos. Por ahora no hagas nada, sólo obsérvalo. Y, por favor, avísame cualquier novedad.

Virginia no dejó de sentirse afectada por la juiciosa secuencia que había expuesto su confidente. Pese a eso, no dejó de advertir el goce que había experimentado su viejo amante al participar de un secreto de tal magnitud y llegar a una hipótesis tan original y macabra que venía a triunfar sobre la de Max Borda. Era ésa la sensación que la hacía por momentos desconfiar del análisis de Arturo Grez, pero se sentía confundida y, una vez sola, a cada instante se veía obligada a volver a esa audaz interpretación.

Los días que siguieron, sin ninguna noticia de Max, la empujaron involuntariamente —en esos momentos de atónita introspección en que tomaba a duras penas el té, a solas, sin lograr oír la música que recién había puesto—— a intentar recordar el rostro y el comportamiento de su cuñado durante sus últimos tres encuentros desde la desaparición de Alejandra. Debía recomponer, con un sobreexcitado esfuerzo de su memoria, el semblante de Max aquella tarde en que llegó, como cualquier día, y la encontró sola a ella en el departamento. ¿Era el mismo Max de siempre aquél que entró? Su respuesta era sí y no. La tarde en que desapareció Alejandra no era otro sino el mismo Max, algo distraído como desde hacía un tiempo, específicamente lejano con ella, absorto como siempre en un segundo pensamiento pero práctico en la superficie de las cosas. Todo su exterior decía que las contingencias de la vida lo importunaban, que se veía constreñido a ocuparse de ellas pero que, si fuera por él, se encontraría en otro lugar. Esa desesperanzada distancia de Max con su entorno, que había surgido de modo inequívoco desde la definitiva ruptura de ambos, Virginia sólo podía ponerla a cuenta del trance de haberse deshecho del amor que ella había logrado provocarle. Una gota imperceptible de alegría y vivacidad había desaparecido en él, y Virginia no dejaba de sentirse conmovida por ese dolor que sobrellevaba y del cual creía ser sólo ella la causa. Ése y no otro era el Max que había entrado a su propia casa aquella tarde; sin embargo, no podía negarse al hecho de que esa noche se había arrojado por horas, enmudecido, en la tumbona de la terraza, se había resistido a llevar a cabo las mínimas diligencias que la situación imponía, y se había mostrado errático y confuso.

Virginia ya no pudo evitar tropezar a cada momento con nuevas conjeturas. Cada una la empujaba hacia algún costado de ese largo túnel cuyos muros se estrechaban día a día y que desembocaba en un final al que se resistía a llegar. Contra todos sus deseos, sentía que la distancia y el silencio que Max le había impuesto actuaban contra él, y que no tenía cómo hacérselo saber. La soledad a la que Max la había confinado no era otra cosa que un descampado para que su imaginación se extraviara.

En medio de estas disquisiciones, un pensamiento luchaba dolorosamente por abrirse paso. Si la tesis de Grez fuese cierta, lo era sólo a causa de ella. Y cuando este pensamiento se filtraba, todo encajaba aun mejor. Si Arturo había puesto sobre la mesa un móvil, ella tenía otro que agregar. Grez había omitido —y no podía saberlo— un elemento que sólo ella manejaba: Max no había dejado nunca de amarla. Comenzaba entonces a entrever la desaparición de Alejandra bajo otra luz, y sólo bajo esa luz se le hacía comprensible la virtualidad de un hecho como el que se veía forzada a considerar. Debía recurrir a toda su voluntad para apartar de sus pensamientos la sensación de que esa posibilidad configurada desde su aterrado confinamiento, ese sonambulesco desplazarse de personajes en un tortuoso proceso de formación, era algo que en algún lugar de su corazón había deseado ardientemente. De una forma u otra, siempre había esperado un gesto de Max, sólo que ahora se sentía sobrepasada por las dolorosas luces y sombras que ese gesto proyectaba. Ahora se encontraba ante él, y no dejaba de sentir lástima por Max, por su suerte, y por la suya propia.

Volvía a su mente la última imagen de Alejandra abatida, desconfiada, aquella mañana en el club de tenis. Una mujer débilmente aferrada a la vida, apoyada sólo en las fuerzas de su marido para continuar en este mundo. Aun en ausencia de él, y particularmente cuando ambas estaban juntas, Alejandra parecía reposarse en el hombro de Max, pero aquella vez le dio a entender que no contaba ni siquiera con ese hombro. Por momentos llegaba a pensar si no se burlaba de ella, si no ponía siempre a Max en su boca cuando estaban a solas sin otro fin que atormentarla. Virginia tenía la secreta convicción de que Alejandra no podía ignorar lo que había ocurrido entre ella y su marido. Nunca logró deshacerse de la sospecha de que Alejandra había propiciado una extraña cercanía entre Max y ella, la triste hermana menor, como si confiara en el amargo reflujo que ambos arrastraban para mantener a Max involucrado en ese núcleo perverso que formaban los tres, porque de otra forma su marido se hubiera largado hacía tiempo de su lado. Pero si por momentos acariciaba esa idea como una especie de triste arreglo, debía descartarlo de inmediato por imposible; la razón la obligaba a explicarse su constante presencia ante ellos por la enfermedad de Alejandra, el amor que ambas se profesaban y la fatalidad de que, por paralelas que fueran sus vidas, no tenían a nadie más que a la otra en este mundo.

Pero de lo que Virginia no podía dudar, era que luego de su súbita viudez su hermana resintió y actuó ante la evidente lejanía que observó entre Max y ella. Estaba segura de que Alejandra intentó evitar su alejamiento de la casa por la vía de reprocharle la agitada marcha que, una vez muerto Mercado, cobró su vida.

Con la llegada de ellos de Europa, Virginia advirtió muy pronto que su hermana se sabía insuficiente para Max y vicariamente necesitaba de ella. No sabía bien cómo se había prestado a este juego por tanto tiempo, pero sí estaba consciente de haberlo ejecutado tal como se le había pedido en su primera juventud. Haciendo el más desapasionado de los razonamientos, podía encontrar justificables las ansiedades de Alejandra si no tenía otro medio para retener a su marido, aun cuando ella misma no obtuviera de ello más que la magra tajada de no perder de vista a Max. Cuando tempranamente entrevió esta jugada, Virginia se replegó de un modo tan manifiesto que pudo comprobar empíricamente cómo las relaciones entre Max y Alejandra estaban intermediadas por su presencia cercana, por esa hermana que no tenía nada que perder y que iba y venía por sus vidas. Este repliegue coincide con su matrimonio con Antonio Mercado.

No sabía en aquellos momentos de resistida introspección cómo, pese a saberse envuelta en esa mascarada, logró evitar descargar su resentimiento contra Alejandra o al menos mirarla con otros ojos, con una suspicacia que —ahora lo veía— hubiera sido necesaria. Pero no había sido así. La había exculpado, tal como había hecho consigo misma. De alguna forma estaban a mano y ese perfecto equilibrio operó por años. No era de extrañar entonces que Virginia no encontrara en sí el natural juicio para condenar a Max, porque Max se sumaba a la misma extrañeza que en ese minuto la circundaba a ella. Su protagonismo en esa figura triangular no le permitía erigirse repentinamente en juez. Entonces pensaba si no estaba volviéndose loca, si acaso había perdido el más mínimo sentido común o si todo era sólo un mal sueño. Pero por un brusco contraste entre reflexiones e impresiones se imponía la idea de que Max era culpable, que lo que Grez insinuó era más que verosímil; pero lo peor era que no lograba deshacerse de la sensación, que la recorría entera, de que con su acto Max había intentado abrir un horizonte para los dos. Desde entonces no dejó de sentir, atenazada por la culpa, que comenzaba una nueva vida para ambos.

Max pidió una audiencia con Malta en el decanato. Malta le hizo saber que lo recibiría esa misma mañana. En verdad, Malta siempre estaba dispuesto a recibirlo. Entre el viejo decano y el maduro discípulo había un lazo de afecto que tenía su razón de ser. Malta interpretaba el desdén de Max por su carrera como una originalidad que el viejo creía indispensable en todo hombre entregado a la ciencia. A sus ojos, Max Borda era un hombre extraordinario que todavía no había dado todo de sí. Malta conocía los límites exactos de los otros miembros del departamento, pero Max tenía, por así decirlo, el beneficio de la duda a su haber. El viejo, tal como lo había demostrado en su carrera, estaba convencido de que el verdadero genio es aquél que se entrega con audacia y desenfado ante lo desconocido. Tenía por la física el mismo interés y la misma pasión que por los poetas latinos y los humanistas franceses, autores que recomendaba enfáticamente a los que lo rodeaban. Max era tal vez el único que lo había seguido por ese camino. En esta actitud aristocrática para enfrentarse a su quehacer, Max y Malta coincidían con una callada complicidad. Los separaba por cierto un hecho indiscutible. Malta ya había realizado un interesante aporte en los primeros hallazgos en torno al quark, lo que le había significado un reconocimiento internacional en los círculos que trabajaban el tema; Max no podía decir nada semejante de sí, y si Malta le producía una natural admiración, sabía al mismo tiempo que él nunca llegaría hasta ahí. Hacía muchos años que guardaba esta desalentada conclusión, sólo que también con los años había dejado de torturarlo.

Max siempre había manejado la duda de si solamente debido a su pequeña herencia personal pudo dedicarse a la física. De otro modo, pensaba, no habría tenido el valor para hacerlo y su camino hubiera sido sin duda más pragmático. Estos pensamientos daban vueltas por la cabeza de Max Borda mientras su automóvil entraba al estacionamiento de la facultad, con la seguridad de que era la última vez que lo hacía. Bajo los centenarios almendros que sombreaban la fachada neoclásica del inmenso edificio, sentía cómo esa duda carecía ya de toda importancia. En el punto de inflexión en que se encontraba, no le quedaba sino dar el paso que debió haber dado tantos años antes. Había llegado la hora de despejar un gran malentendido. En ese momento podía planteárselo con toda libertad. Lo cierto es que la opción racional por la física había sido su *gran rifiuto*, se decía recordando las palabras del Dante. Las cosas eran desarmantemente simples. Con la investigación había intentado llenar aquel espacio que debieron ocupar, según su personal análisis de su sensibilidad, la poesía o tal vez la pintura, tareas a las que con un temblor de su alma renunció. No demoró en comprender que tampoco en la física era suficiente la racionalidad —un extremo del espectro de su espíritu que creía dominar—, y que ella requería de él toda su voluntad y un arrojo similar, si no mayor, a aquél con que se acomete una vocación artística. Joven y con una holgura económica importante, su destino estuvo nada más que en sus manos. Si había renunciado a la creación artística fue solamente porque pensó que no tendría las fuerzas, el temperamento o el valor para llevar esa vocación hasta sus últimas consecuencias. Su orgullo se lo exigía en cualquier empresa que acometiera, pero del mismo modo que la música o la pintura le parecían un territorio inocupado, había descubierto cómo sus investigaciones exigían de él la misma dosis de pasión o imaginación que ese arte frente al cual creyó claudicar. Era sobradamente inteligente para advertir que se encontraba en una zona interesante de la discusión en torno al quantas —lo evidenciaba su correspondencia con importantes personalidades que trabajaban el tema—, pero también que esa situación no se debía sino a la rutina y al decidido apoyo de Malta. Nadie mejor que él sabía que una parte de su voluntad se negaba a ir más allá, a dar el salto que lo sacara definitivamente de sí mismo y lo arrojara, con el fervor necesario, a una tarea que demandaría todo su ser. Estaba convencido de que en su caso no cabía hablar de fracaso sino, más bien, de su rechazo instintivo a una especificidad que se le hacía intolerable. El resultado era algo muy semejante al vacío, pero con cierta cínica convicción le asignaba a ese vacío un valor que —estaba seguro— nadie más lograría comprender. Más de una vez se preguntó si no era esa zona baldía la que Bibi había trajinado, y concluía que sí, ese privilegio del que hasta entonces nadie había disfrutado había sido sólo de ella, y eso bastó para establecer su triunfo.

Myriam, la fiel secretaria del decano, le informó que en ese momento Malta se encontraba en el teléfono con una llamada al extranjero, y que debía esperar un momento. Max se dijo que podía esperar, que en adelante podía esperar todo el tiempo del mundo.

Pretendía hacer efectivo un sabático del que habían hablado a menudo con Malta en el último tiempo. De todos los investigadores del departamento, Max era el único que no había hecho hasta ahora uso de él. Los sabáticos eran una suerte de escapada furtiva que se daban algunos académicos para desarrollar un proyecto determinado, o bien para distanciarse de sus colaboradores y regresar con alguna teoría personal que se traían entre manos y no deseaban compartir. A Max nunca se le pasó nada semejante por la cabeza.

—Supongo que quieres irte de Chile por un tiempo —dijo el viejo Malta acomodándose en su sillón de cuero. Atrás, las fotos de él con Einstein en la Universidad de Princeton, y con Planck, Heisenberg y Bohr durante sus estudios en Alemania. Sobre su escritorio, la fotografía de su mujer, muerta hacía diez años, con sus hijos que ahora debían tener más o menos la edad de Max. Observando a Malta, Max se preguntaba cómo un hombre cercano a los ochenta años podía permanecer impasible ante una expectativa tan evidente como la de su muerte próxima.

—No sé, no lo he decidido todavía pero es una posibilidad —respondió Max sin pensar.

—Quieres cambiar de aire, supongo —dijo Malta—. ¿Cómo está Alejandra?

—Bien, muy bien. Siempre se acuerda de ti. Quiero decirte algo que he estado pensando y me gustaría que lo entiendas: ni siquiera sé si vuelva.

—¡Ah, así de grave! Una cuestión de vocación. ¿No estás un poco viejo para eso? —dijo Malta con una sonrisa algo desarmada—. ¿Sigues pensando que aquí sólo se acumula polvo?

—No sé por los demás, pero sobre mí seguro que está comenzando a acumularse. Tampoco es un asunto de vocación. Difícilmente podría dedicarme con interés a otra cosa. No es eso. Estoy cansado y sé, como tú también sabes, que me voy quedando atrás y no tengo las energías para dedicar los próximos veinte años de mi vida a intentar dar con algo que tal vez ni siquiera encuentre. No voy a seguir teorizando en torno a la cuántica de campos. Si algo hice, lo hice ahí y ya no puedo más. Nos estamos quedando atrás, Malta. Pertenecemos a la euforia del quark y más de alguno entre nuestros alumnos debe reírse de nosotros.

El viejo lo miraba seriamente. No dijo palabra.

—Tú me entiendes —continuó Max—, y siempre supiste que más tarde o más temprano iba a abandonar.

Malta volvió a su posición vertical el respaldo del sillón, que sobrepasaba su cabeza. Carraspeó.

—Huir es siempre una tentación. No hay peor vértigo que el de observar las propias potencialidades. Ese solo ejercicio puede extenuar a cualquiera. No creas que yo no lo experimento, y a mi edad te preguntarás para qué.

—Creo que he superado incluso esa etapa, ya conozco bien mis límites. Como tú dices, estoy viejo para cuestiones vocacionales.

—Eso es lo que crees. En rigor, no tenemos límites salvo la muerte. Sabes, si conocieras tu propio espíritu podrías recién determinar tu verdadero alcance. Pero eso, mi querido Max, es lo que nunca has conseguido, y tal vez sea la razón por la que no me he cansado de contemplar el espectáculo de tu ser en el mundo.

—No tengo claro qué espectáculo es el que he dado al mundo, tal vez no pase de ser apenas decoroso, y eso ya es suficientemente duro para mi orgullo. En cuanto a tu teoría del espíritu, cada vez estoy más convencido de que se manda solo. Es muy poco lo que yo puedo hacer al respecto. Tú sabes bien de qué estoy hablando.

—¿Y qué hay de Montaigne? Te estás retractando, Max.

—Creo que Montaigne también estaría de mi lado en esta decisión.

—Algo podemos hacer por nuestra parte...

—No te tomes molestias de más.

—No sería una molestia. Jamás sería una molestia, pero tampoco quisiera contradecirte. Sin duda, no lo has pensado a la ligera. Salirse es más difícil que estar adentro. Todo comienza a podrirse —dijo el anciano dando una mirada a su alrededor— cuando esto se convierte en una vilegiatura, un nicho donde esperar una jubilación. Tú ves, yo no lo he hecho hasta ahora. Son muy pocos los que oyen la melodía celeste, y sin embargo todos continúan, día tras día, aferrados a unas vanas y mezquinas esperanzas de gloria. Lo he visto en docenas de investigadores con los que he trabajado, qué digo, centenares a lo largo de mi vida. Tal vez por eso siempre aprecié tu distancia, tu forma de mantenerte alerta frente a tu propia decadencia. Supongo que ésta es tu respuesta a esa alerta. No, no voy a intentar convencerte de nada.

—No lo hagas, sería inútil y no quisiera que gastaras un gramo de tus energías en mi caso.

—Tampoco hace falta que seas tan severo contigo mismo. ¿Pasa algo en especial?

—Sí, sí, pero no me hagas ninguna pregunta más.

—Como quieras.

—Te lo agradezco. Mi decisión es hacerlo efectivo desde hoy.

—No veo inconvenientes —respondió Malta, tajante.

—Gracias otra vez.

—Aunque te resistas a creerlo, estoy seguro y lo he pensado siempre, eres un hombre afortunado —dijo el viejo con su voz cascada—. Lástima que tú seas el único en no darte cuenta.

—Si lo dices tú, debería bastarme para dormir tranquilo. Pero no es así, Malta, ahí te equivocas.

—Entiendo que lo veas a tu modo. Pocos tienen tus dones pero, en fin, volviendo al viejo Montaigne, ¿te acuerdas?: «Quienes se ocupan de examinar los actos humanos, en nada hallan tanta dificultad como en reconstruirlos...»

—«...y someterlos al mismo punto de vista» —terminó la frase Max.

—Exacto. Bueno, aquí los caminos se bifurcan —el anciano levantó los ojos con cierta afinada pesadumbre.

Max se puso de pie. Lo mismo hizo Malta; rodeó lentamente su inmenso escritorio para ir al encuentro de Max y lo tomó por los hombros.

—Si al cabo de un año estuvieras de vuelta por aquí, sería la refutación que espero de ti. Alejado de todo esto —echó una mirada al severo decorado de su gabinete—, el mundo te podrá parecer, por un tiempo, más interesante. Eso es seguro. Sea cual sea el resultado después de ese tiempo, me gustaría conocer tus impresiones. No te pierdas del todo —dijo Malta con una sonrisa melancólica—. Bien, adiós y suerte —y luego de estrecharlo volvió a rodear su es-

critorio para dejarse caer en esa butaca donde trans-
currían sus demoradas meditaciones. De modo que
Malta vio ir a Max sentado en ese trono que la conversación había puesto en duda, y no se movió de ahí
ni hizo ningún otro gesto cuando Max cerró la puerta mirándolo a los ojos por última vez.

Encontró a Virginia bajando de su auto cuando él regresaba de su entrevista con Malta. Dejó que
se adelantara y la vio perderse, apresurada, tras la
puerta del edificio. Medio minuto después lo hizo él,
de modo que al salir del ascensor vio de espaldas a
una Virginia descorazonada, tocando infructuosamente el timbre. Ella se volvió al sentir pasos a su espalda.

—Eras tú —dijo con un suspiro—. Este piso
vacío me intranquiliza.

Apenas abierta la puerta se encontraron con
Úrsula, que movía la cola y miraba con sus ojos hú-
medos a los recién llegados.

—Mi pobre niña —dijo Max acariciándole el
hocico—, no puede hacer preguntas. Ven, Úrsula —y
siguió con ella a la cocina para darle su comida.

—Yo tampoco puedo hacerlas —dijo Virginia
al pasar, pero Max ya había desaparecido de su vista.

Volvió, sacándose la chaqueta mientras se oía
a Úrsula devorando desesperadamente su plato.

—Creo que habrá que hacer algo con ella.

—¿Con Úrsula?

—Sí, extraña a Alejandra. Gime las noches
enteras como un alma en pena y no me deja dormir.

—¿Te vas a deshacer también de Úrsula? —dijo
cáusticamente Virginia.

—No tengo tiempo para ocuparme de ella y Margarita viene sólo día por medio.

—¿Y qué piensas hacer? —Virginia le clavó unos ojos a los que la ironía daba un extraña superficie metálica.

Max no se dio por enterado de la intención de esa mirada.

—No lo sé todavía. Podrías ayudarme a pensar en alguna solución. Tal vez podrías llevártela tú.

—Por favor, sabes que nunca he tenido un animal y, aunque la adoro, no sabría qué hacer con ella.

—¿Crees que López la reciba?

—Tendrías que preguntárselo. ¿No te da pena entregarla?

El sábado siguiente Max y Virginia iban camino a la Lopecina, la casa de Fernando López Utrillo en Punta Boca. La perra, que viajaba en el asiento trasero, tenía el aire absorto del que sabe que algo decisivo está por sobrevenirle y se entrega dócilmente a ese destino. Más aun, quería poner algo de su parte y de vez en cuando hacía algún movimiento de entusiasmo o daba una ávida mirada al paisaje que corría por su ventana mientras su cola se agitaba, gestos que parecían destinados a congraciarse con la silenciosa pareja que la conducía.

López Utrillo poseía una espaciosa casona enclavada en una puntilla. Desde allí se dominaba una espléndida bahía cerrada por altos acantilados, la extensa playa y en el plano unas dispersas casas de veraneo.

Hasta la década del setenta López fue un pintor de cierto renombre, pero abandonó repentina e inexplicablemente la pintura, al parecer sin muchos remordimientos. Había enviudado de una millonaria excéntrica, veinte años mayor que él, con la que se casó ya viejo. Estaba totalmente alcohólico y se había refugiado en la costa para no dar el espectáculo a sus enemigos. Contaba que había sido amigo de Cocteau, pero no existía más que una foto autografiada —y una distante dedicatoria— como prueba. Se decía que por esa misma época, en París, estuvo encerrado en un manicomio, pero tampoco nadie podía asegurarlo. Lo cierto es que sus amigos sospechaban que en su soledad pasaba por los más fantásticos delirios, pese a que sus escasos visitantes encontraban siempre a un anciano de finos modales y vivaz como un pequeño lagarto.

Lo de Alejandra fue fácil de explicar, estaba en California visitando a Cristina. Aprovechaban su ausencia para deshacerse de la perra, que alborotaba demasiado...

—Entonces Alejandra está bien —dijo López—, si la dejaste viajar sola...

Max y Virginia se miraron por un instante.

—Sí, estaba feliz con el viaje.

—Me alegro, me alegro —dijo el viejo.

—Es ésta la que no se porta nada de bien —dijo Max señalando a la perra.

—¿Ah, sí? ¿Y qué le pasa a esta damita? Bueno, la tendremos aquí. Ven aquí, preciosa.

La perra no se movió. En esos pocos minutos ya había hecho un estado de situación, comprendía vagamente que era el centro de la ceremonia y que debería relacionarse en el futuro con un viejo cocker amarillento, otro ejemplar de pelo cobrizo y raza indeterminada, y un par de gatos que la observaban a la distancia.

El almuerzo, servido por un jovencito con aspecto de canalla, giró como siempre en torno a las frecuentes querellas en que se enfrascaba López con un sobrino que hacía las veces de *marchand* de los restos de su obra. Virginia, melancólica, casi no abrió la boca y se diría que un reflejo crítico brillaba en su mirada. La perra se mantenía junto a Max, esperando impaciente si acaso, acabada esa escena, emprenderían el camino de vuelta. La mano de Max pasaba cada tanto por su vibrante cabeza.

—Es un inepto, un cretino que vive a expensas mías y ni aun así es capaz de hacer las cosas bien. No pudo sacar más de cinco mil dólares por un López del cincuenta y cinco. Con esos precios voy a morir en la miseria.

—El tiempo pasa, Fernando. Deberías pensar en retomar la pintura.

—¡Ni hablar! —dijo el viejo francamente malhumorado.

Era extraño, pensó Max. En los meses que precedieron a la desaparición de Alejandra le ocurrió pensar a menudo en la casa de Punta Boca que alguna vez soñaron construir. En esos momentos volvía a la soleada y nebulosa atmósfera de finales de los años setenta, tal vez los mejores para ambos. El recuerdo de la Chevrolet Station brillando al sol, sus relucientes cromados en los cuales se puede ver el rostro ovalado de la pequeña Cristina que se acerca a ellos para contemplarse. Están en la punta desierta, sin casas, sólo la caleta de pescadores y la Chevrolet estacionada peligrosamente junto al acantilado que da al mar, en el emplazamiento donde planean edificar una casa de veraneo. Alejandra sujetándose el pelo a causa del viento y sus góticos anteojos oscuros girando en redondo para contemplar todo el panorama. Luego los tres, él al volante, Cristina en medio y Alejandra en el asiento contiguo en ese auto con olor a nuevo y la radio prendida, donde suena algo de Reggiani.

—¿Me equivoco o esa torre es nueva? —dijo Max saliendo de sus reflexiones e indicando un pequeño torreón de madera hexagonal, rodeado de vidrios rectangulares.

—Hace mucho que no vienes o estás peor de la cabeza que yo —dijo el viejo interrumpiendo su propia perorata—. La construí hace cinco años.

—Sí, tal vez esté mal de la cabeza y vea la casa como la imaginé para mí.

—A mí me encanta así —dijo Virginia, contradiciéndolo sin ninguna intención.

—A veces lamento haberte cedido este sitio. Habría sido feliz viviendo aquí —dijo Max con disimulada melancolía.

—¿Acaso no han sido felices tú y Alejandra? Consuélate con que me has hecho feliz a mí, y de todas formas ustedes eran muy jóvenes, no tenías la plata para pagarlo. Te saqué de un gran apuro, recuérdalo. No es mi culpa si elegiste esa extraña profesión. Seguro que no has descubierto nada nuevo acerca de nuestro triste universo.

—Nada, Fernando, nada. Bien —dijo Max golpeándose las rodillas con ambas palmas y poniéndose de pie—. Úrsula y yo vamos a bajar a la playa, tenemos que decirnos un par de cosas antes de la despedida —y tomando a la perra por el cuello partió antes de terminar el café.

El viejo se fue, todavía tembloroso por sus arranques de ira, a dormir su siesta. Virginia se tiró al sol en la terraza, en una desteñida silla de playa, y cerró los ojos. Por sobre sus párpados cerrados pero inundados de luz podía ver como en una traslúcida pantalla la imagen de la posible felicidad que Max había insinuado casi sin querer durante el almuerzo, y donde ella podía contemplar a sus protagonistas disolviéndose en un encandilado horizonte, como expulsados del paraíso. Sintió pena por Max, que en ese momento bajaba por un sendero entre las docas detrás de Úrsula, que movía la cola y se volvía cada tanto a mirar a su amo.

En el mar calmo de ese mediodía las olas reventaban flojamente y el retumbar sordo de su estrépito se dejaba oír largo rato. A los lejos la resolana confundía la barra blanca de la espuma con el fin del lecho de arena. La perra estaba excitada como cada vez que se encontraba a la orilla del mar. Max pensó que estaría bien ahí por el tiempo que fuese necesario. Habían pasado ya ocho días desde la desaparición de Alejandra. En medio de esa playa desierta sentía en torno a sí un gran agujero por donde se le escapaba la vida, un hoyo negro que lo aspiraba y adonde se hubiera dejado ir sin ninguna resistencia. En ese momento, a su alrededor todo carecía de peso y gravedad.

Virginia, en la terraza, pensaba. Durante los últimos tres días había debido contener la alarma que le causaban sus últimas conclusiones. La obstinación de Max por deshacerse de la perra venía a confirmarlas. Un horizonte de angustia se abría ante sus ojos, que mantenía porfiadamente cerrados.

La perra corría por la playa, se adelantaba, frenaba y volvía hacia su amo para girar locamente dos o tres veces en torno a él y luego escapar otra vez en el rumbo de su marcha. Al final de la playa, distante un kilómetro, Max distinguió una familia que hacía picnic y un auto montado en la arena. La perra ladraba al mar, perseguía a la ola que se retiraba y, con la misma histérica carrera, arrancaba de la que acababa de explotar. De pronto la perra comenzó a correr en paralelo a la playa con sus largos, perfectos e infatigables trancos que, por un instante, la dejaban totalmente suspendida en el aire. Max la dejó ir, distraído. Sus pensamientos no eran más que dispersos cabos sueltos. Si pensaba en Alejandra, la veía en algún lugar provisorio, dormida junto a una ventana por donde entraba una tibia luz. Era un lugar impreciso pero inofensivo, no había peligros a su alrededor y dormía sumida en una extraña paz.

La perra ya no era más que un punto oscuro en el ancho lecho de la playa. Pero aún era distinguible cuando se confundió, a lo lejos, con el colorido y compacto cuadro de familia —vestidos de niños, juguetes en la arena, tal vez una inmensa pelota de goma, un quitasol— que con la irrupción de la perra se convirtió en un cromático caos. Comenzaron a correr todos de lado a lado en una loca estampida; el quitasol se tumbó y las pequeñas siluetas iridiscentes se dispersaron alborotadas. De pronto la perra los dejó, su mancha oscura se desplazó perpendicular a la visión de Max y emprendió la carrera hacia él.

Úrsula corría desesperadamente hacia Max, pero parecía no terminar nunca de llegar, como si sus movimientos se demoraran en el tiempo o ella se hubiera fijado en algún punto del éter que los separaba y que no lograba penetrar. Pero tal vez fuera sólo una ilusión porque ya estaba cerca, corría agitadamente como si huyera de algo, su larga lengua roja oscilaba a lado y lado. Max estaba aún paralizado por la escena que había sido tan brutal como breve, y en medio de su estupor oyó el llanto de un recién nacido, más audible mientras más se aproximaba Úrsula y que, le pareció, provenía de sus fauces abiertas. En medio del silencio de la playa el llanto de ese recién nacido no podía surgir sino del cuerpo convulsionado del animal. Úrsula terminó su carrera a los pies de Max, agazapándose en la arena. Él no supo en qué momento dejó de oír ese llanto que parecía viajar con la perra. Levantó la mirada y la escena del fondo de la playa recobró su inmovilidad. Tomó a la perra del hocico para obligarla a levantarse y al hacerlo descubrió su mano manchada con la sangre que había en sus negros labios. Max giró, comenzó a andar, luego a correr seguido de Úrsula, que no se esforzaba por sobrepasarlo y que meneaba la cola como si se tratara de un juego. Al fin de la playa se detuvo, miró hacia atrás y ya no había nadie, ni el auto montado en la arena, ni los pequeños puntos multicolores. Llevó a la perra, arrastrándola por el cuero de su lomo, hasta el borde del agua donde le hundió el hocico. Luego lavó sus manos ensangrentadas y se dispuso a subir por el sendero entre las docas. Su corazón latía a toda velocidad. La perra subió a toda carrera y a Virginia no le extrañó verlo acezante una vez que hubo alcanzado el nivel de la terraza.

—¿Qué tal? ¿Crees que se acostumbrará? —dijo Virginia desde su silla de lona.

—El mar la vuelve un poco loca, pero está bien, le va a gustar —respondió Max con un resto de aliento.

—Mis queridos, espero que me disculpen pero no puedo saltarme la siesta. Estás roja por el sol, Virginia —dijo López saliendo del living a la terraza—. ¿Y cómo se ha portado mi invitada? —añadió mirando a la perra.

—Creo que va a estar bien aquí, no te va a traer problemas. ¿No te fijaste si al mediodía había una familia en la otra punta de la playa, haciendo picnic?

—A veces hay gente que se instala ahí por el día —replicó el anciano—, pero no, la verdad no me fijé. Déjame pensar... no, creo que no vi a nadie. ¿Por qué lo preguntas?

—Por nada —dijo Max y se volvió para observar en la distancia, nuevamente, el sitio vacío donde había visto a esa familia y el auto.

El viejo quería que se quedaran a tomar el té, pero Max insistió en que debían estar temprano en Santiago. Se alejaron por el camino de maicillo mientras López agitaba su mano y la perra, atónita a su lado, veía cómo su amo, inexplicablemente, la abandonaba.

Ya en la carretera, Virginia habló.

—¿Crees que era necesario? Me da pena la pobre Úrsula. Es tan buena.

—Claro que es buena, pero estaba sufriendo y yo también. El cambio de escenario le hará olvidar la pérdida. Tú sabes que Alejandra la adoraba.

No podía quitarse de la cabeza la inesperada incursión de la perra contra esa desprevenida familia, el llanto de un recién nacido que se aproximaba a él y que luego se silenció. Todo aquello le parecía sólo la capa inferior de la pesadilla que estaba viviendo desde hacía ya una semana, como si sus sentidos alterados se confabularan para crearle espejismos secundarios y dar toda la perversa armonía a su catástrofe.

Se le vino a la cabeza el extraño episodio del cual había sido el único testigo hacía cosa de cuatro meses, cuando Bibi aún vivía en el edificio. En la carretera, mientras conducía, no dejaba de intuir que había una sorda relación entre ambas escenas, y pensó que lo mejor era que la perra estuviera lejos.

Tercera parte

Aquella noche, al llegar al departamento y recorrer el living en penumbras, había divisado a Úrsula echada en la terraza de un modo que le llamó la atención, porque no dormía ni reposaba; su cuerpo estaba en tensión, la cabeza extrañamente enhiesta y las patas traseras extendidas en un gesto que hasta entonces no le había visto. Se aproximó y en medio de la terraza todavía a oscuras vio una confusa lucha de sombras, como si una alimaña se agitara sobre la perra. Con sus garras en la zona de las ancas, un gato, sí, era un gato, se afanaba agazapado en una elástica y desesperada convulsión sobre el trasero de Úrsula. Debía aferrarse incluso con sus dientes para no resbalar por el negro pelaje y su lomo se curvaba en un ángulo imposible. Apenas el gato advirtió a Max junto a los ventanales, se paralizó, le clavó una mirada desafiante, se desembarazó de la perra, reculó unos pasos y de un brinco estuvo en el borde del balcón para desaparecer con otro prodigioso salto por el mismo aire de la noche.

Max fue lentamente hacia Úrsula. Ésta continuaba atónita, como si aún tuviera al gato sobre ella y no lograra sacudirse el violento éxtasis de hacía unos segundos.

—¡Levántate! —le gritó Max, tomándola por el cuello. Flojamente, la perra se puso de pie. Tenía la mirada aturdida, lo observó con unos ojos neutros y se volvió a echar indiferente a su amo. Max la dejó ahí y fue hasta el dormitorio donde su mujer dormía con esa placidez que a él se le había vuelto insoportable. No se había desvestido ni corrido las cortinas, como si el sueño, el más poderoso de sus amantes, desde luego más poderoso que él, pudiera tumbarla a gusto y a cualquier hora.

Habían comprado la perra tras la partida de Cristina a Estados Unidos. Sabían que iban a sentirse solos luego de la irreflexiva marcha de su hija. La perra llegó cachorra y ahora tenía casi dos años. Habían evitado toda cruza debido a la imposibilidad de mantener allí una camada, por lo que Úrsula era vigilada estrictamente durante sus períodos de celo.

Max caviló largo rato acerca de lo sucedido y llegó a dudar, incluso, de lo que acababa de ver. Prendió la luz y su mujer se desperezó lentamente, como si se deshiciera con dificultad de un prolongado abrazo.

—¿Qué te pasa, por qué tienes esa cara?

Él le preguntó, sin responderle, si esa tarde u otro día había visto a un gato rondando por la terraza. Alejandra le aseguró sorprendida que no. «¿Por dónde podría haber entrado?», se preguntó con toda lógica.

Esa misma noche, cuando Alejandra ya dormía su sueño nocturno, Max se levantó como llevado por un presentimiento. La perra dormía en la *loggia* del lavado. Entró silenciosamente a la cocina. La luna, llena esa noche, daba por aquel costado del edificio y había una perfecta claridad en la sala de azulejos blancos, adonde los rayos entraban en franjas transversales filtradas por el separavista. Sobre la lavadora estaba echada la perra, extendidas sus dos patas delanteras, las traseras ahora recogidas, y el gato tras ella. Aunque la frondosa cola de la perra cubría casi todo el mínimo cuerpo del gato, se podía adivinar su furiosa actividad. Úrsula parecía otra vez extática y miraba con sus cóncavos ojos hacia un punto más allá de la noche, mientras el gato se doblaba elásticamente, con la misma flexión del lomo con que buscaba su infructuosa penetración. Max no supo qué objeto cogía, un salero, una copa tal vez que lanzó contra el animal, pero sólo consiguió estrellarla en la pared de azulejos. Hubo un estrépito de vidrios, el gato miró hacia la oscuridad, reconoció la sombra y huyó escurriéndose por entre el separavista. Cuando Max hizo el gesto de acercarse, la perra se volvió hacia él gruñendo de un modo decidido.

—Tranquila, Úrsula —dijo él desde la oscuridad, aproximándose con cautela.

La perra giró la cabeza hacia el separavista por donde había escapado el gato y permaneció con su desconsolada mirada puesta ahí. Max le sobó la nerviosa zona entre ambas orejas para tranquilizarla. Hurgó con suavidad en su pelaje y advirtió las heridas que las garras del gato habían dejado en sus cuartos traseros. La tomó en sus brazos con dificultad y la depositó sobre el jergón donde dormía. La perra se tumbó de lado, el hocico abierto como una tijera.

Durante los dos días siguientes la perra no quiso comer y se volvió todavía más huraña y desconfiada. Margarita no dejó de notar el cambio.

—La Úrsula está medio loca, está sentimental como una mujer —le dijo a Max.

El veterinario también pareció confundido y le recetó sedantes, pronunciándose por un problema de nervios.

Al tercer día, por la noche, a eso de las dos de

la mañana, Max fue a la cocina pero esta vez no lo sorprendió lo que veía. A contraluz, la silueta del gato se aferraba con todas sus garras a la tupida malla de acero que él había instalado contra el separavista, por su lado externo. Al interior de la cocina, Úrsula, echada en las frías baldosas, emitía unos lastimeros quejidos y, bajo el efecto tal vez alucinatorio de los sedantes, contemplaba la figura del gato, como un crucificado contra la malla, penosamente aferrado y a punto de precipitarse al vacío. Max cerró la puerta, dejándolos a ambos en su frustrada cita nocturna.

Al día siguiente habló con el conserje. Le preguntó quién en ese edificio tenía un gato.

—La señorita del décimo, la rubia. Usted la ha visto.

En los días siguientes la perra continuó igualmente melancólica. Max reflexionó acerca de lo que debía hacer. Naturalmente, no era posible conversar con la dueña del gato de un asunto tan descabellado. Lo tomaría por loco o bien creería que intentaba el más absurdo e intrincado de los abordajes. Como fuera, se trataba de una tangencial entrada en el mundo de esa mujer, algo que le causaba un malestar indefinible, como si estuviera al tanto de algún aspecto impúdico de ella del cual no hubiera querido enterarse. Si su anterior atención sobre la extraña vecina no pasaba de ser una explicable curiosidad varonil hacia una mujer atractiva, el episodio del gato venía a romper la delgada superficie de esa curiosidad.

En cuanto al gato, no podía tener la certeza de que hubiera persistido en sus incursiones nocturnas, pero por el separavista no pasaría. Continuó oyendo por las noches su maullido como una afilada aguja que hendiera el silencio y, aunque lo intentó,

no logró localizar por qué cornisa merodeaba. La perra seguía bajo los sedantes y con la misma mirada estúpida que se le había grabado desde aquella noche.

Max paseaba con Úrsula, como venía hacien-
do esos últimos días. Serían las diez de la noche. Creía
que un poco de ejercicio lograría sacarle el lascivo demonio que tenía metido dentro. Paseaban envueltos
en la oscuridad, cruzándose cada tanto con parejas
semejantes, amo y perro, ambos sumidos en su in-
compartible soledad.

Los árboles todavía jóvenes, los jardines recién
plantados, los futuros prados, apenas se suponían, como si la naturaleza no estuviese terminada y no se die-
ran aún las cosas para que un perro ejerciera como tal.

En la calle, frente a los edificios en obras, había maquinaria pesada en estado de reposo. Max observaba hacia lo alto las empinadas construcciones a
medio ocupar, sus desesperados y vistosos lienzos con
un *En venta* rojo colgando de sus fachadas. Algunos
guardias particulares hacían sus aburridas rondas con
sus uniformes policiales de fantasía. La noche estaba
fresca y ya se encontraban bastante lejos de casa. Sólo
un transeúnte, envuelto en una especie de parka
blanca y fumando un cigarrillo, se aproximaba en
sentido contrario. A unos diez metros la reconoció.
Tuvo un instante de sobresalto. Innecesariamente se
dijo que en ningún caso era él quien le había salido
al paso a ella, que no hacía más que dar su habitual
paseo nocturno con Úrsula, y acto seguido, mientras
continuaban aproximándose ya que no había otro
destino posible, creyó ver en la aparición de la mujer,
sin poder determinar por qué, un hecho en el que
faltaba la fortuna de lo casual. Su mente trabajó rápido y lo llevó a la siguiente imagen: esa misma mujer

descorriendo una cortina desde el décimo piso para observarlo cuando salía a pasear con su perra, a una hora y con un rumbo que eran siempre los mismos.

Max aflojó el paso, por lo que tuvo que contener a Úrsula con la cadena; al ver a la mujer, la perra se le abalanzó. Ante el avance de Úrsula, la mujer se detuvo, siempre con los brazos cruzados. La perra y el largo de su cadena le imponían una prudente distancia.

—Ah, es usted, buenas noches —dijo ella mientras la perra forcejeaba, retenida por Max.

—Buenas noches —dijo él—. Discúlpela, está un poco inquieta.

Se aproximó todavía un poco más, pero siempre con la perra fuertemente sujeta por la cadena. Al final Úrsula llegó hasta los pies de ella y, apuntándola con su aguzada nariz, recorrió el contorno de sus piernas.

—Es precioso... perdón, preciosa, usted la nombró en femenino, ¿o no? —dijo ella pasando suavemente la mano por la cabeza de Úrsula. La decidida avidez que aquella mujer provocaba en la perra hizo ver a Max que, por fuerza, tenía impregnado el olor del gato.

—Sí, es perra, se llama Úrsula.

—Lindo nombre —replicó ella.

La inquietante premeditación que sospechó en la mujer podía deberse a su actitud desenvuelta —pensó Max—, y también a que ella resolvió por ambos que ya se habían cruzado suficientes veces como para dar curso sin más preámbulos a una conversación.

—¡Tranquila, Úrsula! Es muy cachorra y un poco tonta...

—Está bien, no me molesta, adoro a los animales. Ven aquí —dijo la mujer, atrayéndola hacia sí.

Le acarició el cuello y el hocico sin ningún temor mientras la perra seguía olfateándola concienzudamente. Max podía sentir la turbación de Úrsula, y si bien a ojos de cualquiera ése era el comportamiento esperado en un perro, para Max delataba una poderosa y específica agitación frente a aquella mujer.

—Es muy buena, se ve. Debe ser una gran compañía, ¿no?

—Sí, lo es, pero da trabajo.

—Ay, estoy segura de que nosotros damos más trabajo. ¿Iban hacia algún lugar en especial?

—No, paseábamos.

—Los acompaño, si les parece...

—Encantado —dijo Max poniendo a la perra del otro lado.

Todo había ocurrido tan precipitadamente que Max no llegaba a organizar sus ideas ni le venía a la cabeza la necesaria próxima frase, por lo que anduvieron un rato en silencio. Un silencio que curiosamente no tenía nada de embarazoso, porque algo en ella, su decisión de acompañarlo, le indicaba que no se apresurara, que las cosas marchaban bien.

Max tenía, para sus cuarenta y siete años, una delgadez interesante y de la cual era el primero en estar consciente. Su frente amplia, sus sienes levemente contraídas, su pelo prematuramente gris y su mandíbula fuerte le daban argumentos para considerar con cierta conformidad al ser que todos veían en él. Si bien conocía el efecto de su figura en mujeres y hombres, ignoraba el alcance perturbador de su trémula prestancia, nunca rotunda, que agregaba una imprecisa timidez a su persona.

—¿No tienen hijos? —preguntó ella al cabo de un momento.

—Sí, una hija. Ya no vive con nosotros, se fue con su novio a Estados Unidos hace dos años.

—Su mujer es muy hermosa. La que vi en el ascensor es su mujer, ¿no es cierto?

—Sí, ella es.

Max percibió de inmediato que aquella mujer tenía el arrojo de dar por entendidos algunos hechos que la discreción obligaría a guardar y que ella exponía premeditadamente, para dejar en evidencia una determinada complicidad anterior entre ambos.

—¿No lo acompaña en sus paseos nocturnos?

—No siempre —mintió—. Yo salgo en parte por mí, porque me descansa, y en parte por la perra. Me mortifica que pase todo el día encerrada en ese departamento.

—A mí también me mortifica estar todo el día encerrada en un departamento. No se puede imaginar cómo la entiendo.

En ese momento Úrsula miró a Bibi con sus ojos ansiosos, hacia lo alto, en una difícil contorsión de su cuello. Insistía en pegarse a la pierna de la mujer, en un roce casi imperceptible pero del cual la perra parecía extraer algún goce.

—Debe sentirse muy sola en ese departamento —dijo Max—. Por lo que sé, el suyo es el único ocupado en todo el piso.

—¿Por qué lo sabe? —ella se volvió bruscamente hacia él.

Max se turbó visiblemente. Se sintió al descubierto en su observación de los movimientos de esa mujer, pese a que ella acababa de revelar su parte. El secreto que guardaba respecto de ella lo autorizaba a esa vigilancia, se dijo, pero esto era algo que no podía utilizar en su favor. Tampoco la pregunta de ella contenía ninguna acusación; fue su tono perentorio el que lo tomó por sorpresa.

—No sé, creo que el conserje me lo dijo.

—¿Usted se lo preguntó?

—No me acuerdo. ¿Cree importante saber cómo lo supe?

—No sé si sea importante, pero es el tipo de cosas de las que me encanta enterarme.

—Pudo ser del modo más casual. Si se lo dijera, tal vez la defraudaría.

—Seguramente. Preferiría que usted hubiera investigado cómo y por qué esta mujer podía vivir tan sola en un piso vacío.

—Reconozco que me produjo curiosidad y lo pregunté. ¿Lo que quiere saber es con qué grado de interés me informé sobre usted?

—No me diga nada, lo que dijera no sería la exacta verdad. Me conformo con saber que de alguna forma pensaba en mí.

—Es cierto, me pregunté qué sentía una mujer sola en un piso totalmente vacío.

—¿Y qué pensaba? Se habrá hecho alguna idea.

—Ninguna en especial. No tengo demasiada imaginación —dijo Max con una sonrisa.

—Eso no es cierto. La gente inteligente suele tener imaginación. Pero en algo tiene razón: de haberla usado conmigo, no le habría servido. Más aun, si me interrogara y yo le respondiera, no sabría un centímetro más acerca de quién soy. Es una lástima, ¿no? —dijo la mujer con una graciosa determinación.

—Creo que puedo decir otro tanto acerca de mí. Los datos concretos de mi vida le servirían de muy poco, pero debe ser así con todo el mundo.

—Se equivoca. La mayoría de las personas no son mucho más que su ficha personal. Los otros, los menos, se ocultan tras ella. Es lo que diferencia a las personas interesantes del resto.

—No sé si soy interesante o no, pero creo pertenecer al segundo grupo.

—Tal vez sí, pero déjeme a mí descubrirlo —dijo ella riendo.

La perra parecía un buen intermediario en la situación que se estaba dando. Cada tanto volvía la cabeza ante las alocuciones tanto de él como de ella, y los mantenía a una distancia conveniente para el tono que tomaba la conversación.

—¿Y no podría darse el caso de que, tanto tras los datos personales como en el fondo, no haya nada que descubrir?

—Parece muy poco animado a que descubran algo en usted.

—Si le soy sincero, me es más bien indiferente. No soy de los que creen que se saca algo en limpio de las personas.

—No, nada en limpio, con un buen borrador basta, y desde hace un tiempo me lo vengo haciendo.

—¿De mí? Entonces usted también me ha observado —dijo cayendo otra vez en la trampa.

—No pude evitarlo.

—Qué curiosidad la suya —dijo Max replegándose. Lo confundían la temeridad de las palabras de su ocasional compañera y la delicada textura de su voz al pronunciarlas.

—No crea que me interesa todo el universo, sólo aquello que puedo llegar a conocer... o a poseer. Mis intereses son más bien prácticos. ¿Para qué pondría atención en el resto?

—A mí, en cambio, me interesa aquello que sé que nunca voy a comprender, como el misterio del arte o por qué alguien ama a otro. Mi interés por el mundo tangible ha ido decayendo con el tiempo. Debe ser una cuestión de años. Ya no tengo treinta, como usted podrá ver.

—Ah no, eso es una excusa —dijo ella riendo levemente y volviéndose hacia él.

—¿Una excusa para qué?

—Eso no lo sé, es su problema —replicó la mujer rápidamente.

Max no acertó con ninguna respuesta inmediata. El silencio que dejó transcurrir tenía la calidad de una pequeña derrota para su intelecto y alguna zona suya que ella alcanzaba con sus pequeñas flechas. No sabía de qué modo había llegado a exponerse así, y menos cómo la conversación había tomado ese giro.

—Por el modo en que lo dice, parece que no tengo más remedio que pensar en el asunto.

—Sí, creo que no te queda otra opción que pensar en esa excusa que no le viene bien a tu estilo. ¿No te importa que pasemos al *tú*? —dijo ella con desenvoltura.

—Como quieras —dijo él con cierta dificultad.

—Bueno, es tarde. Tengo que volver, los dejo —sonrió por última vez y dando un pequeño giro se encaminó en el sentido contrario.

Max quedó en suspenso. Esperó un rato antes de volver a su departamento. Tenía la desagradable sensación de alguien al que le han robado la billetera y no pudo advertir la rápida maniobra con que fue desvalijado. Ella había extraído algo de él y, lo que era aun peor, algo que ni él mismo conocía. No se quitaba de encima la incómoda y culpable impresión de haber sido desenmascarado, si bien no sabía de qué.

Ya de regreso en casa evaluó cuadro por cuadro el episodio y sus posibles significados. Por cierto, la conversación había allanado las cosas para un nuevo encuentro, pero bajo esta constatación no había ningún sentimiento de triunfo sino, por el contrario, un indefinible temor ante esa eventualidad. Era esperable que ocurriera y que tampoco en esa ocasión pudiera poner mucho de su parte, se decía Max. Cómo y cuándo ocurriría, ésa era la gran incógnita. Daba por descontado que no se repetiría el encuentro anterior. La naturaleza de la imaginación que sospechaba en su nueva conocida descartaba esa alternativa. Por otro lado, debía contar a su favor solamente con las posibilidades del azar, porque no estaba entre sus planes llevar las cosas adelante por su propia voluntad.

La casualidad tuvo lugar en el más obvio de los lugares, el inhóspito *hall* de entrada. Por lo visto no les era dado coincidir en decorados más propicios. La tosca escenografía conspiraba para darles a esos encuentros una urgencia y una precariedad que los incitaba a extraerles el máximo de sustancia en el mínimo de tiempo. Todo ocurrió frente a ese conserje siempre en estado de coma, que parecía haber sido traído narcotizado de algún otro lugar que añoraba. Max salía del ascensor a media mañana rumbo a la universidad. Ella entraba impaciente, como si la velocidad de respuesta de las puertas automáticas de vidrio no estuviera a la altura de su ritmo vital. Cuando levantó la vista y lo vio saliendo del ascensor no le sorprendió que su vecino aminorara el paso.

—Qué suerte la mía, que te levantes tan tarde —dijo Bibi cuando Max llegaba hasta ella aferrado a su maletín de profesor.

—No me levanto tan tarde. Estuve trabajando desde la mañana. Mi primera clase es a las doce y... ¿por qué tanta suerte?

—Porque si salieras de tu casa a las ocho de la mañana, como todo el mundo, tal vez no nos encontrábamos. Tengo dos entradas para la ópera, ¿te gustaría acompañarme? No quiero ir sola —dijo sin más preámbulos.

—¿Por qué yo? —dijo Max desplazándose de modo de quedar de espaldas al conserje, que milagrosamente había despertado.

—No sé —respondió ella sin ningún acento particular.

—Supongo que falló otro acompañante a última hora.

—No, compré las entradas recién y sin tener a nadie en mente.

—Tal vez, si lo piensas un poco, encuentras a otro más adecuado.

—Como quieras. No esperaba cruzarme contigo y, de acuerdo, puede ser que sólo hayas tenido la suerte de ser el primero. En todo caso, es hoy en la noche. Necesito que me respondas ahora.

—Es un dato nuevo acerca de tu existencia. No habría imaginado que te gustara la ópera.

—No todas, es *Carmen* en particular.

—Me encanta *Carmen* y también la idea, pero esta noche... Mi mujer...

Quedaron de encontrarse en un pequeño café cercano al Teatro Municipal. No era prudente que ni aun el sonambulesco conserje los viera salir juntos del edificio.

Cuando Max entró al café, Bibi ya estaba ahí. Por su evidente sosiego, parecía haber llegado hacía largo rato. Desde el ángulo de la puerta ella le daba el perfil, y Max se detuvo para contemplar deslumbrado su belleza. Bibi tenía el tipo de esas mujeres que manejan a diario un aspecto natural con el que se sienten seguras en el mundo, pero que disponen de una importante reserva a la que echar mano para dar mayor luz a las posibilidades de su belleza si así lo quieren. Era la sobria elección de su vestido negro, el maquillaje, el modo como se había recogido el pelo, no sabía bien qué, se dijo Max entre halagado y apabullado mientras se aproximaba a la mesa donde ella fumaba absorta un cigarrillo. El sitio era un café céntrico donde él acostumbraba parar en las mañanas, el primero que se le pasó por la cabeza a la hora de hacer la cita, si bien ahora, al verla rodeada de su perfecta soledad, le pareció el más inadecuado de los escenarios. Nunca había visto Max una forma de estar en un lugar como la que mostraba esa mujer, tal ignorancia respecto de su entorno, como si nada existiera en este mundo más allá de ella y sus pensamientos, respecto de los cuales no demostraba tampoco ninguna gravedad externa. Bibi giró intuitivamente la cabeza cuando él se aproximaba por entre las mesas.

En el gran *foyer* del teatro Max Borda parecía más encandilado por su compañera que por la ostentosa iluminación que sólo pretendía una mejor observación mutua entre el público que deambulaba por el vestíbulo esperando la llamada. Max permanecía indiferente a la posibilidad de ser visto por algún conocido, cosa altamente probable, y consideraba sin más cuestión ese momento como un hecho afortunado de su existencia. Es probable que ella percibiera esa eufórica resolución en su acompañante. Entraron pronto al palco.

Desde la primera fila del balcón contemplaban concentrados el espectáculo, pero Max podía sentir una vibrante corriente, una especie de flujo y reflujo de proximidad, como si su atención en la obra fuera por momentos ficticia y él y Bibi elaboraran simultáneamente, cada uno por su lado, alguna idea de cierta mutua condensación, y coincidieran con ella en algún punto del espacio neutro que los separaba. Max no disfrutó con todos sus sentidos de la ópera, porque intentaba encontrar en su compañera la misma embriagante oscilación de su espíritu, pero no lograba determinar si era sólo producto de la voluntad de su imaginación o realmente ella participaba de ese juego de encuentros y desencuentros en el espeso éter de la sala. Luego de terminada la función, subieron en silencio a un taxi para ir hasta el auto de Max.

Al dejar el auto en el estacionamiento subterráneo del edificio, Bibi le propuso subir hasta su departamento. Significaba sólo detener el ascensor once pisos antes.

Max esperaba de pie en el centro de la sala, observando los objetos que rodeaban a esa mujer. Lámparas modernas, un par de sillones muy viejos, algunos cuadros abstractos de dudosa calidad y todavía por colgar, pilas de libros que no encontraban su anaquel, revistas de moda francesas, la guía de teléfonos abierta sobre un sillón con el aparato sobre ella, y por todas partes, en los más heterogéneos envases, flores frescas en agua y plantas, plantas en docenas de maceteros dispuestos por aquí y por allá en una anarquía respecto de la cual, al parecer, ella no estaba dispuesta a hacer nada. Lo reciente de su mudanza no lograba explicar el caos con que organizaba su vida, y éste parecía más bien la manifestación de una rebelde relación con la domesticidad.

Apareció Bibi desde el dormitorio con un delgado vestido de seda, descolorido y gastado, de un evidente destino casero. A Max no se le escapó que una vez más Bibi buscaba mostrar una faceta distinta de su persona y probar al espectador con otra de las infinitas posibilidades de sus metamorfosis, porque envuelta en ese vestido se veía igualmente perturbadora y hermosa, como una calculada Cenicienta.

De pronto, cuando ella despejaba el sillón y arrojaba de cualquier modo la guía de teléfonos, apareció el gato por la puerta que daba al dormitorio. Venía con la cola erguida y ese enervante y sigiloso caminar furtivo de los gatos. Fue hasta los pies de su ama, erizó el lomo y, una vez que estuvo en sus brazos, observó desde ahí al visitante.

—Pero... ¿no te sientas?

Max se sentó.

—Lo traje de Londres —dijo Bibi acariciando al gato—. Lo tengo desde hace más de cuatro años.

El gato entretanto se deslizaba por los sinuosos pliegues de su vestido.

El departamento —explicó ella sumariamente— se lo había comprado su padre, muerto hacía poco, pero aún no estaba segura de quedarse en él. Después de vivir casi diez años en distintas ciudades de Europa había vuelto, creía, para quedarse. Le confesó que debió dejar allá dos hijos luego de un matrimonio fracasado con un cineasta francés. Aún no se acostumbraba al país, agregó. Estaba claro que ese desordenado discurso no pretendía conmover a nadie, porque había surgido del comentario acerca del gato.

—¿No quieres un café?

Max la observaba con atención. Bibi se había quitado el maquillaje. Su piel no era todo lo tersa que le había parecido en un principio y en torno a los ojos asomaban algunas pequeñas arrugas. Bajo las luces de ese living su pelo rubio perdía brillo y se revelaba que indudablemente no era natural, cuestión que no se había planteado y que una vez descubierta, consideró, no le agregaba ni le quitaba nada, pues el ávido observador había determinado ya que, pese a esos detalles, su juventud le daba todavía un amplio margen sobre él, que por otro lado no estaba en situación de poner reparos. Sonó el teléfono. Bibi contestó rápidamente porque tenía el aparato a mano.

—Hola, ah, eres tú, no, mañana imposible. Hablemos el viernes, ¿te parece?

Max dedujo con cierta satisfacción que quien fuera el que llamaba, no debía ser demasiado importante en la vida de Bibi si estaban recién a lunes. Ya con más soltura, hizo alusión a las flores que daban a ese departamento una sobrecargada fragancia. Ella respondió con otra pregunta: ¿le gustaban también a él? Sí, no, era a su mujer a quien le gustaban.

—Las adora, y echa de menos su jardín... es decir, el jardín de nuestra antigua casa.

—A mí también me vuelven loca. No podría vivir si no estuviera rodeada de flores. Mi padre también las adoraba. Era un experto, es una cuestión de familia —dijo, dejando escapar al gato de su falda.

El gato subió con un impecable salto hasta

una mesa próxima y, bajo el calor y la luz de una lámpara, se quedó ahí con su mirada inquisitiva, como si estuviera seguro de que habría de ocurrir una escena digna de ser contemplada. Ambos observaron en silencio cómo el gato tomaba posición. El silencio se reiteró una vez más. Ante ese desplazamiento del animal, pareció casi necesario que Max hiciera una operación simétrica.

Entonces, tal vez algo tímidamente, Max se puso de pie, vio cómo Bibi apartaba el teléfono que les hubiera impedido la proximidad y se sentó junto a ella. Se dejó caer más bien torpemente, con un simulado suspiro de abandono y cansancio, pero Bibi se encargó de sacarlo del aprieto, ya que en una rápida maniobra tomó y retuvo una de sus manos entre las suyas y lo miró fijamente. Acto seguido, besó la palma temblorosa de Max sin quitarle los ojos de encima. Bibi besaba esa mano como si fuera una presa que no iba a soltar así no más, y alternativamente levantaba la mirada para cerciorarse de que los temores de su cautivo no eran demasiado apremiantes. Tiempo más tarde Max interrogaría hasta la locura la pantalla de su memoria, indagando en la intención y la sinceridad de esa mirada.

Cuando estuvieron en la habitación, el gato contempló también —esta vez sobre una cómoda desde donde hizo caer un frasco de perfume que nadie recogió— la escena en todos sus detalles y extensión.

—¿Es necesario que esté aquí? —dijo Max.

—Déjalo, qué te importa.

Ya cerca de las dos de la mañana, cuando él se marchaba, una mujer somnolienta lo miraba vestirse a la vez que se arrullaba en la almohada.

—¿Cuándo te veo otra vez? —dijo ella con un

murmullo.

—Yo te llamo o paso por aquí —susurró Max besándola en la mejilla, dando un último vistazo al lugar y dejando la habitación.

Si Max lo pensaba fríamente, Bibi estaba de más en su vida, o bien ya era tarde para una aventura como ésa; pero por lo mismo se sentía afortunado, como ante un regalo inesperado e incluso inmerecido.

Miraba a Alejandra, vestida con unos jeans que él mismo le había regalado, manipulando unas tijeras de jardín. Luego de aquella primera noche —en el intertanto se habían sucedido otros tres encuentros— era casi indispensable que él la mirara como lo hacía esa mañana. Alejandra había despertado contenta, según vio Max, y era inútil preguntarse los motivos porque estaba cierto de que recaían en él. Ella se concentraba en su pequeño jardín, remitido al espacio de las jardineras colgantes, mientras Max tomaba un desayuno tardío y el viento agitaba las páginas del diario que leía. Por momentos Alejandra se volvía hacia él casi sin verlo, lo que le daba al instante una tersura rara vez hallada entre ambos, cuando cada uno se despreocupaba del otro y al mismo tiempo tenía la gratificante certeza de la proximidad.

Era evidente que Alejandra había notado el reciente cambio en el ánimo de su marido y se preocupaba de no desafinar. Max se resistía a decirse que su nuevo estado se debía a Bibi, pero era difícil encontrar otra razón. Las cosas no eran simples. Dudaba de poder despertar en Bibi la pasión que ella había demostrado hasta ahora, o de que fuera él específicamente el objeto de su deseo. No se trataba de una actuación, sin duda. El paulatino descubrimiento de la devastada soledad de Bibi lo había ido llevando por este camino, convenciéndolo de que para ella era indistinto el sujeto que tuviera delante.

Sin embargo, sus dudas luchaban con otras sensaciones más concretas. La renovada voluptuosidad que mostraba Bibi en cada uno de sus encuentros alumbraba, a los ojos de Max, una zona desconocida y conmovedora de aquella mujer, una agónica necesidad y una fragilidad que a través de su salvaje apetito revelaban una necesidad de amor de la que no podía renegar. Desnuda, la veía cierta, indesmentible, y por lo tanto, pese a sus vacilaciones, creía estar siendo recompensado, contra sus primeras aprensiones, con un trozo de alma verdadero.

Los encuentros tenían lugar en el departamento de Bibi. Ambos sentían que esa proximidad era una circunstancia demasiado afortunada, y tanto más el edificio semivacío. Para bajar donde Bibi, por precaución Max no usaba el ascensor sino la escalera de servicio. Cuando se internaba por esa zona literalmente sombría de la inmensa construcción, con sus extintores de incendio en los recodos, se sentía como un enamorado deambulando por un castillo encantado.

—¿Qué le dijiste? —preguntaba Bibi con cada llegada de Max.

—Cuando salí, veía la televisión y no preguntó nada.

Se preocupaban de nunca pronunciar su nombre. Alejandra nunca ocupaba un lugar en sus conversaciones y a esa deliberada ignorancia le daban, cada uno por separado y a su manera, el carácter de una suerte de gentileza hacia ella por su delicada invisibilidad.

Esta disposición general de Alejandra, sin embargo, no era razón para que Max no se preocupara por el efecto de sus salidas nocturnas. Sentía alivio, pero también cierto pesar, por el hecho de que no hiciera falta siquiera una disculpa para sus escapadas. No era una indiferencia fingida la de ella, sino una terca neutralidad en la que Max no lograba penetrar. Bastaba con que él dijera «linda, voy a salir...», para que antes de comenzar una argumentación ella lo detuviera con un ligero «no te preocupes, tengo un buen libro y después me voy a dormir». Por cierto, estos diálogos eran escuetos y su carácter fragmentario parecía un asunto convenido.

Con el correr de las semanas, las ausencias de Max se hicieron más evidentes, pero también más manifiesta la indiferencia de Alejandra, en la que no había un rastro de rebeldía. Por lo mismo, muchas veces, pese a su candente deseo de bajar al décimo, Max lograba sorprenderla con un «no tengo pensado salir; veamos algo en la televisión», declaración ante la cual su mujer guardaba una igual serenidad. Estos gestos esporádicos, sus no requeridas prudencias con Alejandra, configuraban un comportamiento errático que le evitaba dar un sentido progresivo a esa todavía difusa relación con Bibi. Pero había otras razones para ello. Eran demasiadas las zonas incógnitas que aún ofrecía su nueva amante, y tenían la virtud —al menos por entonces— de refrenar en parte ese aspecto elemental que estaba ganando la batalla sobre Max y al cual éste ofrecía una negligente resistencia.

Una de esas incógnitas era que Bibi revelara como si nada haber dejado dos hijos pequeños en Europa, y más aun que no hubiera por ningún lado fotos de ellos, cuando su dormitorio, de un irritante color

rosa, desordenado casi voluntariamente, estaba lleno
de fotografías; fotos de grupo en diversos balnearios,
posiblemente de la costa mediterránea, y donde ella
aparecía más joven y delgada en medio de gente
bronceada, de un exterior exultantemente despreocu-
pado y de una uniforme belleza. Max nunca preguntó
por aquellos personajes, porque comprendía que ella
administraba su pasado con la suficiente reserva como
para que nadie pudiera penetrar en él. Se preguntaba
si no había querido quedarse a los niños, o bien le habían quitado la tuición; pero Bibi no hablaba del
asunto y él no se atrevía a interrogarla. Su sentido común no le permitía admitir que, como madre, Bibi no
sufriera con la pérdida de sus hijos, y se aferraba a esa
idea. Necesitaba hacerlo y lo conseguía, haciendo aun
más inquietante la desconocida biografía de su amiga.

Max elaboraba en su imaginación una dimensión trágica pero a la vez inocente de la existencia de
su amante, la que se veía cada vez más reforzada por
esa especie de combustión a la que ella lo arrojaba
con su resuelta sensualidad, una incandescencia que
Max no había experimentado nunca hasta entonces y
que provenía, a su modo de ver, de ese candoroso
apetito que transparentemente revelaba el verdadero
signo de su espíritu.

La casa en la playa la había construido el
abuelo de Bibi, un millonario tabacalero que se había
suicidado ante la inminencia de una quiebra que no
tuvo lugar. Era un caserón de estilo europeo, de un
gótico dudoso, robusto y algo pesado en sus líneas,
que dejaban ver en su original propietario una clara
voluntad de permanecer. El resto de las casas veranie-

gas, construidas en su mayoría en madera, se veían deterioradas y abandonadas. La Villa Mercedes —en honor a la esposa del precipitado suicida, una abuela alcohólica y mundana, según Bibi, aunque su retrato sobre la chimenea no hacía pensar en ello— era algo así como un último bastión de una fantasía nunca consumada. Max salió a la terraza por los ventanales del gran living. A su derecha, casi montada en los roqueríos, había una construcción que debió ser un viejo hotel de estilo francés, ahora pintado de rojo y convertido en cuartel de bomberos y posta de urgencia. Más a su derecha, sobre una colina, algunas otras construcciones palaciegas, semiabandonadas o habitadas por pescadores, con alguna palmera solitaria y estoica que se levantaba ante la fachada. El día estaba gris y el mar picado. Las olas que reventaban contra el roquerío se levantaban tan alto como el más alto tejado del caserón. Bibi, adentro, en alguna habitación del segundo piso hasta donde Max no había subido aún, deshacía probablemente su maleta. ¿Tal vez también la de él?

De pronto apareció ella en la terraza.

—¿Y qué te parece? ¿No es demasiado triste?

—No, para nada. Yo estoy de buen ánimo. Pero será que todavía el lugar no me atraviesa con su rayo.

—Mi padre no venía casi nunca porque decía que lo ponía triste.

—A ti no, en todo caso.

—Hay pocas cosas que me entristecen. Una casa no significa nada en especial, creo.

—A mi edad algunas cosas comienzan a tener significado. Puedo entender a tu padre.

—¿Te importaría encender la chimenea?

Cuando Max recuerda ese fin de semana, las

notas de esa melodía suenan como un triste preludio. «Sí, creo que es conmovedoramente triste», debió haber dicho ante la pregunta de Bibi si su mirada hubiera podido ir más allá de esos roqueríos escarpados y del ajedrez de las baldosas de la terraza. Sentado en una silla de playa y mirando ese mar agitado, Max tenía la desagradable sensación de mantener todavía una alerta que a esas alturas ya debía ser innecesaria. Bibi estaba en las habitaciones del segundo piso, el fuego ya ardía en la chimenea como ella había pedido, mientras él contaba el tiempo con un sincopado golpeteo de su mano en su pierna, con esa especie de torva vigilancia del que no sabe bien qué espera, pero calcula que deberá echar mano a recursos desconocidos incluso para él mismo. No era temor lo que experimentaba, sólo una difusa expectación ante lo que ocurriría ese fin de semana que él consideraba algo precipitado para el curso de su relación. Aunque todavía enceguecido por los múltiples matices de Bibi, ahora sentía simplemente que estaba con una desconocida que había pasado recién los treinta y que, durante el trayecto por la carretera, había hablado más de la cuenta sobre un padre algo humorista que veló por ella siempre desde lejos, como un buen dios sonriente y benefactor. Max no podía evitar sentirse contrariado aquel primer día en El Malecón.

Almorzaron en un destartalado restaurante que miraba a la bahía y, un poco más allá, a una abandonada planta ballenera. Sí, lo adivinó, la planta ballenera había pertenecido también al abuelo de Bibi, pero un protocolo proteccionista lo obligó a cerrar. A ella le parecía que no podía ser de otro modo. El dueño del restaurante, un viejo flaco hasta la inmaterialidad y cuya pierna derecha rengueaba como un látigo, al parecer la conocía. Se acercó hasta la mesa. ¿Era ella la hijita de Aníbal Rodillo, la que había vivido en Europa? Bibi asintió con sus largas pestañas negras.

—Siento tanto lo de su padre. Era un hombre magnífico, aquí no había nadie que no lo quisiera. Hicimos una misa en el pueblo por su eterno descanso. No faltó nadie.

—Le agradezco sus palabras, él amaba El Malecón —dijo Bibi complaciente.

—Así es, así es —replicó el hombre—. Yo la recuerdo de pequeñita. Usted no se acordará de mí. Una niñita rubia de la mano de su madre que en paz descanse, o con su padre en ese inmenso auto negro que tenían.

—El viejo Pontiac...

—Ése...

El rubio de aquella niñita debió tener una tonalidad muy distinta como para que la misma mujer, con los años, decidiera aplicar otro tono más vivo, aunque menos verosímil, a sus lisos cabellos. Max la contempló mientras ella, codos en la mesa, manos en la barbilla, escuchaba al viejo. Podía suponer entonces a una pequeña niña rubia de piernas flacas, casi desteñida por el sol o por la pátina de un recuerdo sugerido por la imaginación, semitransparente, dotada de una belleza relativa que no se afirmaría sino en la madurez. Ya adulta esa belleza, fulgurante en un primer vistazo, se desvanecía luego como una poesía cuyo significado hemos descubierto al cabo de una contemplación más prolongada. Es lo que en ese instante le ocurría a Max. Sí, no era tan bella, pensó, y lo reconfortó sentir que la pequeña debacle de los atractivos de Bibi venía a poner un cierto equilibrio en las cosas.

—Así es que, como ve, todo ha cambiado por acá, ya no es la gente de antes... Cómo le explico, ya no viene gente como su distinguida familia. Vea el estado de las antiguas casas —dijo el viejo con indisimulada nostalgia—. Pero no los interrumpo más, por favor sigan, sigan —se despidió mientras se retiraba de la mesa con su rengueo.

—La verdad es que no me puedo acordar de él —dijo Bibi una vez que el viejo se hubo marchado—. ¿Por qué me mirabas así?

—Estaba pensando que debes haber sido una niña muy linda.

—Primer piropo de tu parte, bravo. Sí, todos me dicen que lo era.

—No lo dudo.

Afuera el mar embravecido sacudía como nueces unos botes de pesca de afiladas proas y pintados de los más fantasiosos colores. La bahía era azotada por un fuerte viento norte que levantaba unas olas encrespadas y agitaba también el tejado de latón del restaurante vacío, junto al cual, en una roca próxima a los ventanales, un pelícano estupefacto miraba la tormenta por venir. La espina color perla de un congrio reposaba sobre el plato.

—¿Crees que llueva?

—Seguro que sí. Supongo que no la tenías planeada.

—¿Qué cosa?

—La lluvia...

—Ah, no, si llueve te aseguro que es accidental —y lo miró fijamente a los ojos. Max no sabía aún si atribuir esos destellos que de pronto aparecían en su conversación a una posible inteligencia o, acaso, a una más probable simpleza. Se inclinaba por ésta última; de otro modo no habría podido soportar la situación. A cuenta de esa inocencia, de la audaz transparencia con que actuaba su anfitriona, Max aceptó esa extravagante invitación que aún no lo comprometía del todo con ella y de la cual esperaba beber por un fin de semana su inofensivo contenido.

—¿Sabes?, me gusta que me mires así, como si no me conocieras; es decir, me gusta saber que nos estamos conociendo, porque sería muy aburrido que nos conociéramos desde siempre, ¿no crees?

—Estoy de acuerdo. ¿Fuiste amiga de la mujer de Salman?

—Sí. No íntimas, pero sí fuimos amigas. Me da pena él.

—A mí también, creo que siempre pensó que su matrimonio era demasiado maravilloso para ser cierto. Le faltó fe en el encanto y se le desvaneció.

—Nunca lo había pensado así. Ella murió de cáncer, ¿no es así?

—Sí.

—¿Te fijaste en la hermosa peonía que hay en el jardín? Ésa roja, inmensa.

—Sí, creo que la vi.

—Es maravillosa, la trajo mi padre de Madagascar. Me gustaría que se la llevaras a tu mujer. ¿Crees que le gustará?

El viejo del restaurante los vio alejarse por el camino de gravilla bordeado de docas. Más allá, en la caleta, unos hombres forrados en trajes de goma oteaban el mar. Unos caballos entumecidos dirigían con ellos la mirada hacia el océano incierto. Bibi lo tomó del brazo mientras paseaban por una derruida costanera cuyos faroles tenían los globos de vidrio descorazonadamente rotos. El mar se estrellaba contra los roqueríos, las olas alcanzaban las baldosas descoloridas y los pesados bancos de piedra del antiguo balneario. La ornamentada baranda de cemento había entregado parte de su dentadura al mar.

Max entreabrió la puerta del baño, donde había terminado de afeitarse. Bibi dormía.

—Despierta... —le remeció un hombro.

—¿Qué?

—Nos vamos.

—¿Tan temprano? —dijo ella entreabriendo los ojos.

—Sí, levántate, amor, eso ya está hablado.

Le besó los párpados, luego la boca. Ella, todavía dormida, estiró sus labios, que estaban secos, y los humedeció en la boca de Max.

Era aún de madrugada. Había esa luz azul que produce la deliciosa impresión de un mundo todavía en formación. Max cargó las maletas y de alguna forma también a Bibi, que como una niña se colgó adormilada de su brazo. Max sentía junto a él un pequeño animalito, vivo y tibio. Subieron al Citroën, que ese amanecer se deslizaba por la carretera como una ingrávida máquina volante. Ese confort era uno de los pocos a los que Max no iba nunca a renunciar; rodar suavemente por las carreteras, aislado de todo ruido, a una velocidad superior a la normal. Los prados, los letreros carreteros, aún no habían sido conectados al mundo, mientras ellos flotaban en su mullida burbuja. Bibi se había vuelto a dormir con su cabeza apoyada sobre el hombro de Max; murmuraba, como anoche, frases ininteligibles. La mañana abrió y cruzaron raudos frente a bencineras, restaurantes carreteros, grandes camiones de carga que iban a baja velocidad. Él acariciaba con su mano el cabello de Bibi, y desde el fondo de su sueño ella registraba esa caricia.

El sábado por la tarde había telefoneado a su mujer. Lo recorrió un estremecimiento al oír esa delgada voz de Alejandra cuando sus prolongadas soledades eran rotas por la campanilla de un llamado más que anhelado. Alejandra le contó de Virginia: había telefoneado desde São Paulo y estaba triste. Otra vez el ángel caído regresaba a casa, pensó Max. Su último romance, un ejecutivo al que había acompañado a una conferencia internacional, debía haberla hartado lo mismo que los otros. Max le prometió a Alejandra dejar antes de tiempo el congreso en que se encontraba, viajar de noche si fuera necesario y estar en Santiago a más tardar a las diez de la mañana de ese día domingo. Sí, ahí estaría, tal como ella le rogaba encarecidamente, y la acompañaría al aeropuerto a buscar a Virginia. La planta, la gran peonía, viajaba en el asiento de atrás.

Alejandra era una Souza y su extaño comportamiento, que pasaba del retraimiento más sombrío a la más exaltada euforia, era visto como una excentricidad habitual en su clase o bien un fuero natural que se concede a una belleza como la suya. Se decía que las dos hermanas Souza habían tomado algo del temple de su madre, María Luisa, quien tuvo el desparpajo de exhibir públicamente a un amante por más de veinte años sin que el pobre Souza hiciera nada, como no fuera sumirse en una profunda depresión que afectó seriamente la fortuna de la familia. A

ninguno de sus miembros parecía importarle demasiado. De las actitudes visibles de Alejandra quedaba
sólo la estela de su vivacidad y una cierta insatisfac-
ción provocadora. Su hermoso rostro anguloso, su
profunda mirada donde luego brillaría el fulgor de la
locura, le otorgaban el aura de una intensidad espiritual que en su juventud hizo que muchos hombres
fascinados por ella retrocedieran. Max no retrocedió.
Por el contrario, desde que la conoció en un baile de
sociedad no la sacó más de sus pensamientos, sobre
todo al contemplar la extravagante jugada de Alejandra Souza, que luego de bailar una vez con él, famoso
en su medio por sus éxitos en la natación, dejó la fiesta sin explicaciones cuando apenas comenzaba. A
Max no se le escapó que el gesto iba dirigido a él. Sin
duda, Alejandra no hubiera podido casarse con un
hombre convencional, como la mayoría de los que la
rodeaban, y a sus ojos de mujer joven Max no lo era.
Sólo él, sin proponérselo, alcanzó a trasponer esa capa amenazante para descubrir bajo ella a un ser confundido que vivía en una tormentosa indefensión.
Max creía que la vida le había dado a Alejandra más
que suficiente; no tenía ningún sueño por cumplir, y
no le quedaba sino resistir la extrañeza de la existencia junto a un hombre que la quisiese.

Ya mayor, Cristina solía decir que su madre
había amado siempre más a su padre que a ella, y que
necesitaba ese amor sin duda más que el de una hija.
A Alejandra le había fascinado que por entonces Max
fuera el destacado nadador que tantas mujeres deseaban, y que además estudiara física, carrera sobre la
que apenas sabía de qué se trataba, y por lo mismo la
consideraba una profesión perfectamente inútil. Nadie que la quisiera para sí podría dedicarse a algún

afán práctico, afirmaba, pues ella quería estar libre del peso de compartir las aburridas vicisitudes de la existencia real de un marido. Alejandra veía en la física esa virtud del desperdicio, que era como ella concebía la vida por entonces, convencida también de su propia incapacidad para encauzarla en una dirección concreta.

Los siquiatras que Alejandra había frecuentado desde su adolescencia se mostraban vagos y renuentes a calificar sus esporádicas y todavía leves depresiones; por ese tiempo se desconocía del todo la sintomatología del maníaco-depresivo. La partida a Bélgica luego de su matrimonio y el nacimiento de Cristina fueron, tal vez, los momentos más felices para ella. Por ese tiempo Max creía que sus cambiantes estados de ánimo eran debidos sólo a la falta de amor, y que nadie más que él podía colmar a esa apasionada e insatisfecha mujer.

Alejandra podía visualizar los dos años pasados en Bélgica en todos sus contornos y su profundidad de campo. El amplio departamento en la *rue* Churchill, la plaza del mismo nombre donde su pequeña hija paseaba envuelta hasta las narices por su *baby-sitter* nigeriana, los almuerzos junto al cónsul chileno, con quien comentaban los inquietantes sucesos del fin del gobierno de Frei, Max apasionado por su trabajo en la universidad y embelesado con Cristina, le permitieron a Alejandra experimentar por primera vez la forma y el volumen de las cosas. Las vacaciones en España, con esa niña que se doraba al sol como un fruto, el pintoresco hostal y el bullicio nocturno del secreto pueblito catalán, las comidas en restaurantes al aire libre, los paseos junto al mar, eran los mejores recuerdos que Alejandra atesoraba. Max por entonces ya bebía en exceso, desde luego más que la gente que habitualmente los rodeaba. Si bien no podía calificárselo de alcohólico, por las noches, solo, leyendo alguna novela en francés, idioma con el que se había empecinado, llegaba a beber tres o cuatro whiskys dobles sin advertirse en él ningún efecto visible. Era con el alcohol que Alejandra experimentaba el alejamiento de su marido. En el departamento de la *rue* Churchill ella puede ver a Max en su vieja silla de escritorio reclinable, la lámpara de mesa, la cubierta de paño verde y el vaso con su ambarino contenido y unos grandes cubos de hielo sumergidos. Al cabo de dos o tres horas de lectura, de dos o tres whiskys, Max era el mismo y no lo era, más amable pero más lejano a la vez. Pero como ella había aprendido que su sensibilidad le volvía extraviadamente subjetivas las cosas, no hacía demasiada cuestión de ello. Desde todo punto de vista, su marido era más equilibrado y sólido que ella. Ésa era una certeza, de las pocas que tenía.

El regreso a Chile significó, fundamentalmente, la entrada de Virginia en sus vidas. Pero antes de eso tal vez sea necesario recordar el pequeño interludio en el Crillón —recién remozado— tras su llegada de Bruselas, y donde alojaron dos semanas antes de encontrar el departamento de Santa Lucía; estadía pagada por las familias de ambos. Es una suma de imágenes memorables. Los hermosos terciopelos amarillos del cortinaje en el comedor donde desayunaban, los atropellados planes, las idas constantes al teléfono de la recepción, las innumerables invitaciones, Cristina jugando por el suelo y él abriendo en ese soleado vestíbulo el sobre donde le comunicaban su aceptación como académico de tiempo completo en la universidad, cosa que por entonces Max debía considerar un triunfo.

La hermana menor de Alejandra escapó apenas pudo del hogar paterno, donde dos ancianos mantenían un agrio y asordinado combate por los agravios mutuos que se habían infligido a lo largo de una vida ya terminada para ambos. Virginia tenía entonces veintiún años, Max treinta. Definitivamente más intrépida y vagamente más hermosa, la menor era una versión aligerada de la mayor. Virginia se fue a vivir con la pareja casi junto con el regreso de ellos a Chile. En su alocada soledad, se encariñó excesivamente con Cristina, lo que para los recién llegados fue una bendición. Las frecuentes depresiones que le sobrevinieron a Alejandra con la vuelta al país lo justificaban.

Virginia amó a la niña con una pasión desmedida sin que por ello Alejandra se sintiera jamás amenazada. La silenciosa constatación de que algo en su interior se transformaba, la debilidad que comenzaba a experimentar, le dictaban que no cabía más remedio que abandonar terreno respecto de la pequeña Cristina, que ya había cumplido cuatro años y ante la cual no siempre tenía las fuerzas que la vitalidad de la niña exigía.

Alejandra no tenía cómo advertir nada particular entre su marido y su hermana, al menos en ese período que precede al matrimonio de ésta con Mercado. Es ahí donde la historia se enrarece. Al parecer, sus encuentros fueron escasos y casuales, y de haber sido interrogados habrían respondido, sin creer faltar a la verdad, que nunca ocurrió nada entre ellos, o bien que había que ver los hechos como se considera un fenómeno natural, una lluvia intempestiva o uno de esos rayos descarriados que calcinan un árbol solitario. Se trató de algunos episodios dispersos, con tal discontinuidad en el tiempo y falta de arreglo que tenían esa cualidad de lo inexplicable y lo inevitable a la vez.

Una tarde en que dejaron a Alejandra en el siquiatra volvieron al departamento y acostaron a Cristina, que ya dormía en el auto. Max fue hacia la cocina y pasó frente a la pequeña habitación de Virginia, destinada al servicio y con una estrecha ventana que daba a un zócalo. Ella estaba sacándose una acalorada polera que bajó bruscamente cuando se encontró con la mirada inadvertida de Max. No es mucho lo que se puede decir. Tal vez fue la mirada azorada de Virginia, que retrocedió de un modo que aventuraba el peligro, y en lo que respecta a Max sus movimientos fueron tan necesarios que cuando ella estuvo en sus brazos fue como una rama seca que se desprende del tronco y cae. Casi no hubo palabras o al menos Max no podría recordar ninguna. Cuando volvieron otra vez a la vida faltaba sólo un cuarto de hora para que terminara la sesión de Alejandra —Virginia tiene otra versión, pero no alcanza a alterar los hechos—, y la rápida y silenciosa ceremonia de vestirse y el mismo silencioso trayecto en auto confirmaban la brutal espontaneidad de lo sucedido. En los días que vinieron, Max se explicó esa aventura sólo como un signo desafiante de Virginia en el desconcierto de su juventud. Por su lado el asunto no era más complejo. Max sabía que había incurrido en una falta pero estaba dispuesto a perdonársela. Mientras iban en el auto, soltando cada tanto comentarios acerca del tráfico a esa hora o preguntándose si Alejandra los esperaría en la calle, puesto que estaban atrasados, ambos pensaban que ese inicio tenía simplemente las características del final de un capricho satisfecho.

Si Alejandra veía en la relación de su marido y su hermana un exterior natural, ellos no veían mucho más tampoco. Los encuentros que siguieron fueron espaciados y se pueden contar con los dedos de una mano. Tuvieron lugar siempre en el departamento, en las raras ocasiones en que coincidía que Alejandra no estaba y Cristina se encontraba en su jardín. Cada vez, la prisa y lo ininteligible de la situación hacían que la pasión lograra extinguir durante esas horas todo rastro de razón. Terminada la ceremonia, parecía siempre haber sido sólo un paréntesis del cual no se podía extraer ninguna conclusión. De más está decir que eludían el asunto, pese a los amplios espacios de soledad que progresivamente les dejaba Alejandra y en los cuales la pequeña Cristina estaba casi siempre de por medio.

Era frecuente que Max y Virginia sacaran a pasear a Cristina, y si en esas ocasiones faltaba Alejandra no era tanto porque no estuviera de ánimo, como afirmaba —su deseo le decía que le gustaría ir con ellos—, sino porque temía importunarlos. Ambos se llevaban bien y podían concentrarse en Cristina de una forma que ella no conseguía. Y en verdad esos momentos estaban reservados a Cristina y nada más que a ella. Bien se podría decir que no había rastro alguno de las contadas escaramuzas entre el padre y la tía de la niña, y ellos sabían vivirlo así, ayudados de alguna forma por lo impronunciable, lo informulable de la situación. Por lo tanto, ésta flotaba en una franja que para ambos estaba más allá del bien y del mal, ya que a ninguno de los dos se le hubiera ocurrido otorgarle gravedad al asunto.

Alejandra creía advertir que para su hermana Max era algo así como un sustituto de ese padre extraviado en su propia catástrofe e incapaz de hacer nada ni aun por él mismo. En la intimidad con Alejandra, Max solía hablar de Virginia como de una jovencita que no podía ser tomada en serio. Su presencia en la casa de su hermana era un hecho circunstancial que no tendría ninguna consecuencia. Era evidente que Virginia tomaría en el momento más inesperado su propio rumbo y éste debía pasar necesariamente por un matrimonio. Alejandra era reafirmada en esta idea por la vida que llevaba su hermana. También Max. Por ese mismo tiempo tenía varios pretendientes, unos tipos jóvenes que apenas asomaban la nariz por la puerta del departamento para llevársela a algún lugar desconocido. Fue exactamente en ese tiempo que sucedió lo del aborto. Alejandra nunca lo supo. Max se encargó de todo y no preguntó siquiera el nombre del padre.

—No es tuyo, quiero que lo sepas —le había dicho taimadamente Virginia al confesarle su embarazo.

—Lo importante es que lo sepas tú, aunque no sé siquiera si sea importante.

—¿No sientes celos de que otro hombre me haya tocado?

—Sí, los siento, pero no veo en qué cambia las cosas.

Max la llevó en su propio auto y debió pasar dos horas en una falsa oficina de corredores de propiedades donde, tras una puerta vidriada, funcionaba una clínica. Por ningún motivo Virginia habría per-

mitido que los nervios de su hermana se vieran enfrentados a semejante asunto, por lo que fue Max el
servicial agente que se ocupó del ritual clandestino.
Con el tiempo a Virginia le ocurriría pensar —muy
episódicamente, es cierto— que Max no fue todo lo
resuelto en disuadirla.

En realidad, Alejandra podía considerarse satisfecha de que esa armonía se diera bajo su techo.
Cuando Virginia se casó, sintió que la extrañaría. De
algún modo se había habituado a la convivencia de
los tres y era natural que temiera no poder por sí sola
darle a ese hogar —y que su marido así lo sintiera—
la animación que le daba Virginia. Alejandra se había
conformado ya con el hecho de que, aunque peligrosamente, la relación de su hermana y Max actuaba a
su favor.

Al menos hasta la muerte de Mercado, Max
nunca volvió a referirse a Virginia más que tangen-
cialmente; al mismo tiempo su consumo de alcohol
se hizo más manifiesto y su lejanía de Alejandra más
evidente. Por la noche era un hombre con algo febril
y excitado, la mirada más intensa, como si lo asalta-
ran visiones. Alejandra contemplaba intimidada esos
estados de su marido. Él estudiaba concentradamente en su escritorio y se podía pasar así largas horas
frente a su máquina de escribir, el vaso de whisky al
alcance de la mano. Su más célebre trabajo, *Violación
de paridad y corrientes débiles,* publicado por la *Physical
Review Letters,* data de aquella época y Alejandra nunca logró entender cómo esa alma agitada pudo llegar
a escribir algo que a los ojos de los demás parecía tan
valioso.

Alejandra ignoró siempre qué sucedió exactamente entre Max y su hermana en esos años, pero lo

que fuese, presentía ella, les había dado un giro definitivo a sus vidas.

Mercado era un hombre mayor para Virginia, cercano ya a los cuarenta, separado, jugador de polo reciente, comerciante de caballos fina sangre y socialmente desconocido. Cambiaba de auto a menudo y realizaba viajes relámpago que dejaban una cierta estela interesante tras él. A la vieja y loca María Luisa le fascinaba el sujeto. Le decía «mi pequeña» a Virginia y solía invitarlos a los cuatro a comer a restaurantes caros. Pedía los mejores vinos, tomaba en cantidad y no se emborrachaba jamás. A Max lo irritaba tanto más su aparente suficiencia y excedente de vitalidad, cuanto él era el único que intuía las secretas razones de ese noviazgo. Por cierto, durante los cortos meses que precedieron a la boda en que Alejandra y él hacían de padrinos, Virginia tuvo la fortaleza de evitar todo contacto o confesión con Max respecto de la intención de su matrimonio, y menos aun le habló de las rebeliones de su corazón; era una satisfacción que no iba a concederle a su esquivo amante. Por el contrario, lo condenaba a contemplar con las manos atadas las triviales exterioridades de su noviazgo, de modo que el mismo Max llegó a preguntarse con cierto espanto si Virginia no habría llegado a conformarse más o menos entusiastamente con su nuevo destino. Su comportamiento fue tan irreprochable que Alejandra pudo creer, y esta vez con razón, que los posibles escarceos entre Virginia y su marido habían acabado del todo. En suma, Virginia parecía actuar con convicción y Mercado no podía percibir otra cosa.

—Somos hombres afortunados, ¿no crees, Max? Hemos conquistado a dos hermosas mujeres —dijo Mercado en una ocasión en que se encontraban los cuatro comiendo en la terraza de un restaurante.

—Salud —se limitó a decir Max, levantando la copa.

Nadie, o tal vez sólo Virginia, hubiera podido saber lo que pasaba por el corazón de su cuñado en aquel restaurante en los faldeos del cerro San Cristóbal, donde por el jardín iluminado paseaban unos faisanes como figurantes de ópera. Mercado era también galante con Alejandra, se había preocupado de ello, y la hermana mayor, pese a sus primeras reticencias, había acabado por no ver ningún obstáculo para esa unión, si bien esa precisa noche podía notar en su marido una participación excesivamente silenciosa y un semblante algo sombrío, ánimo que se interponía de un modo obtuso a la fabricada felicidad que intentaba urdirse en esa mesa. Virginia, en cambio, gozaba secretamente con ese Max transfigurado en un irritable padrino de bodas. Alejandra, por su parte, había llegado a la conclusión de que por fin Virginia pensaba en su propia felicidad.

Fue esa misma noche que salieron a pasear en el espléndido cabriolet de Mercado. Era un Rover importado por él mismo, un modelo que no se encontraba en las calles de Santiago. Por la euforia del conductor, daba la sensación de que lo hubiera robado hacía media hora. Mercado quería mostrarles la velocidad que alcanzaba su nuevo auto, y fueron hasta la Panamericana Sur. Tras salir de los primeros atochamientos en la autopista, Mercado dijo:

—Ahora vean.

Quedaba media pista libre por donde el Rover blanco comenzó a acelerar.

—¿Quieren que suba la capota? —gritó con su voz contra el viento.

Atrás sólo asintieron. Alejandra se había cobijado junto a Max. Una capota automática fue cubriendo sus cabezas hasta que se unió al parabrisas con un chasquido. Dentro del auto se hizo el silencio. Max podía ver que el velocímetro iluminado se acercaba a los ciento ochenta, y Alejandra se recogía bajo su brazo. Estaba seguro de que ella no sentía ningún verdadero peligro. En verdad, Alejandra sólo experimentaba con los ojos cerrados el calor de Max y la loca ilusión de morir en ese instante abrazada a él, si fuese posible. Virginia apoyaba un codo sobre el respaldo de Mercado con una despreocupación que buscaba hacer manifiesta; era tal su temeraria disposición, que parecía desear ella también que los cuatro reventaran contra la parte delantera de un camión. Desde su estratégica posición en el asiento delantero, Virginia podía ver con sus ojos negros y centelleantes por el espejo retrovisor el rostro alerta de Max y un trozo del perfil de su hermana, recostada como una *madonna* sobre el pecho de su marido. Iban cerca ya de los doscientos kilómetros por hora y Max pensaba que sujetos insustanciales y vanos como él debían morir por razones tan vanas como las de Mercado.

Max llegó a pensar que Virginia no había hecho del todo mal escogiendo a un hombre así. En realidad, poco podría decir respecto de Antonio Mercado sin caer en un mezquino rencor por la envidiable ligereza de su futuro cuñado. Se preguntaba, sin llegar a ninguna conclusión, qué parte de Virginia estaba dispuesta a admirar simplificadamente la audacia de Mercado. Era una incógnita que no lograba resolver, tanto menos si pensaba en la Virginia que él conocía, en el ala herida que había descubierto en ella y que, creía, solamente él podía curar.

Max volvería a recordar la escena de la carretera cuando, tres años después, Mercado murió en un accidente automovilístico. Según el relato del conductor del bus al que embistió, fue un suicidio. Se arrojó de frente contra él. Virginia no aceptaba esa hipótesis, si bien le resultaba más o menos indiferente cómo hubiera sido. Lo extraño, al menos para Max, era que un hombre como Antonio Mercado se hubiera quitado la vida. Había ocurrido algo con lo que nadie contaba; se enamoró sinceramente de Virginia.

Con el matrimonio, Mercado se hizo construir en el sector alto una casa que le costó una fortuna. Era un engendro arquitectónico de gusto dudoso, una mezcla inverosímil con reminiscencias italianas y californianas a la vez. Virginia odió desde un principio ese remedo de palacete con que Mercado pretendió deslumbrarla. Lo cierto es que sólo logró ensombrecerla.

Max y Alejandra asistieron sorprendidos a repetidas escenas en las que Mercado se veía atrapado como por asalto en los sarcasmos de Virginia. Se hizo frecuente oírlo haciendo torpes descargos en su favor. La frase «pero querida...», con cierto tono de desesperada súplica, cobró una triste habitualidad. Podía tratarse de una joya desdeñada, la idea de un viaje que Virginia aplazaba para una fecha imposible, una simple invitación a comer que ella cambiaba por un programa de televisión.

Antonio Mercado se transformó en un hombre vacilante y ensimismado al constatar que la indiferencia de Virginia hacia él no era sólo una suma de estados de ánimo desafortunados. Esta indiferencia fue convirtiéndose en un irascible hastío en el cual no había ninguna complacencia con la víctima.

Fue entonces que Mercado le contó a Max su último incidente con Virginia y que debía compartir necesariamente con él. Se encontraron en el bar de un céntrico hotel donde Antonio lo había citado con urgencia. El asunto no requería de muchas palabras. Tal como le refirió Mercado sintéticamente a Max, ella había estallado en una incontenible risa ante su insinuación de que tuvieran un hijo. Max no supo qué decir y preguntó sin intención:

—¿Y cómo se reía?

—Tú sabes, esos ataques de risa que le daban a uno de niño en misa o en los funerales. Cuando se lo dije, no podía parar de reír.

Max debería haberse sentido complacido con ese triste relato, pero la desgracia de Mercado lo conmovía sinceramente y hubiera querido hacer algo por él. Pero era imposible. La Virginia que retrataba Mercado se volvía indiscernible para Max.

Ante su propio estupor, no pudo decir mucho.

—Viaja, desaparece por un tiempo, prueba a que te necesite. Tal vez la abrumas con tus delicadezas. Piensa un poco en ti —dijo Max casi con lástima.

—No me quiere, ¿no es cierto? —dijo Mercado.

—No puedo decirlo yo. Quién sabe lo que pasa por la cabeza de las mujeres.

Max podía ver perfectamente los pasos de Virginia. Era el grado de su inclemencia lo que lo desarmaba.

—Date un tiempo, recobra tu independencia. Has perdido toda alegría y no te haces ningún favor.

De este modo, Max lo expidió a Europa por

dos meses, con la promesa de que él y Alejandra intentarían hacer entrar en razón a Virginia. Alejandra, por supuesto, nunca se enteró de esta promesa y Max la cumplió a su manera. No se habían visto a solas desde el matrimonio y a Max la posibilidad de un encuentro le producía una gran incertidumbre. Había sido un espectador remoto pero interesado de la reciente evolución de Virginia y se preguntaba con quién se encontraría una vez que, libre de Mercado, la recuperara al menos por un tiempo. Max no pensaba sino en una simple cita en un café cualquiera. Pero las cosas estaban muy lejos de sus modestas expectativas. La rebelión de Virginia era lo mismo que un dique que se hubiera roto. Max no quería confesarse cómo ese desborde lo alcanzaba también a él. Lo comprobó a la mañana siguiente de la partida de Mercado.

—Estoy ocupada, voy a salir esta noche, y probablemente la próxima y la próxima. ¿Me entiendes?

—Necesito hablar contigo.

—Yo no.

—¿Qué estás diciendo?

—Lo que dije, que no quiero verte.

—¿Qué te pasa?

—Quiero divertirme, hace demasiado tiempo que no me divierto, y verte me resulta más bien amargo, Max.

—Vas a salir con un hombre...

—Qué te crees...

—No puedes hacerle eso a Mercado.

—Hipócrita.

—De acuerdo, no puedes hacer... eso.

—¿Estás preocupado por mi integridad como mujer casada?

—Estoy preocupado por ti y no creo que tú...

—No tienes ningún derecho sobre mí. Déjame en paz —y cortó bruscamente.

Max colgó tan cuidadosamente que pareció que era el auricular el que estaba atónito. Fue tal la resolución que usó ella, que no valía la pena insistir. Max creía ser el único en comprender el sentido de la fuga de Virginia. No le importaba saberla atrapada en un matrimonio desdichado, pero no podía soportar imaginarla recobrando su libertad, su alma embriagada vagabundeando por lugares desconocidos para él y tal vez en brazos de cualquier cretino.

La sola idea de que rompiera su matrimonio le producía un escalofrío. Y de alguna forma ella lo hizo. Retuvo junto a sí, hasta la llegada de Mercado, a un hermoso muchachito que trabajaba en una exclusiva tienda de ropa. Max lo supo por la misma Virginia cuando volvió a llamarla y la encontró totalmente embrutecida al otro lado de la línea. Tenía la voz más gruesa y habló las suficientes incoherencias como para darle a entender que tenía un amante a su lado. Virginia hizo las cosas tal como ella quiso. Al regreso de Mercado, se encargó de hacerle saber con detalles su relación con el serafín.

Dos meses después ocurrió el accidente. Max y Alejandra demoraron en salir de su estupor. Costaba imaginar que un hombre como Mercado pudiese llegar al suicidio, y más aun que su ruina se hubiera precipitado con esa vertiginosa rapidez. Pero era el ritmo que le había impuesto Virginia a lo que —ella lo supo desde siempre— sería un simple paréntesis en su vida, sólo que al final, impaciente, apuró el tranco. Virginia aseguró que si se trataba de un suicidio no era ella la causante, sino que más bien podía deberse a cuestiones de negocios que Mercado nunca quiso confesar. En verdad, no le importaba siquiera descargar su conciencia frente la presunta ofensa fatal a su marido muerto, y tampoco andaba tan lejos con su primera hipótesis, ya que a la muerte de Mercado se reveló que buena parte de sus bienes correspondía a deudas e hipotecas. Pese a eso los abogados de la familia lograron rescatar algo que le permitiría a Virginia vivir más o menos cómodamente por algunos años. Pero ni aun ese tema lograba conmover a la enajenada viuda. En los días que precedieron al funeral, Max contempló casi con horror el comportamiento impasible de Virginia; bajo esa luz se le hacía perfectamente natural que hubiese logrado aniquilar un alma tan dotada para la vida como la del pobre Mercado. Si en un momento Max pensó que un tipo como Mercado podía llegar a hacerle daño a Virginia, frente a la fosa a la que descendía el ataúd reflexionaba acerca de cómo el desamor podía llegar a ser la más efectiva e involuntaria de las fortalezas.

No hubo duelo ninguno en Virginia. Por el contrario, pareció satisfecha, como si por primera vez en su vida hubiera llevado a cabo una tarea por sí misma. En este caso se trató de hacer y deshacer un matrimonio que le era necesario para afirmar una renovada independencia. Max notó un taimado desdén en Virginia luego de la muerte de Mercado. Ella había quedado con una amplia y costosa casa —luego sería vendida— y una peligrosa libertad. Para ese entonces, Max y Alejandra habían ya comprado la casa del barrio Las Lilas. Pasaría un buen tiempo antes de que Max y Virginia se volvieran a encontrar verdaderamente a solas. Las visitas de Vir-

ginia a la nueva casa eran antojadizas y siempre parecía tener prisa por marcharse. Alejandra no la interrogaba, y menos Max, que solía encerrarse en su escritorio durante las irrupciones de Virginia.

Cuarta parte

No fue mucho tiempo después que le sobrevino a Alejandra uno de sus ataques más graves y que marcó una segunda fase, más crítica, de su enfermedad. Comenzó una noche cuando ambos ya dormían. De pronto ella abrió los ojos y remeció a Max, que le daba la espalda.

—¿Qué pasa, amor? —dijo Max todavía dormido.

—¿No irías a comer conmigo a algún lugar?

—¿Qué estás diciendo?

—Eso, quiero ir a algún lugar elegante. Estamos gastando muy mal el tiempo, Max, quiero verte más contento, hacerte feliz. Vamos... te lo suplico.

Max se incorporó en el mismo instante en que Alejandra estiraba el brazo para alcanzar la luz.

—Son las dos y media de la mañana. No vamos a encontrar un restaurante abierto a esta hora.

—Algo vamos a encontrar. Déjamelo a mí.

Esos distanciados brotes imaginativos de Alejandra eran como el ruido subterráneo de un volcán que va a salir de su reposo. Max los había visto antes, pero nunca de un modo tan intempestivo. En esas ocasiones Alejandra sólo parecía esperar el gesto anonadado de Max para confirmarse a sí misma que estaba en lo cierto y pasar a la acción. La diferencia es que hasta entonces habían sido iniciativas menores que Max aplacó. Éste no fue el caso.

Saltó de la cama y se puso a buscar en el guardarropas. Se había sacado bruscamente la camisa de dormir y Max la veía agitarse desnuda en el vestidor. Eligió el más elegante de todos sus vestidos, comprado para el matrimonio de Virginia. Negro, ceñido y escotado, su mujer había lucido resplandeciente aquella noche, cuatro años atrás, cuando por fin se casaba su hermana menor. Luego entró al baño. Max fue tras ella. Frente al espejo, Alejandra se maquillaba de un modo extraño, los ojos desusadamente sombríos, el lápiz labial vagamente salido del arco de los labios; su mano temblaba absolutamente indiferente a la figura que la observaba a sus espaldas. Tenía la mirada encendida como si viera una escena de signo maravilloso tras el espejo.

—Qué esperas, ¿no te vas vestir?

—No vamos a ir a ningún lado, Alejandra...

—¿Me vas a dejar ir sola? —dijo sin volverse.

—Ni sola ni conmigo. No vamos a ninguna parte.

—No seas estúpido. Te estoy invitando a salir. ¿Te vas a quedar ahí como un tonto?

El lenguaje que había usado su mujer fue suficiente para expresar su absoluta determinación. Max salió del baño y en la pieza, desde donde el espejo lo reflejaba, se quitó el piyama y comenzó a vestirse.

—¿Vas a ir así? No puedes acompañarme con esa ropa. Ponte algo elegante, ésta va a ser una gran noche —dijo ella asomando una parte de su rostro por el espejo.

Max sabía guardar sus sentimientos frente a estos estados y también cómo actuar ante ellos. Ya lo había resuelto. Debía llevarla a una clínica cuanto antes; era la segunda vez que le tocaba hacerlo. La primera vez había sido en Bruselas, pero entonces el comportamiento de Alejandra fue atribuido a una simple crisis nerviosa. Dados los signos que Max había acumulado en los años de convivencia, debió aquella vez ocultar sus reservas acerca de ese apresurado diagnóstico del médico belga.

—Está bien —dijo Max—, voy a vestirme como quieres.

Desapareciendo del campo visual del espejo, fue hasta el teléfono del pasillo y llamó apresuradamente a Abramowicz. Le rogó que viniera cuanto antes. Volvió al dormitorio.

—Voy a ponerme el smoking. ¿Dónde está? —gritó desde el dormitorio.

Ella continuaba fascinada ante el espejo, como si tuviera al frente una radiante visión que la colmaba por completo. Se podía pensar que en años no se había visto a sí misma tan bella y luminosa.

—¿El smoking? En el closet, dónde va a estar —dijo Alejandra con decisión; estaba claro que se lanzaba a una loca noche llena de emociones y no quería ser importunada—. ¡Apúrate! —le gritó desde el baño.

En el vestidor Max sacaba de su bolsa su negro traje de etiqueta; lo observó con pesadumbre y comenzó a ponerse lenta, demoradamente, ese traje que había pertenecido a su padre y que él apenas había usado en su vida. Se ajustaba la pajarita cuando sonó el timbre. Fue a la puerta. Abramowicz se sorprendió al verlo vestido de etiqueta.

—¿Qué le pasa? —preguntó entrando.

—Creo que es el comienzo de un ataque... Está en el baño.

La encontraron saliendo del vestidor con una

estola de piel y llamando a su marido por el pasillo. Sus ojos, pintados como los de un cisne, se abrieron desorbitados y de su boca surgió un quejido al ver a Abramowicz aproximándose por el corredor con esa sonrisa blanda y una inclinación lateral de la cabeza.

—¡Nooo...! —exclamó agónicamente y miró suplicante a su marido.

—Ven, Alejandra —le dijo con suavidad Abramowicz, tomándola por un brazo. Ella no se resistió; siguió, en cambio, mirando desconsoladamente a su marido, que se mantenía algo apartado, con sus ojos nublados.

—Voy por el auto —dijo él.

Abramowicz y Alejandra ocuparon el asiento trasero mientras Max conducía. Abramowicz le tenía una mano tomada y la acariciaba insistentemente mientras Max, como un espléndido chofer en traje de etiqueta, atravesaba la ciudad casi desierta a toda velocidad. Envuelta en su estola, estremecida de temblores, Alejandra tenía la mirada perdida en un infinito que sólo ella podía ver, pero donde no estaba ausente la perplejidad ante el golpe que acababan de asestarle.

La ingresaron sin más trámite, casi en vilo —sus pequeños pies apenas tocaban el suelo—, a una sala bruscamente iluminada y protegida por una pesada puerta de acero. Antes de trasponerla, Alejandra alcanzó a mirarlo un segundo volviendo la cabeza. En menos de un minuto estaría bajo el efecto de los sedantes, pensó Max. Quedó solo en el recibo de la clínica. El *hall* de visitas donde esperaba Max era algo así como un living simulado, con sus grandes sillones de felpa desgastada, sus mesitas de arrimo, sus lánguidas lámparas, su gran chimenea nunca utilizada; un

conjunto que daba la sensación de una mudanza in-
minente en la que se había comenzado por lo acceso-
rio. La clínica funcionaba en una gran casona de estilo mediterráneo que en los años cincuenta debió ser
la fresca, luminosa y acogedora residencia de alguna
familia acomodada y numerosa. Desde la guardia,
donde velaba una enfermera alerta y rubicunda, llamó por teléfono a Virginia. El «aló» que llegó al oído
de Max era confuso e irritado. Por el tono de su voz y
pese a la hora, tuvo la certeza de no haberla despertado, pero no por eso era menos inoportuno. Las lacó-
nicas frases que masculló Max ante la mirada de la
enfermera de turno trajeron a Virginia a la realidad.
Max oyó un ᵕᵐo fragor de sábanas y una segunda
voz que ᵕ el teléfono se apagó cuando Virginia cuᵕ su mano el auricular. En ese mudo
instante N ᵕntentó viajar en el espacio hasta la habitación de Virginia, pero no alcanzó a llegar porque
ésta volvió a descubrir el auricular; con un tono todavía turbio dijo «voy» y colgó.

Llegó en cosa de media hora, tiempo que
Max pasó tumbado en un sofá con una definida inde-
terminación de sus pensamientos. Pensó que de veras
quería o, aun más, necesitaba ver a Virginia. Esa tenue constatación lo deslizó hacia una certeza: las
fuerzas para soportar el alejamiento de Virginia y evitar pensar en ella eran siempre activas y constantes,
tanto como para sentir tan intensamente cuando fla-
queaban, como le ocurría entonces. Sin embargo, estas reflexiones no tenían ninguna estridencia, era
una resignada voz interior la que le hablaba. Por lo
mismo, cuando la vio entrar tan pronto, envuelta en
un amplio abrigo negro y algo despeinada, Max se
sintió de algún modo justamente recompensado por

haberla puesto con tal decisión en el primer plano de sus pensamientos. Le explicó rápidamente los detalles mientras la sacaba de ahí al mismo tiempo que ella entraba.

—Vamos afuera —le dijo.

La noche comenzaba a abrir. Un enervado azul cobalto parecía descubrirlos de un modo meticuloso mientras se desplazaban por el sendero. Unos pájaros invisibles cantaban en medio del follaje que era todavía una mancha indistinta. Max la conducía por el bien cuidado parque, donde destacaba un par de palmeras centenarias. Había también una fuente seca con un par de *putti*, pequeños y sinuosos senderos de grava, y algunos escaños.

—¿Es grave? —preguntó Virginia, sentándose.

—No sé si grave, pero está claro que fue un ataque y hubo que traerla.

—¿Por qué estás vestido así, Max? ¿Dónde estaban? —dijo ella.

—En ninguna parte, estábamos en la casa —respondió él cansadamente—. Tuve que levantarme de la cama y ponerme este disfraz. Quería que fuéramos a un restaurante a las dos y media de la mañana, ¿me entiendes?

—Sí, claro.

—Abramowicz cree que deberá pasar algunos días internada.

—No ha hablado de electroshock, supongo.

—Ni pensarlo.

—¿Qué podemos hacer?

—Nada, nada, sólo esperar. La cura de sueño da resultado y cuando salga ni se acordará de lo que pasó.

Un largo silencio ocupó su lugar entre ambos. Atentos a los signos del amanecer, el murmullo de la mañana que se desperezaba les ahorraba pronunciar, mientras dejaban que la luz los fuera revelando en sus fúnebres trajes nocturnos, las palabras que se habían guardado tanto tiempo.

—Créeme que no me gusta decírtelo —dijo Virginia al cabo de un momento—, pero te ves muy bien. Nunca te había visto con smoking.

—Era de mi padre, parece que con el tiempo he llegado a tener su misma talla.

—Se te ve bien —dijo ella volviéndose para mirar su perfil, ya que Max guardaba sus manos cruzadas entre sus rodillas y tenía los ojos puestos en la punta de sus brillantes zapatos de fiesta.

—Hacía mucho que no nos veíamos, te habías desaparecido —dijo él sin cambiar de posición.

—Sí, de alguna manera. Creí que era lo mejor... para todos.

—¿Eso creíste? A Alejandra le ha extrañado mucho tu lejanía, y sobre todo durante tu duelo, cuando debiste estar más cerca de nosotros. Yo no podía darle una respuesta, entenderás.

—Lo puedo entender, sólo que mi *duelo*, como lo llamas tú, es de los que no se pueden exhibir públicamente.

—Me lo puedo imaginar. Caminemos, ¿te parece?

Desde el sendero por donde paseaban se veía sólo una habitación iluminada en el segundo piso. Se podía presumir que era ahí donde estaba Alejandra, ya bajo el efecto de los medicamentos.

—¿Cuántos días crees que pase aquí?

—Unos cinco días, no creo que más. No alcanzó a entrar en la fase depresiva. Me di cuenta inmediatamente de que estaba eufórica...

Ella se detuvo para prender un cigarrillo. Max metió las manos en los bolsillos y giró hacia la ventana iluminada.

—Crees que he sido mala contigo, ¿no es cierto? —dijo de pronto Virginia.

—No sé, tal vez no tenías otra salida.

—No me envidias, tampoco —agregó ella suavemente.

Max no respondió.

—No querrás saber qué ha sido de mí todo este tiempo.

—No, gracias, mi imaginación ya hizo ese trabajo y quedé extenuado. Espérame aquí, voy a hablar con Abramowicz —Max miró su reloj.

Volvió al cabo de diez minutos. Caminaba lentamente por el sendero, con las manos en los bolsillos de la chaqueta; su rostro imperturbable y unos ojos que delataban la vigilia de la noche le daban un aspecto mortecino. Ya había amanecido del todo y Virginia, envuelta en su abrigo negro, sentada en un escaño con la espalda curvada y los brazos en cruz sobre las rodillas, conformaba una silueta irremediablemente conmovedora, particularmente por el gesto convulso con que apagó su cigarrillo. Su aguzado zapato hendía la gravilla para hacer desaparecer ese resto de cigarrillo que acabó a medias y que quería se llevase con él las turbulencias que en ese momento la asaltaban.

—Duerme —dijo él sentándose a su lado—. Ya no tiene caso que sigamos aquí. ¿Quieres que te lleve?

En la puerta de su edificio Virginia lo invitó a bajarse y tomar un café. Max no vaciló en aceptar. Las emociones de la noche habían ya desgastado el día que comenzaba. Eran las ocho de la mañana. Subieron en el ascensor sin decir gran cosa. Sólo intercambiaron algunas cansadas palabras y unas miradas que de pronto se encontraban.

—Te cambio el café por un whisky —dijo Max ya en el departamento—, estoy agotado.

—Tiéndete en mi cama —dijo Virginia al ver que él intentaba tumbarse a lo largo del sofá—, apenas cabes ahí.

Max le hizo caso y fue hacia el dormitorio. Cuando ella entró con el whisky, Max ya estaba semidormido. Virginia se sentó en el borde de la cama.

Los cinco días que Alejandra estuvo en la clínica, Max los pasó en el departamento de Virginia. Más tarde, esa misma mañana, Virginia lo acompañó a su casa a cambiarse ese smoking absurdo para el luminoso mediodía que los esperaba afuera.

Desde luego, no se estableció que Max se quedara donde Virginia. Esa inesperada estadía fue simplemente la consecuencia natural de cada noche sobre la siguiente, en un continuo que nunca habían disfrutado hasta entonces y del cual les fue imposible librarse.

Nadie mejor que ellos sabía que esos contados días eran un escamoteo al transcurso del tiempo, como si un reloj apresurado se hubiera detenido pero esperara impaciente continuar su marcha. A solas, el mundo en torno a ellos dejaba de sonar, y ese abismo al que convergían se volvía el único territorio común y conocido, donde se levantaba otra vez su exclusivo espejismo, que tantas veces habían visto y que siempre mostraba la misma prodigiosa virtud para desvanecerse.

Prácticamente no salieron del departamento

y hubo varias tardes en que las cortinas permanecieron cerradas, para no ver ni sentir ese necesario desplome del cielo sobre ellos.

Max se excusó ante Malta por faltar esa semana debido a la crisis de Alejandra. El mismo argumento usó con Cristina para dejarla en casa de Ester, pese a que la niña no se llevaba bien con su abuela paterna.

—¿Qué le pasa a Alejandra? —preguntó la pequeña Cristina en el auto.

—Nada, está descansando en un hotel muy bonito. Esta semana voy a tener mucho trabajo y es mejor que estés con tu abuela. No la ves nunca y ella va a estar feliz de tenerte en su casa.

—¿Qué le dijiste de Alejandra? —preguntó Virginia al regreso de Max.

Con seguridad fue ésa la única ocasión en que fue nombrada. Pero es claro que no estaba ausente. Esa clínica donde permanecía narcotizada, aparecía ante ellos como un lugar edénico donde la inconsciencia de Alejandra resultaba casi envidiable. Ella flotaba en su inofensivo oxígeno y su anestesia los alcanzaba también a ellos, sentían ambos que dormían los tres un sueño profundo en el que se aproximaban lentamente y huían de sí como esos cuerpos celestes que se atraen y se repelen sin alcanzar a tocarse. En esa asediada isla con las cortinas bajas, Max y Virginia se veían empujados a experimentar más vivamente las zonas que no podían alcanzar, la franja del vacío que, temían, iba más allá de la existencia o no de Alejandra.

Desde la cama, donde parecía reposar como quien ha atravesado un desierto para llegar hasta allí, Max se complació oyendo los numerosos llamados que contestó Virginia despachando uno a uno y apresuradamente a sus diversos merodeadores. Podía remorderle ese placer casi vulgar, pero en su episódica relación no tuvo nunca la ocasión de poner en práctica la más mínima venganza contra el anónimo pero gesticulante entorno de Virginia. Al quinto día telefoneó a Abramowicz y éste le confirmó que Alejandra despertaría en las próximas horas.

—Debería ir yo también —dijo parcamente Virginia junto a él, en la penumbra de la habitación.

—Sí, sería lo normal.

—No creo que sea capaz.

—Si no puedes, no lo hagas.

—Es mejor que me quede.

Max salió de la cama y comenzó a vestirse lentamente.

Alejandra estaba todavía aturdida por el prolongado sueño terapéutico. Pese a ello tuvo la claridad suficiente para observar agudamente a su marido, que había estado ahí desde antes de que despertara o tal vez desde recién, no hubiera podido decirlo. Ella no dijo ni hizo nada, sólo lo observaba. En ese mismo instante entró una enfermera que retiró una sonda del brazo de Alejandra. Ella se dejó hacer sin darse por enterada de la operación.

Max estaba callado, sentado muy derechamente en la silla clínica a los pies de la cama. Observaba a su mujer, veía su cabeza reposando en la almohada, el rostro despejado, pálido y sereno. Había una especie de pureza en esa mirada, como si hubiera vuelto a nacer con una oportunidad extra en su mano. Ésta sería la percepción de un testigo casual. Pero ellos estaban solos y Max podía ver en las pupilas exacerbadamente dilatadas de su mujer la sombra de una tristeza; el recuerdo reavivado de la traición de seis noches atrás, cuando él llamó a Abramowicz. Si bien la razón le decía a Max que había actuado según lo que la situación exigía, podía comprender que Alejandra pensara que él había desbaratado, por un injustificado pánico, una noche que pudo estar llena de significados para los dos. Max estaba seguro de que las imágenes recobradas de los últimos momentos conscientes de aquella noche se acrecentaban ahora en la aligerada mente de Alejandra, y que sólo tenía memoria para dar mayor contorno a la brusca sucesión de hechos que la condujeron hasta la cama donde yacía.

Cuando volvían a la casa esa misma tarde, esta vez ella en el asiento contiguo, Max sabía que con la expurgación de la cura de sueño Alejandra guardaba el convencimiento de que no se había tratado del ataque de euforia que le atribuyeron él y Abramowicz, sino del último estallido de entusiasmo que su debilitada moral le permitió. Eso es lo que parecía decir el sereno y lejano semblante de su mujer.

Las cosas entre ambos no cambiaron apreciablemente. Hacía falta una razón más evidente para que se modificara un orden que tenía, al menos, la virtud de la persistencia. Para Alejandra la noche en que la internaron se fue volviendo borrosa. Sólo conservaba, en forma cada vez más difusa, el recuerdo del abandono y la mirada huidiza de su marido vestido de smoking en el pasillo, dejándola en manos de Abramowicz y alejándose en busca del auto, como ahuyentado por una aparición. Por sobre este residuo de la memoria Alejandra parecía dulcificada, tenue, despojada de cualquier ansiedad. Max tenía la incómoda sensación de haberse vuelto casi transparente para ella, como si su mujer hubiera regresado de un lugar incontaminado y virgen que le otorgaba una mirada distante que seguía de largo a través de él.

Luego de la crisis Alejandra hizo sólo una demanda: cambiar de siquiatra. No quería volver a ver a Abramowicz. Había en ello algo imperativo y Max aceptó sin insistir. Cristina, que por entonces ya tenía doce años, registró a su modo la inusitada estadía en casa de su abuela paterna. Sus padres no se interrogaron demasiado acerca de por qué la niña se sumergió tan empecinadamente en la lectura —libros todos avanzados para su edad—; por el contrario, celebraron su precocidad.

Para Alejandra no era fácil advertir cambios en su marido. Su actitud con ella había alcanzado tal grado de sutil y piadosa formalidad, que llegó al convencimiento de que debía costarle más energía de la que siempre consideró que merecía su estado. La imperturbable actitud de Max la obligaba con él en una medida que ella creía no poder jamás colmar con sus intentos de reciprocidad. Max aún se tomaba la molestia de conservar gestos galantes, como animar la conversación durante el desayuno o realizar alguna tarea doméstica de la cual ella era la primera en sorprenderse. En las muy contadas ocasiones en que la invitaba a algún restaurante por la noche, impulsado por un instinto indescifrable para ella, era tal su terror a no poder sostener la complicidad de la situación, que solía rechazar esas invitaciones con absurdas excusas. El mismo Max se encargaba de restar peso a sus negativas. No podía entonces sino agradecer la delicadeza de su marido y templar su espíritu para conformarse con ese protocolo al que se habían habituado.

El paso de los años y la vida compartida bajo un mismo techo eran su único bien apreciable. Cuando Alejandra se miraba en el espejo, veía a una mujer todavía hermosa pero a cuya belleza le habían quitado la delgada membrana del alma. Por cierto, ningún hombre hubiera pensado así. El que fuera, veía a una mujer todavía joven y atractiva, con algo glacial e indiferente, es cierto, cuya fuerza residía en la inmanejable exposición de sí misma. Pero aun cuando se la convenciera de lo equivocada que estaba, sólo ella sabía que ante los ojos de Max no valía ese argumento. Si su figura la hacía aparecer incluso más joven que su hermana menor, ella lo atribuía a la falta de emoción en su vida, a una retirada de su espíritu. Virginia, en cambio —se decía Alejandra—, había hecho resplandecer su temperamento en infinidad de pasiones, todas incandescentes, que marcaban su semblante sin hacerla por eso menos bella. Creía saber por qué Virginia no era todo lo feliz que se pudiera desear, pero lo que no llegaba a comprender era por qué a ella le había sido dado en suerte un marido como Max.

Virginia aceptó las condiciones de Max en cuanto a que tras el alta de Alejandra ya no habría más encuentros. Había en Max una determinación a la que Virginia no tenía ninguna arma que oponer, y menos aun si la razón era Alejandra. Éste era un mecanismo tan eficaz que no le daba oportunidad a ninguno para fallar. Si bien cedió a las cláusulas de Max, Virginia no dejó de sentir un cierto asombro ante el hecho de que él lograra privarse tan fácilmente de ella. Sobre todo después de haber visto con sus propios ojos, al cabo de aquellos cinco días, la volubilidad y la fragilidad de ese hombre. Este razonamiento haría suponer en Virginia una alta imagen de sí misma, cosa que si bien era cierta no constituía el centro de la cuestión; su perplejidad se debía simplemente a su certeza de que, como fuera, Max estaba condenado a amarla. Con esa certidumbre Virginia sobrellevaba el paso de los años.

Virginia llamó a Max un lunes por la mañana. Desde aquel sábado en que dejaron a la perra en casa de López Utrillo, no se habían visto ni hablado. Habían transcurrido ya doce días desde la desaparición de Alejandra, y Virginia sabía que no había noticias de su hermana. De haberlas, no haría falta que Max se las comunicara; la forma en que se enterarían de su paradero, estaba convencida, sería a través de la prensa. Sólo quería saber cómo estaba él.

—Nada, nada —había dicho Max ante la obvia pregunta—, ni una sola pista.

—¿No quieres que vaya?

—No hace falta, Virginia. Ya lo hablamos.

—Me siento sola.

—Yo también, qué crees.

—Eres muy cruel conmigo.

—No lo soy menos conmigo mismo.

—¿Y crees que es necesario?

—En este caso, sí. Estamos ante una circunstancia...

—Sé lo mismo que tú, no tienes que ilustrarme nada.

—Por eso mismo, ¿te vas a portar como te lo estoy pidiendo?

—¿Qué vas a hacer hoy?

—Voy a nadar.

Una vez más la abandonaba a su propia suerte. Virginia se preguntaba cómo Max podía ser tan ciego para no ver que estaba en sus manos disipar sus dudas. Por otro lado, Max no tenía por qué suponer el cúmulo de sospechas que durante esos días ella había incubado en torno a él, se decía, y esta feliz ignorancia de su cuñado la llevaba a considerar la posibilidad de que sus presentimientos la hubieran conducido a una conclusión errada. La seguridad con que Max estaba manejando las cosas, sin sopesar las suspicacias que podía despertar en ella, confirmaba esta idea en la que forzosamente necesitaba desembocar: Max era inocente. Pero, del mismo modo, el simple análisis de los datos reales, el aplazamiento de la búsqueda de Alejandra y la imperiosa conjura de silencio a la que la había conminado, mostraban esos mismos actos, esos mismos gestos —y sin intervenir ningún esfuerzo de parte de ella—, en su sospechoso reverso. Puesto que según las huidizas claves con que contaba ambas opciones resultaban perfectamente posibles e intercambiables, Virginia llegaba a un punto intermedio, concluyendo cada vez que Alejandra aparecería del mismo modo inexplicable como se había ido. Pero esos brutales diálogos con Max, como el que había tenido lugar hacía unos minutos, hacían tambalear sus esperanzas.

Si era cierto que ambas posibilidades tenían el mismo peso relativo y que el absurdo de un acto criminal por parte de Max tendía a afirmarse con el curso de los días, no llegaba a decirse qué sucedería con ella si el tiempo confirmaba la más funesta de las hipótesis. No conseguía verse siquiera en esa eventualidad, porque su imaginación le cerraba tenazmente el paso. Esa resistencia anímica que oponía a la macabra idea de un crimen contra Alejandra exigía del tal modo a su voluntad que, por el efecto de la fatiga de material, ésta se quebraba cada tanto y, como quien resbala involuntaria y desesperadamente por una pendiente, Virginia comenzaba una vez más a concebir que Max había hecho desaparecer a su hermana. Pero ese pensamiento no tenía forma definida. Es decir, no materializaba ninguna imagen posible, como Max cavando un foso o el cuerpo de Alejandra dentro de un portamaletas. La desaparición de Alejandra adquiría la informe materia de la consumación de un deseo que estaba más allá de Max y de ella, como si un genio hubiera obrado de acuerdo a algún orden indiscernible del cual ninguno de los dos era responsable sino, por el contrario, meras víctimas.

Pese al abismo que él había impuesto, esa zona gris donde la había confinado, la imagen de Max se le tornaba indeciblemente cercana, su corazón la inclinaba naturalmente hacia la compasión, y sólo la mortificaba no poder estar más cerca de él.

En los momentos de mayor recogimiento, cuando su soledad alcanzaba su máxima condensación, se decía desafiando toda razón que era ella la causante de lo ocurrido, así Max fuera en los hechos un homicida. Sólo la idea de su participación, su irremediable protagonismo, lograba tender un puente entre esas dos imágenes que se desgarraban mutuamente.

¿No había incitado ella a Max, en sus escasas conversaciones, a una complicidad que él siempre escabulló? Esa relación de tantos años se le aparecía entonces como un asedio del que Max había sido del todo inocente. Sentía hacia él una desesperada solidaridad, un instinto ciego por compartir la culpa o pagar cualquier condena que pudiera recaer sobre Max. En su estado, era natural que ella sintiera la ligereza con que había actuado durante aquella fatal convivencia al regreso de ellos de Europa. Había puesto su soledad en manos de ese matrimonio y había roto así un lazo que, de no ser por su presencia, pudo tomar otro rumbo.

Se preguntaba si estuvo en sus manos obrar de un modo diferente. Tal vez sí, pero ya por entonces su hermana se encontraba mal, la enfermedad había terminado por manifestarse con su verdadero rostro y los signos de su lenta degradación eran indesmentibles; es cierto que hubo determinados fármacos, siquiatras, nuevos y prometedores tratamientos, que parecieron aplazar su caída, pero no pasaron de ser voluntariosas esperanzas. Así, su presencia en la casa aquellos años no sólo fue justificada sino indispensable. No pudo abandonar a Alejandra, ni tampoco a Max y a Cristina. Veía cómo Max se mantenía junto a Alejandra de una forma que se asemejaba al estoicismo pero que revelaba, al mismo tiempo, su absoluta incompetencia ante la situación a la que estaba enfrentado.

Virginia paseaba por la sala de su departamento mientras estas ideas danzaban en su cabeza. No sabía si salir o no, ni qué haría en caso de hacerlo. Quería huir de ese departamento pero no tenía tampoco el valor. Sentía la pequeña sala invadida de sombras, un desordenado coro de voces parlanchinas hablando todas a la vez, un pequeño comité que se cobraba un desquite que ella sentía ineludible y casi justificado; ser sometida a ese escarnio de los recuerdos y los pensamientos flagelantes parecía lo más lógico de la hora. Mientras, Max seguramente nadaba. Como si respondiera en su descargo a sus irascibles jueces, se decía que habían sido quince años de una sobresaltada vigilia, que ella no había buscado nada para sí y que, sin embargo, se había mantenido fiel a un afecto sin esperanzas que a pesar de todo no logró esterilizarla. ¿Pueden ser borrados quince años de una vida? Claro que no; por incompletos o ilusorios que hubieran sido, estaban ahí a modo de prueba. Está claro que en ese momento Virginia no podía advertir un cierto rictus de amargura en su boca, en sus ojos, como si hubieran cedido a un peso superior a sus fuerzas. Desde hacía años se inclinaba dócilmente ante la evidencia de que era improbable que ocurriera algo verdaderamente maravilloso en su vida, pero le bastaba con mucho menos de lo que esa palabra pudiera significar. A ello creía tener un derecho que no le podían arrebatar. Es decir, un destino con un sentido al que ella sabría cómo sacarle brillo; sólo necesitaba una oportunidad y un hombre como Max, u otro lo suficientemente distinto como para olvidarlo. Si de alguna forma se sentía elegida por la desgracia, se sabía también dueña de un temperamento capaz como pocos de contrariarla, por tarde que fuese. Entendía que las desdichas de su hermana y de ella eran de naturaleza diferente, y que si en ambos casos nunca habían sido tocadas por el rayo de la felicidad, a ella le quedaba aún una revancha por jugar.

Esos oscuros pensamientos se veían reforzados por el recuerdo de su última conversación íntima con Alejandra, a la que había vuelto repetidas veces en los últimos días intentando desentrañar su significado. Recordaba con precisión aquella tarde en el club de tenis. Alejandra la había llamado muy temprano. Le dijo que necesitaba verla y ella le respondió que esa mañana era imposible porque tenía hora para su clase semanal de tenis. No dejó de extrañarle que su hermana le dijera «en ese caso, te acompaño».

—¿Pasa algo grave?

—No, nada en particular —respondió Alejandra automáticamente.

—Voy a estar en clase, no voy a poder hablar contigo.

—No importa, yo te miro y después almorzamos juntas. Me siento horriblemente sola y quiero salir de este departamento.

Virginia recordaba a Alejandra sentada bajo el quitasol contiguo a la cancha, los desorientados desplazamientos de su atención tras sus anteojos oscuros, como sustraída al paisaje y a los lamentables esfuerzos de ella ante el clemente y bronceado profesor. Luego almorzaron en el mismo club, frente a un prado intensamente verde.

—Tal vez yo también debiera practicar un deporte —dijo Alejandra, y su tono no dejó de sonarle patético a Virginia, que sabía bien lo estéril de su propio y tardío pasatiempo.

—¿Cómo está Max? ¿Pasa algo?

—Él está bien, siempre está bien.

—¿Así lo ves tú? —interrogó Virginia.

—¿No te parece a ti?

—Si así lo sientes, tanto mejor. Sería preocupante que Max estuviera mal.

—Si Max está bien, en ningún caso se debe a mí.

—Como sea, están juntos.

—No pasa de ser un dato. Sabes bien que no está conmigo.

—Creo que estás siendo injusta con él.

—Me gustaría ser más justa y darle todo lo que necesita. Pero no puedo, no puedo, ya no puedo.

—Alejandra, tienes que sobreponerte. Te haces demasiado caso a ti misma —dijo Virginia ante la confesión de su hermana.

—¿Sobreponerme? Tú podrías hacerlo si te encontraras en mi caso. Tienes la fuerza. Yo no, para mí ya es tarde.

Virginia calló por un momento. No comprendió del todo la intención de la frase de su hermana, que casi no había tocado su plato y continuaba con la mirada en algún punto del extenso prado que comenzaba al pie de la terraza.

—Quisiera verte feliz —dijo Virginia casi en un murmullo.

—No es mucho lo que podemos hacer la una por la otra, ¿verdad? —dijo Alejandra en el mismo tono melancólico.

—Sí, podrías hacer algo por mí: ser fuerte y luchar, recobrar tu alegría. Eso me haría feliz —había dicho Virginia tal vez con excesiva compasión.

Alejandra calló como si no hubiera escuchado la frase de su hermana, en la que sonaba tan claramente la voluntad.

—Creo que tiene otra mujer —prosiguió, como si su pensamiento no hubiera dejado de trabajar.

Virginia enmudeció. Debió dejar pasar un minuto para recuperar el aliento mientras su hermana continuaba sumida en sus meditaciones.

—¿Por qué dices que *crees*?

—No lo sé, es un presentimiento.

—Un presentimiento no es nada más que eso, un presentimiento —dijo Virginia con energía.

Las sospechas de su hermana eran una posibilidad que Virginia siempre había considerado, y era ésa una de las variantes que, de ocurrir, sabía que no podría controlar. Virginia no temía por su hermana, claro está. Sabía bien cómo Alejandra había terminado por aceptar a Max con una incondicionalidad que ya no podía ser afectada por ninguna causa externa, en la medida en que el tácito convenio era también externo, así es que una posible infidelidad de Max, en los hechos, no venía a cambiar las cosas para Alejandra. Virginia no creía que Alejandra estuviese realmente preocupada por algo así, ya que del mismo modo que tenía garantizada la vida junto a su marido, conocía también la naturaleza de su afecto.

—¿Y qué vas a hacer? —preguntó gravemente.

—No puedo hacer más de lo que hago.

—Y si fuera así, ¿qué harías?

—Nada. ¿Qué voy a hacer? —replicó Alejandra con sarcasmo—. ¿Dejarlo?

Virginia no comentó nada.

—No lo culpo, pero...

—Pero tampoco puedes soportarlo —replicó Virginia.

—¿Tendría que hacerlo? ¿Tú lo harías?

—¡Si tú no lo culpas, no me pidas que lo haga yo! —exclamó Virginia, alterada.

—¿Y en cuanto a soportarlo? —preguntó cáusticamente Alejandra.

—¿Qué quieres decir con eso?

—Nada, me preguntaba solamente qué harías tú en mi lugar —continuó en el mismo tono.

—Tendría que estar en tu situación —dijo

Virginia confundida.

—Pero te la puedes imaginar, supongo —dijo Alejandra sacándose por fin los anteojos y observándola, gesto en el que Virginia percibió una deliberada capitulación—. Tú lo conoces tan bien como yo; los tres hemos pasado juntos por tantas cosas que no te será difícil suponer lo que siento.

Virginia no pudo dejar de sentir que esas palabras no eran sino una voz de auxilio lanzada hacia ella. No era Alejandra, por supuesto, quien podría alejar a la intrusa. Virginia podía entrar en ese minuto en la piel de Alejandra e imaginar a una mujer joven, hermosa, dotada de un espíritu ligero y alegre que ahuyentaba la melancolía de su marido. Desde la terraza y bajo el quitasol, las hermanas Souza apenas si podían concentrarse en algo. Sus miradas vagaban inquietas por el prado donde las bañistas, casi todas mujeres más jóvenes que ellas, doradas e indolentes, tomaban el sol junto a la piscina. Se diría que en ese instante se produjo en ellas una curiosa coincidencia de pensamientos. Había un aspecto del género femenino que ambas detestaban por igual.

¿Alejandra le había entregado los derechos para que se hiciera cargo de la situación?, se preguntaba Virginia. Más aun, el tono que utilizó Alejandra en el velado interrogatorio a su hermana le pareció a ésta una impúdica aceptación de los hechos del pasado. Si no se equivocaba, Alejandra pretendía restaurar ese antiguo orden en que los tres estuvieron tan íntimamente ligados, con todos los riesgos que eso comportaba. Virginia estaba segura de que no era un disparate pensar que Alejandra veía en ella un salvavidas en medio de su naufragio. Ésa fue la última conversación entre las hermanas antes de la desaparición de Alejandra.

Si se hubiera enterado del minucioso análisis de que había sido objeto, Max se habría sentido inútilmente halagado. Tantas precauciones respecto a él le habrían parecido, más que innecesarias, inoportunas, pues él tenía ya la total certidumbre de que el ciclo de su existencia había entrado en su fase de declinación. Bibi había huido de su vida un par de semanas antes.

Max pensaba seriamente dejar su cátedra y la facultad. Un vivo sentido de la honestidad científica lo empujaba a ello. Su declinante interés por su trabajo había convertido sus tareas diarias en un arduo esfuerzo, más anímico que intelectual. Si volvía la mirada hacia otro lado, ciertamente no veía nada, y en un ángulo de su baldío horizonte descubría sin ningún júbilo su mermada herencia, el único hecho objetivo con que contaba. Un cálculo optimista le decía que podría vivir los próximos cinco años al ritmo que llevaba hasta entonces. Su madre gozaba de una espléndida salud y el momento en que él accediera a la otra mitad de la fortuna de su padre era perfectamente impredecible. «Un científico y un cura», había dicho una vez Maximiliano Borda, «está claro que ninguno de los dos nació para trabajar.»

Sus planes —empujados por el inesperado final con Bibi— eran viajar por el mundo con Alejandra y extenuar sus sentidos en la contemplación de nuevos panoramas. Creía que en los quince o veinte años que les restaban de vida en común lograrían reunir los pequeños tesoros dispersos conquistados a lo largo de su matrimonio. Es cierto que emitían ya un mitigado brillo, pero Max pensaba que con una dosis de voluntad de su parte lograría un *finale* con cierta dignidad para ambos. Daba por hecho que ya no habría en su vida una historia semejante a la que acababa de concluir; era la última lección que reprobaba y le había bastado para comprender que el tiempo que le quedaba debería, por primera vez, convertirlo en un bien estimable. El episodio con Bibi —creía poder asegurarlo— no alcanzaría a interferir en estos melancólicos planes. Más bien lo animaba a concebir la esperanza de que en adelante no tendría más salida que concentrar todas sus fuerzas en dar un sentido reconocible a su existencia. Por decirlo así, en esos días Max se encontraba —contra lo que pudieran pensar Alejandra y Virginia— en una buena disposición hacia la vida. Alejandra, por supuesto, no podía gozar de ninguna de estas intenciones que estaban muy bien alojadas dentro de él, tanto que nadie hubiera podido descubrirlas. Y Alejandra habría tenido razón en ignorarlas, porque en los meses que vendrían el espíritu de su marido iba a marchar por un rumbo totalmente opuesto al que su complaciente imaginación quería imprimirle.

Quinta parte

Max recibió carta de Javier anunciándole que dejaba Roma y que permanecería por una larga temporada en Orvieto, en un convento de la orden. «¿Qué significa una larga temporada para Javier?», se preguntó Max leyendo la carta que llevaba el sello de la orden jesuita en un extremo. Esperaba que viajaran a Europa ese año, continuaba. Una visita de ambos lo haría muy feliz. «Alejandra va a gozar con nuestro jardín y con las rosas, que se dan con una fuerza y unos colores que, dicen aquí, son un milagro de la región. El convento les encantará, y además tenemos buen vino.» A continuación, Javier compuso un impecable párrafo en el que exhortaba a Max a poner fin a las inútiles querellas que los habían separado en el último tiempo. Luego de cerrar ese capítulo se explayó en el asunto central. No dudaba de que a Max le extrañaría su decisión de hacer vida conventual por un tiempo. Era una dura prueba, lo sabía, habituarse a una rutina tan distinta, con exigencias tan extrañas a él. «Aparentemente, no va con mi carácter, más propenso a la acción. Por lo mismo creo que la vida contemplativa actuará como el contrapeso que mi espíritu necesita. No creas que no he sido resistido por la jerarquía, pero es justamente ese aspecto, mi eficacia, lo que, sin desearlo, hace que me encuentre siempre en funciones prácticas dentro de la curia. Un retiro en este mismo convento desde donde te escribo me hizo ver que mi espiritualidad estaba flaqueando, que sólo me distinguía por mi intelecto y que no tengo ningún interés en convertirme en un buen funcionario. Aspiro a un poco más, y supongo que en ese punto me comprendes.» La última frase era un manifiesto guiño a su corresponsal, porque tal como lo habían conversado largamente los dos hermanos, el intelecto por sí solo es un atributo que carece de toda simpatía por el mundo. Leyendo y releyendo la carta, Max no pudo sino pensar en la extraña disonancia entre su desesperado sabático y el simultáneo retiro conventual de su hermano, en el abismo que había entre ambos motivos; el ejercicio espiritual en uno, la celebración de la ausencia de afán en el otro. «¿Sabes?, en la catedral de Orvieto están los frescos de Luca Signorelli. Creo que si los vieras cambiarías tu opinión sobre el Parmigianino. Esos seres que emergen de la tierra con toda su dolorosa humanidad levantándose hacia el cielo te harían repensar tu admiración por esa miniatura que no es más que puro estilo.» Terminaba diciendo, como siempre: «Rezo por ti.» Javier había renunciado unilateralmente a la habitual soberbia en su trato mutuo, y renunciaba también a una brillante carrera eclesiástica en la que estaba naturalmente llamado a sobresalir, se dijo Max. Una vez más su hermano lograba desconcertarlo con sus inesperados movimientos al tiempo que le hacía sentir que él, Max Borda, era un objeto inmóvil y, en esa misma medida, vulnerable.

Max lo temía y lo esperaba a la vez; estaba dentro de lo posible. Bibi era de esos seres que huyen sin tiempo siquiera para cerrar la puerta tras de sí, y por lo tanto, más tarde o más temprano, se encargaría de hacer saber de ella.

El teléfono sonaba muy pocas veces en ese departamento y desde la desaparición de Alejandra el ruido de la campanilla tenía siempre un carácter urgente. Max había dedicado esos días a poner en orden algunos asuntos pendientes desde la mudanza, como ordenar su biblioteca que seguía desperdigada en diversas cajas, sus papeles que permanecían en un gran baúl de acero, y la correspondencia sin responder que lo apremiaba desde el tarjetero de su escritorio. Escribió primero a Javier celebrando su insólita decisión; sin embargo, luego de leer la carta, el resultado le dejó el sabor de no haber dicho lo que hubiera querido decir. Por el contrario, cualquier lector habría pensado que Max le expresaba a su hermano que no dudaba de sus intenciones, pero quién sabía de los resultados... Por las vacilaciones de su alma a la hora de dejar algo por escrito, la carta a Cristina quedó para el día siguiente. Las páginas que redactó meticulosamente para su hija resultaron entonces tan anodinas e insinceras como el temor que sentía ante el curso de sus propios pensamientos. No mencionaba nada respecto de Alejandra, como no fueran los pequeños progresos con el litio, y sólo veladamente aludía a su intención de dejar su cátedra. Ya le escribiría más adelante que era un hecho consumado. No se sentía capaz de comunicar ninguna noticia estridente que hiciera pensar a Cristina que había algún trastorno en casa.

Luego escribió media docena de cartas a viejos vínculos profesionales, en las que anunciaba su abandono de la ciencia. Le resultaba casi expedito desbaratar filosóficamente los afanes de la física cuántica frente a los hechos materiales de la vida. A Elisa intentó escribirle, pero no pudo.

Esa última semana había nadado casi todas las tardes. Leyó mucho a sus autores preferidos, Montaigne, en quien siempre encontraba consuelo, Rabelais, que le fascinaba, Shakespeare y los románticos ingleses, Shelley y Keats, a los que siempre volvía. Naturalmente, releyó el *Adonais* y le vino a la memoria aquella tarde de hacía unos años en Roma, cuando se detuvo por largo rato frente a la tumba de Keats mientras Alejandra esperaba, impaciente, sentada en una lápida y abanicándose con una guía turística. Ante ese modesto sepulcro, apenas una placa de mármol sobre la tierra húmeda, recordó los versos de Shelley dedicados a la muerte de su amigo: «He went unterrified into the gulf of the dead.» Los últimos días había pensado a menudo en una solución semejante para él, nadar, nadar sin miedo hasta la extenuación final, hasta desaparecer en el golfo de los muertos.

Ese estado de cosas se reflejaba de un primer vistazo en el departamento, convertido en un escenario impensable para un hombre como Max Borda. Se había visto obligado a despedir a Margarita, a quien no habría podido explicar por mucho tiempo la extraña ausencia de la señora. Los argumentos que le dio fueron torpes y confusos.

La cama en que se sentó para contestar el teléfono esa mañana llevaba varios días sin hacer y el hombre que tomó el teléfono, con una barba de dos días, estaba en perfecta consonancia con ella.

La llamada de Bibi ocurrió poco después de la de Virginia, por lo que si la primera había sido fallida, la segunda podía tener que ver con Alejandra, y esa expectación pudo notársele en la voz al momento de contestar. No hubiera querido mostrar tal ansiedad en un sencillo «aló», pero ya estaba hecho.

—Soy yo —se limitó a decir Bibi—. Max, ¿me escuchas?

Era su voz, delgada pero resuelta, un murmullo enérgico que no tenía la intención de desfallecer ante el silencio que siguió.

—Sí, te escucho... —dijo por fin.

—¿Tienes que hablarme en ese tono? —preguntó ella al otro lado de la línea, de un modo en que se confundían la mera prisa y la ansiedad.

—Me sorprendiste, estaba ocupado en otra cosa y...

—Necesito verte.

—Para qué, Bibi —la debilidad en su voz, estaba seguro, se pudo sentir al otro lado del teléfono. Max no se reconocía en sus palabras, no eran más que el triste remedo de un discurso pensado largamente para una ocasión para la cual creía estar preparado.

—Necesito hablarte...

—Habla —dijo Max.

—Por favor, te pido que cambies el tono. Entiendo lo que sientes, pero... ¿no puedes desprenderte un segundo de ti mismo?

—Justo ahora lo estaba logrando, Bibi.

—No quiero que hablemos de nosotros, se trata de otra cosa.

Luego de acordar un lugar neutral —no se encontrarían en su departamento, claro está—, Max se afeitó y calculando el tiempo que le quedaba antes de la cita se fue a la piscina.

Lo que en su juventud fue un deporte en el que sobresalió, en su madurez, además de mantener-

lo en forma, se había convertido en una suerte de
culto espiritual. La piscina recubierta por su gran cúpula de goma blanca, el agua tibia, los concentrados
nadadores, algunos viejos atléticos de aspecto extranjero y espléndida salud, alguna dama afanosa, una
adolescente misteriosa que se deslizaba como un pez,
jóvenes de alargados músculos que competían contra
sí mismos, el vapor que se elevaba desde la superficie,
la brillante luz que inundaba el recinto abovedado
por la carpa de polyester, la curiosa neutralización de
cada uno de los protagonistas emparejados por la ti-
bieza del agua, hacían de esa gran nave el lugar perfecto para huir del mundo. Max Borda tenía una capacidad asombrosa para meditar bajo el agua durante los instantes en que su desarrollado control de la
respiración se lo permitía. Bajo el agua, en numero-
sas ocasiones, había vislumbrado como un fogonazo
algunas cuestiones relativas a la física, o bien había
entrevisto aspectos de su vida que en la superficie
nunca logró apreciar. Esa mañana, horas antes de la
cita, en un prodigioso cruce por todo lo largo de la
piscina, hendiendo el agua con sus largos brazos,
revivió el episodio completo, aquella escena que había dado un vuelco a su vida. Tras las mínimas antiparras escrutaba las piernas que se interponían en su
camino mientras él seguía con su ágil y eficiente desplazamiento subacuático.

En la medida en que su neuma se agotaba, las
visiones se volvían más precisas y concentradas. Revi-
só con nitidez aquella mañana de hacía seis meses,
cuando telefoneó temprano a Bibi y ésta le dijo que
tenía una cita con su abogado al mediodía. Pese al
tiempo transcurrido, la escueta frase de Bibi resona-
ba como esas campanas que aparecen en los sueños y

que tañen y tañen hasta despertarlo a uno. Esa leve vacilación de la voz al otro lado del fono, ese imperceptible temblor en la frase, un espacio desusado entre la pregunta y la respuesta, bastaron para que llamara luego a la facultad, suspendiera una importante reunión de cátedra esa mañana y bajara como un poseído al *parking* para ver partir el auto de Bibi.

Había sido el rayo fulminante de su instinto lo que lo indujo a esperarla oculto en su auto y teniendo el de Bibi en el campo de su mirada. Ella apareció por el ascensor al cabo de una hora y se dirigió precipitadamente hacia su Volkswagen escarabajo. Max esperó a que saliera; segundos después, su propio auto asomó por la boca del subterráneo. La siguió a una distancia imprudente, confiado en la habitual distracción de Bibi. A medida que pasaban las calles, éstas mismas lo iban conduciendo hacia un lugar que su lógica lo obligaba a rechazar. Pero cuando se encontraban sólo a tres calles de la casa de Salman, la opresión en el pecho apenas lo dejaba conducir. El resto es como si lo hubiera visto una y cien veces: Bibi estacionando su auto frente al departamento de Salman y, como desde una pantalla gigante y que se agiganta, un hombre trémulo y sudoroso aferrado al volante detiene su auto en la esquina y observa cómo su amante baja del suyo, mira a lado y lado, y atraviesa la calle a la carrera.

Extenuado, apoyada su cabeza y extendidos sus brazos sobre el borde de la piscina, veía con una desarmante nitidez que nada de lo que ella dijera ahora podría contradecir aquel gesto furtivo con que surgió del ascensor para ir hasta su auto; la razonada intención de sus movimientos en aquel *parking* la podía fijar en su retina como esas instantáneas irrefutables que los amantes engañados reciben a su pesar de un investigador de poca monta, para el cual el trabajo fue demasiado fácil. Cuando Max manejaba hacia la cita, las imágenes concordaban entre sí y se construían como un perfecto edificio imposible de derribar.

Relajado y lúcido por las horas de natación, Max llegó adelantado a la cita. Había escogido el pequeño parque al pie del cerro San Cristóbal. Desde un banco bajo los árboles y bajo el tendido del teleférico cuyos vagones colgantes pasaban sobre su cabeza, vio el Volkswagen blanco de Bibi entrar al estacionamiento, prácticamente vacío a esa hora. Viéndola ir hacia él, comprobó una vez más con cierto desaliento cómo había en Bibi una belleza objetiva que ningún nuevo punto de vista acerca de ella podía alterar. Llevaba unos jeans ajustados, una blusa clara, zapatos bajos y un abrigo largo y liviano. Subió las escaleras, lo divisó en el banco y caminó resueltamente a su encuentro.

—¿Cómo estás? —dijo sentándose a su lado, sin mirarlo y hurgando en su cartera en busca de cigarrillos. Max sonrió para sus adentros. Como fuera, Bibi lograba revertir las situaciones, y en esa ocasión particular, con el premeditado aire ausente con que se presentaba, podía llegar a hacer creer a alguien que había sido él quien pidió la cita.

—Déjame preguntarlo yo primero —replicó Max.

—Yo estoy mal, mal, estúpidamente mal. Por favor, no me digas que me lo busqué.

—Te lo buscaste... ¿Qué pasa con Salman?

—No puedo decírtelo.

—Entonces no me lo digas —replicó Max del modo más neutral.

Pasando por alto el absurdo de la respuesta de Bibi, y ante la gozosa espera de una confesión que iba a caer como una fruta madura en su propia canasta, dejó que el silencio de ella se hiciera más ostensible para rematar:

—Cuando llamaste, tuve la impresión de que querías hablar de ti, pero si cambiaste de idea podemos hablar de mí, de cómo lo he pasado en los últimos seis meses.

Una creciente animación ante las fantásticas posibilidades que la circunstancia le ofrecía, había puesto a Max en un estado de levedad que no experimentaba desde hacía mucho tiempo.

Bibi lo miró sorprendida. Aunque entendía el tono del emplazamiento, no pudo articular una frase que la ayudara a salir del paso y ese aturdimiento vino a sumarse al anterior.

—Si quieres —dijo Max con estudiada benevolencia—, vuelves al principio.

Bibi lo miró más sorprendida aun. Cuando vio los ojos de Max puestos en ella como si la cubrieran por completo y no pudo sino hablar, bajó la vista a su cigarrillo consumido a medias.

—Si me hablas así, siento que estarías dispuesto a ayudarme.

Luego de eso Bibi dirigió una mirada incrédula hacia Max.

—Aunque no soy el indicado, puedo hacerlo si me dices lo que quieres.

—De verdad, no quiero que hagas nada por mí. Sólo que me escuches un momento.

—Te escucho.

—Salman está loco —dijo ella abruptamente.

—Siempre lo ha estado.

—Está de veras loco.

—No lo dudo, pero supongo que eso te debe fascinar.

—Me fascinó, si quieres saberlo —dijo Bibi bajando otra vez los ojos.

—No puedo entenderlo, pero eso no importa.

Cada tanto pasaba algún paseante con el brazo extendido por la cadena de un perro entusiasta, parejas inconfundiblemente ilícitas por la gravedad de sus expresiones, alguna mujer joven y pensativa que no prestaba atención al niño que iba a su lado. El teleférico, que no muy lejos hacía un estruendo cavernoso, llevaba hacia la cima del cerro a algunos ancianos turistas exageradamente abrigados y provistos de pequeñas máquinas de video.

—Tiene celos de ti. No hace más que hablar de ti. Me dijo que te mataría.

—¿Y se puede saber por qué?

—Se puso así después del juicio por los terrenos. Se falló y lo perdió en primera instancia, y eso bastó para que el pobre se viniera abajo. No tiene siquiera con qué pagar a un buen abogado para continuar. El que le llevaba el caso le ha consumido las pocas rentas que le quedaban. Oye el día entero unas horrorosas óperas a todo volumen y ha rechazado algunos trabajos que le han ofrecido. Está desesperado y me asegura que si lo dejo se matará.

—En qué quedamos, me va a matar a mí o se va a matar él.

—No sé, no sé, ya no sabe lo que dice —dijo Bibi mirando nerviosamente a su alrededor, como si pudiera aparecer Salman entre los arbustos.

—Aunque no sería una mala idea si sale de su propia iniciativa y se pega un tiro —continuó Max—, después de todo vale la pena preguntarse para qué un tipo como Salman está puesto en este mundo.

—No hables así —dijo Bibi de un modo extrañamente concreto—, de alguna forma son amigos.

—Por supuesto, excelentes amigos. Podríamos comer juntos uno de estos días.

—En el fondo, te estima... o te envidia, en fin, no sé, pero está muy perturbado contigo, por lo que pasó entre nosotros.

—¿Y qué quieres que haga? ¿Que interceda para asegurarle que realmente lo amas?

—No, no lo amo. Tendría que estar loca. Sólo quiero que lo calmes, que le hables.

—¿Que hable con Salman? Creo que perdiste el juicio. Además sería contraproducente, pensaría que volviste a mis brazos o que sientes algo por mí, alguna tontería de ese tipo.

—No quiero dejar un suicida detrás mío. Yo quiero partir, quiero irme, y sí, tengo algo que pedirte... un pasaje de avión a Europa. Ya no puedo saber dónde he sido más infeliz, si aquí o allá. La verdad es que no tengo un peso ni tampoco nadie más a quien recurrir.

—Yo lo veo más simple. Creo, Bibi, que no tienes a *nadie* a quien recurrir. Obviamente, no soy yo la persona. Lo que me extraña es que no puedas verlo.

—¡Entiendo, entiendo! ¡No soy estúpida!

—Entonces, no lo parezcas.

—¡Quiero salir de aquí! —exclamó Bibi con un sollozo, llevándose las manos a la cara.

De esa capitulación general de Bibi, Max obtenía una regocijada óptica que aguzaba su observación. El hermoso rostro oculto bajo esa cabellera, en aquel momento, era el de una desconocida que había hecho una breve y forzosa escala en su existencia. Pero su distancia era sólo un efecto del instante. En rigor, sentía un placer indefinible al contemplar la derrota de Salman y Bibi, catástrofe que había configurado en su imaginación con mil variantes pero que nunca esperó se precipitara de un modo tan perfecto. La relación de los hechos era como hojear un libro de niños. Ante la jubilosa mirada de Max, la ley de los justos comenzaba a comportarse con el decoro necesario. Pero cuando llegaba a ese punto de triunfo, lo violentaba haberse visto, y verse ahora, inmerso como el más común de los mortales en esos tristes episodios de la realidad de los que se creía a salvo; una realidad todavía más empobrecida por causa de ellos mismos, por la calidad de sus actos. Lo acongojaba la miseria que agregaba Bibi a su hoja de vida. Hubiera podido abofetearla como se había visto hacer en sueños, y tal vez sólo la presencia de extraños cerca se lo impidió.

—Encárgate de Salman, por favor —suplicó Bibi todavía sollozando, sin atreverse a mirarlo a los ojos. El inocente parque con su sonambulesco desplazamiento de paseantes parecía no estar a la altura del momento. Max hubiera deseado una acústica más amplificada para las palabras que acababa de pronunciar Bibi.

—¿Qué hay de la casa de El Malecón y tu departamento?

—Están hipotecados. Pedí un préstamo a nombre de las propiedades y ahora tampoco tengo cómo pagarlo. De eso he vivido todo este tiempo. No, no soy ninguna heredera, como tú pensabas. En este momento no tengo nada.

—Qué divertido, Salman estaba convencido

de que tú eras la rica en esta comedia. Por otro lado, si el juicio de los terrenos en el norte no se hubiera fallado en su contra, tú no estarías aquí. Es un fantástico malentendido.

—No seas malo conmigo.

—Me provocas los peores sentimientos, querida Bibi.

—Te pido perdón. Sinceramente, te pido perdón, no debí hacer las cosas en esa forma, estuvo mal, de acuerdo —dijo ella mirándolo esta vez—, pero tú sabías que nunca ibas a dejar a tu mujer, y menos por mí. ¡No intentes decir otra cosa! Nunca la ibas a dejar. Yo no quise preguntarte nada, para que no pensaras que te forzaba a hacer planes conmigo. Fue Salman quien me contó todo lo de ustedes. Para entonces yo ya estaba en apuros, ¿qué querías que hiciera?

Bibi lo miraba con los ojos enrojecidos mientras esperaba una respuesta.

—Salman no era la única alternativa, pero en fin —respondió Max—. ¿Dónde estás ahora?

—En ninguna parte. Mi cosas están en casa de Salman y no podría volver por ellas.

—Está bien —dijo Max, y sacando su lapicera extendió un cheque.

Ella lo recibió sin decir palabra y lo dobló meticulosamente en dos.

—Con eso te puedes pagar un hotel por algunos días. Después veremos. Y respecto al pasaje, olvídalo. No cuentes conmigo para eso. Cuando estés instalada, llámame para saber dónde te alojas. ¿Está bien?

—Sí, está bien.

Bibi llamó esa misma noche. Tenía una voz titubeante. Sin más preámbulos, como si se tratara de una conspiración, informó a Max de los detalles necesarios.

—Estoy en el hotel Mónaco —dijo y le dictó el teléfono y la dirección—. ¿Qué quieres que haga ahora?

—Nada, no hagas nada. Ya pensaremos en algo. Ten paciencia, yo te llamaré...

Un debilitado adiós de Bibi se llevó la comunicación.

Minutos después sonó otra vez el teléfono. Era Salman.

—¿Dónde está Bibi? —preguntó la airada voz de barítono.

—Lo último que supe es que estaba contigo —respondió Max con el tono más adecuado. Yacía sobre su cama aferrado a un vaso de whisky, todavía meditabundo por el golpe de mano que había puesto a Bibi otra vez a su alcance.

—No te hagas el imbécil, sabes que se fue...

Max no lo escuchaba del todo. Era sólo una voz tronante al otro lado de la línea.

—Si se fue, búscala, pero no me preguntes a mí por ella.

—Tú sabes donde está. Te fue a pedir ayuda, ¿no es cierto? ¿Quiere que la salves de mí? ¿Te has convertido en su protector?

—Déjame en paz. Estaba por dormirme... y no me levantes la voz.

—Si no me lo dices, le contaré a Alejandra lo tuyo con Bibi —dijo Salman casi triunfante—. Lo sé todo, me lo ha contado todo.

Max meditó un instante en el trágico sinsentido de la amenaza de Salman.

—Escúchame, imbécil: inténtalo y te rompo la cara hasta que no puedas reconocerte a ti mismo. ¿Te queda claro? —dijo Max tranquilamente.

—¡Si la encuentro, la mato...!

—Haz lo que quieras —terminó Max y colgó.

Llamó de inmediato al número que le había dejado Bibi. Debía estar muy dormida o con tranquilizantes, porque demoró más de la cuenta en levantar el aparato.

—¡Max! —exclamó saliendo de su letargo.

—En verdad estás en problemas, acaba de llamarme preguntando por ti. Si entendí bien, no es precisamente a mí a quien quiere matar. ¿Qué le hiciste, Bibi?

—Nada, salvo decirle que me iba. ¿Crees que pueda hacerme algo malo?

—Si me lo preguntaras de otro, te diría que tal vez, pero Salman no tiene la energía para hacer nada que valga la pena. Está derrotado desde hace demasiados años. No lo conoces bien.

—Tengo miedo —susurró Bibi en el auricular.

—¿Cómo es el hotel? —preguntó Max, cambiando el giro de la conversación para serenarla.

—Maravilloso, muy en el estilo del Ritz de París —respondió ella amargamente.

—Mañana voy a pasar por ahí. Ahora trata de dormir.

—Max, necesito algo de ropa. No tengo qué ponerme, salvo lo que llevo puesto. ¡Ayúdame, por favor! Algún día te lo pagaré. Max, ¿me escuchas?

—No cuento con eso, y por si no te has dado

cuenta, Bibi, ya te estoy ayudando.

—¿Es cierto que vas a venir mañana?

—Quédate tranquila.

—¿Vas a venir? ¿Es cierto?

—Sí, Bibi. Duérmete, descansa.

—Sí, voy a descansar —dijo ella con una mezcla de sueño y desahogo. Cortaron al mismo tiempo.

Max estaba tan cansado como Bibi y apagó pronto la luz. Pero pese a sus esfuerzos no se durmió completamente, porque pasó varias horas en una agitada duermevela. Luego de darse vueltas de un lado a otro en la cama, intentando razonar sobre la nueva circunstancia en que se hallaba, llegó a una sola conclusión, de la que medía incluso su triste alcance: era la seguridad de que por fin estaba preparado y que ahora sí podría actuar con la cabeza fría y llevar a cabo lo que su orgullo le venía exigiendo durante los últimos meses. No se trataba de infligirle ninguna penitencia a Bibi, sino simplemente de que ella viera con los ojos muy abiertos el metal del que estaba hecho, y que las injurias del pasado no habían alcanzado a dañarlo. Necesitaba recobrar la iniciativa y determinar por sí mismo el final que tendría esa historia. No se le escapaba que era una cuestión banal, e incluso inoportuna si pensaba en Alejandra, pero no lograba desprenderse de la idea de que Bibi se había convertido ahora en su cautiva. La revisión repetida de ese hecho le producía una sensación cercana al sosiego de un hombre que ya dejó atrás desgraciadas contingencias de la vida. Mientras se dormía, confirmó por última vez que pensaba correctamente, pese a que, cuando el sueño lo fue aspirando del todo, le quedó un amargo gusto final del que no había rastro cuando despertó por la mañana.

Tenía por delante asuntos prácticos que resolver, fue lo primero que se dijo al despertar. Debía comenzar por la ropa de Bibi. Fue hasta el closet de Alejandra y descorrió con energía la puerta. Lo que contempló fue como el hallazgo de unas hermosas reliquias que por mucho tiempo hubieran permanecido lejos de los ojos del mundo. Recorrió uno a uno los vestidos, las tenidas ordenadas según la temporada —Max siempre había admirado en Alejandra el discreto refinamiento de sus elecciones— y que en esa perfecta declinación cromática parecían cobrar una extraña materialidad, si bien él no lograba en ese momento fundir aquel cuadro con el cuerpo de la mujer que alguna vez habían contenido. Tal vez fuera ése el minuto en que Max comprendió que ya no la vería más, que Alejandra había desaparecido para siempre. Era como si esos vestidos, que en conjunto proyectaban una especie de altiva belleza, reconocieran su derrota ante la vanidad que les dio vida y estuvieran dispuestos a continuar una existencia tan fútil e indolente como la que había llevado la misma Alejandra. Max no habría podido reconocer nunca que abrió el closet con el propósito de sacar de ahí algo para Bibi. Si esa idea pudo atravesar su mente, se desbarató de inmediato ante la contemplación del delicado ajuar de su mujer, por lo que la irreflexiva insinuación de su instinto no alcanzó siquiera a tocarlo. Si fue hasta el closet de Alejandra, se lo podía explicar como una acción cualquiera luego de un desosegado despertar.

Fue al baño y se metió bajo la ducha. Mientras corría el agua le ocurrió verse en el gran espejo de cuerpo entero que tenía frente a sí. Pese a lo empañado de la superficie se sorprendió ante su propia imagen aplicando los mismos movimientos mecáni-

cos y casi entusiastas de cada ducha matinal, esa optimista sacudida ante el día que comienza. La ausencia
de Alejandra había ido cobrando, con el curso de las
semanas, una contundencia que se acumulaba hora a
hora. Ella no estaba, y su propia vida seguía su preca-
ria marcha, se dijo con sorpresa ante el espejo. No
era fácil confesárselo, pero la falta de señales de su
mujer, la porfía del hecho, diluían la materialidad de
su desaparición, volviéndola imposible e inasible, por
lo que su espíritu conservaba una alerta cada vez más
mitigada, lo que de algún modo restaba dramatismo
a la situación. Hacía esfuerzos por espantar esta
disolución de su conciencia acerca del asunto, pero
no siempre lo conseguía.

Esa mañana entró como un poseso en unos
grandes almacenes. Por su ansiedad le costó dar con
la más obvia de las secciones, la de mujeres. Una vez
en medio de los atestados pasillos, se vio asaltado por
vigilantes escuadrones de vendedoras. Una de ellas se
encargó de él. «¿Es para su señora?», preguntó la suspicaz vendedora. Tenía los ojos profundamente negros y unas largas pestañas de venado. «Sí», respondió precipitadamente Max. La joven sacó de un col-
gador un vestido de media tarde, de un verde apacible con unas flores blancas igualmente ingenuas, que
ciertamente le hubiera venido bien a Alejandra. No,
nada de eso era para Bibi. Luego de examinar una
docena de prendas, dejó a la vendedora con los brazos en alto detrás de un vestido de noche que no le
serviría de nada a la mujer que lo esperaba en el hotel. Bajó entonces por la escalera mecánica a la sección juvenil.

Por su talla y su figura, el cuerpo de Bibi entraba bien en la ropa que le hubiera servido a Cristi-

na. Sin embargo, nada de lo que le ofrecían parecía ajustar con el tipo de su cautiva, que había pasado los treinta años desde una fecha perfectamente imprecisa. Se marchó de ahí casi ahuyentado, preguntándose si su propia hija, tan seria y carente de vanidad como había resuelto ser desde niña, se vestiría con esa ropa de moda para muchachas de su edad, los veinte años. Subió otra vez la escalera mecánica que recién había bajado, como si Cristina le pisara los talones con su apabullante gravedad. Seguro que, de saberlo por un tercero, no habría dado crédito a los afanes que ocupaban a su padre esa mañana. Hubiera dicho que era un error, que se trataba de otro. ¿Por qué la triste y severa Cristina había huido de ellos, despavorida, apenas pudo hacerlo? Era un hecho tan brutal y desdichado que Max se resistía a explicárselo en toda su magnitud, aun cuando podía rastrear sin dificultad su origen. Cristina había escogido tempranamente una suerte de promedio entre lo ideal y lo posible que, según ella —Max estaba seguro de que no iba a ser así—, la preservaría de un destino semejante al de sus padres. Ese promedio, ese sujeto de una pieza, se llamaba Beltrán Jerez, su escrupuloso y obstinado ayudante de cátedra, al que detestó desde un principio pese a haberlo escogido él mismo. Lo que no terminaba de asombrarlo era la inapelable sencillez de los hechos consumados. Cristina había partido como si hubiese vuelto bruscamente el rostro en otra dirección. Esta imagen de su hija era ya tan desesperanzada que, por lo elaborada y resuelta, lograba deshacerse de ella con facilidad; no duró más que el breve trayecto en la escalera mecánica de regreso a la sección *Damas*. Otra vez en el segundo piso buscó al inquieto venado; la encontró donde la había dejado, con una sonrisa satisfecha, segura de que volvería. Ante la evidente indefensión del cliente, ella fue escogiendo por él; blusas, pantalones, un blazer, algunos suéteres, dos pares de zapatos, todo elegido de un solo vistazo por aquella magnífica desconocida. Max habría querido volver a verla luego de la perfecta interpretación que hizo de su circunstancia a partir de unas veloces miradas a sus ojos perturbados, donde adivinaba todo lo que sucedía y hasta el perfil de la destinataria.

Llegó al hotel a media mañana. Era un hotel céntrico recién remodelado, con algo pulcro y lúgubre a la vez, objetivamente destinado para gente de provincias, turistas de pocos recursos, hombres en apuros y también parejas ocasionales. El recepcionista, vestido con un elegante traje azul, estaba tan seguro de estas categorías que le tocaba manejar, que lo expresaba del modo más elocuente en su largo rostro lleno de hastío. Era de esos tipos que sienten sobre sí un destino inmerecido. Cuando Max preguntó por la habitación 703, el hombre torció la mirada y murmuró un lacónico «espere». Llamó él mismo a la habitación y por la mirada con que recorrió a Max, sentado en un lustroso sofá de terciopelo falso, se podía concluir que la interlocutora pedía más señales acerca del visitante. El *hall* en que se encontraba, con su decoración falta de toda fe, compuesta de marinas pintadas a la acuarela, muros alfombrados y lámparas colgantes color ámbar, parecía lo suficientemente digno para Bibi, o en todo caso ella no podía pedir nada mejor, pensó Max.

—Puede subir —dijo condescendiente el adusto recepcionista, que junto con colgar debió ponerse en acción, pese a su ánimo, para hacer caso a

un japonés que provenía del bar registrándose desesperadamente los bolsillos.

Subió hasta el 703, la habitación que ocupaba
la «señorita Moura», nombre sugerido por Max a la
fugitiva.

—Por fin —dijo ella al verlo en el vano de la
puerta—. Creí que no vendrías.

—¿Cómo estás? —dijo Max entrando a la habitación y recorriendo con los ojos el escenario donde se encontraba Bibi. Era la típica pieza de hotel dos
estrellas, una glacial disposición de objetos compra-
dos en serie, como pensada para alguien que quisiera
arrancar cuanto antes de ahí. La ventana, por donde
miró Max, daba a la hermosa glorieta del cerro Santa
Lucía por su lado norte.

—No es una mala vista, después de todo.

—Ni la he mirado siquiera, no pretendo fijar
aquí mi residencia.

Max, con un gesto que quiso despojar de toda intención, dejó los paquetes sobre la cama. Bibi
fue hasta ellos y comenzó a abrirlos con impaciencia.

—Es precioso —dijo levantando entre sus dos
brazos un vestido azul con pequeños lunares blancos—. Eres tan delicado, Max.

Soltó el vestido, fue hasta él y lo besó apresuradamente en la mejilla. Para Max fue una débil descarga eléctrica que intentó dejar pasar.

—Ábrelo todo y dime si falta algo —dijo con
prisa.

—No me hables en esa forma. Ya que estás
aquí, ¿no puedes ser un poco más dulce?

—Bibi, ve lo que te traje, tal vez haya algo que
cambiar.

—Está bien, espera, tengo que probármelos

—y mientras Max tomaba asiento en un estrecho silloncito, Bibi se quitó la blusa y los jeans que llevaba puestos desde su encuentro en el parque, y fue arrojando
los envoltorios a los pies de la puerta entreabierta del
baño, tras la cual, en un espejo que Max veía a medias,
manipuló apresuradamente mangas y botones.

Max observaba extático la operación. Nunca
creyó que la volvería a ver así, semidesnuda, que contemplaría otra vez en libertad ese cuerpo que un día
consideró un objeto precioso, una dichosa posesión.
Debía sustraer una parte de sus sentidos para no su-
cumbir a esos hombros desnudos que asomaban por
la puerta, esa espalda que se giraba ansiosa frente al
espejo, esos tobillos nerviosos que se calzaban con dificultad los zapatos bajos y ligeros sobre los cuales él
había dado un esperanzado asentimiento a la vendedora. Aunque no pudiera reconocerlo, era una escena gloriosa e inesperada a la que asistía, y lamentaba,
desde el nicho de su sillón, participar de ella sólo de
un modo circunstancial. Hubiera querido deshacerse
del rol que le tocaba cumplir, el solícito amigo de las
emergencias, pero ya estaba todo hecho. La aventura
había tocado su fin y era mejor no darle más vueltas.
Cuando Bibi salió del baño llevando un vestido es-
tampado con unas arrogantes rosas rojas, Max la
observó estupefacto porque no recordaba haberlo
comprado y porque, si dependiera de él, nunca se lo
hubiera comprado.

—¿Te gusta? —preguntó ella girándose de un
modo convencional.

—Te ves preciosa —fue la escueta frase que
recibió Bibi. Max no salía aún de la sorpresa de ser él
mismo quien la había vestido para que saliera así de
bella al mundo. Percibió en la mirada de Bibi el in-

quietante punto de fuga que había entrevisto otras veces en ella.

—Eres maravilloso, Max, no puedo creer que hayas hecho todo esto por mí.

—Yo tampoco me lo creo. ¿Apunté con la talla?

—¡Sí, mi talla es ésta! —dijo Bibi volviendo bruscamente la puerta del baño para contemplarse en el espejo, ajustando unos pliegues del escote, observando sus propios pechos como un ave que prueba sus alas para emprender el vuelo.

—Fue una suerte, porque incluso mirándote como ahora no sé cuál es tu verdadera medida —dijo Max a la mujer extasiada frente al espejo.

—No me parece de buen gusto lo que acabas de decir —respondió Bibi gravemente.

—No fui yo quien rompió las reglas del buen gusto. La lamentable estética de la situación es obra tuya. Todo este espectáculo es de un horrible mal gusto. Echa solamente una mirada a tu alrededor y pregúntate por qué estás aquí, y si se trata de modales podría llevarte, si quieres, a un hotel mejor que esta cueva que escogiste, pero no veo en qué cambiaría las cosas.

Bibi se detuvo como si unas manos invisibles le quitaran de pronto el flamante vestido.

—¿No me vas a perdonar nunca? —interrogó, y fue hacia él con los espasmos de un movimiento involuntario, como si la tiraran con una cuerda.

—Estamos ante una emergencia, ésa es tu única ventaja —dijo Max sin apartar sus ojos de la mirada súbitamente abatida de Bibi.

Ella puso su mano sobre la de él y comenzó a acariciarla con una extraña urgencia.

—Sabes que nunca mencioné a tu mujer, y

Salman me confirmó lo que yo creía. Él me contó de su enfermedad y me aseguró que tú nunca la ibas a dejar. ¿Qué querías que hiciera? Mi situación económica era desesperada, y tampoco podía confiártelo a ti sin que pensaras que mi idea era convertirme en tu mantenida. Jamás lo habría aceptado. Estimaba nuestra relación bastante más de lo que tú crees, y no hubiera soportado que se viera empañada por ese equívoco. No tenía plata ni siquiera para pagar la siguiente cuota del departamento. Cuando me fui, el banco lo tomó en hipoteca. Después de eso ya no tenía salida. Es cierto lo que te digo. No fue ni la posible herencia de Salman, ni nada de eso, lo que me llevó hasta él; simplemente buscaba una casa, un refugio. ¿Me puedes entender?

—Te quedaba la solución de trabajar, como lo hace todo el mundo.

—Todo el mundo menos yo. Nunca he trabajado. No sé hacer nada, ¿no lo entiendes? Nada.

—Ese privilegio te significó llegar hasta un tipo como Salman. Te aseguro que es más sano buscarse un trabajo, pero supongo que algo de él te habrá atraído...

—Sí, sí, también es cierto, es alegre, es divertido, nos reímos mucho... Tal vez nos parecemos en algo, no sé...

Max calló y miró hacia la ventana.

—¿Me perdonas? Dime que me perdonas —susurró Bibi.

Max la contempló arrodillada a sus pies. Había algo innecesario en ese gesto de ella. No era más que una cabellera rubia sobre un vestido plagado de flores que cubría una espalda curvada, la contorsión plástica del pasaje de una coreografía. Su actitud forzadamente erguida en la butaca era también otro hecho plástico, del mismo modo que la omnipotencia respecto de ella era sólo un asunto práctico, y desde ese punto de vista sólo tenía a su favor la cordura para ver el aspecto material que envolvía toda la escena.

—Si te perdonara sería como reconocer que alguna vez me derrotaste —dijo Max, y después de soltar esa frase se sintió tan tosco, tan vulgar, que su rostro se contrajo, se replegó en sí mismo. Fue un gesto tan visible que cuando se echó hacia atrás en el silloncito pudo ver la mirada de satisfecha sorpresa de Bibi, que levantaba los ojos hacia él.

Luego de esa regocijante constatación, Bibi volvió a apoyar la cabeza sobre sus piernas, pero ahora con un reposo distinto. Max no sabía qué hacer con sus manos como no fuera acariciarle el pelo. Bibi se dejó hacer y se aferró con sus dos brazos a las piernas de Max, de tal forma que la posición le resultaba verdaderamente incómoda. Mientras acariciaba casi automáticamente esa cabellera en que alguna vez había dejado, del modo más desprevenido, una ternura de la que no se sabía capaz, Max intentaba zafarse de ella poniendo la mirada en una mala copia de una mala acuarela de la Place du Tertre en Montmartre, colgada sobre la cama que ocupaba la mujer arrodillada ante él.

—Max —dijo de pronto Bibi sin cambiar de posición y con una voz tenue—, la única derrotada soy yo. No tengo adónde ir, no tengo casa, ni trabajo, ni familia. Tú tienes a tu mujer, tu casa, tu vida; ¿no crees que eres injusto conmigo?

Max escuchó estas palabras enmudecido. Sopesaba solamente el tono, ya que los argumentos de Bibi lo tenían sin cuidado. La verdad es que no llegaba sino a relacionarlos con los aspectos objetivos de la situación. La mujer suplicante aferrada a sus piernas no sólo era una deliciosa presa, era además un triunfo que ponía las cosas en su lugar. Más allá de la dependencia específica, Max sentía un estremecimiento al comprobar cómo Bibi no había perdido ninguno de sus poderes para transfigurarse, cómo ofrecía nuevamente un ángulo inesperado. Porque, pese a sí mismo, debía reconocer que sus súplicas se oían sinceras; en apuros, confrontada a los hechos reales, bien podía Bibi convertirse en un ser real. Pero Max se resistía a continuar por ese camino.

La separó de sí con cierto esfuerzo y Bibi, siempre desde el suelo pero esta vez con sus manos apoyadas atrás, sobre la alfombra, lo contempló con insistencia y luego habló.

—¿Quieres parecer tan imbécil como Salman? ¿Algo en mí violenta tu orgullo? ¿Quieres doblarme la mano? Está quebrada. Aquí la tienes —dijo mostrando y ofreciéndole su delgada muñeca—. Te podrá molestar, pero los dos, tú y Salman, tienen muchas cosas en común.

—Es probable que ante ti muchos hombres actúen más o menos estúpidamente igual.

—Me das demasiada importancia. Me gustaría que me vieras como lo que soy.

—A estas alturas prefiero no averiguarlo. Te doy el beneficio de la duda, si es que tienes tan claro quién eres y por qué haces lo que haces. Prefiero pensar que esta vez yo me equivoqué, me resulta más fácil así. Pero en fin...

Bibi ya se había puesto de pie.

—Ya te lo expliqué. ¡¿O no te quedó claro?! Tú no ibas a hacer nada por mí, por nosotros. No cabían planes entre tú y yo. Lo sabes mejor que nadie. Salman es un cínico, pero tú eres un hipócrita, lo que es más grave —dijo ella con una curiosa sonrisa.

Max no logró articular nada consistente frente a ese inesperado ataque. Se sorprendió ante el hecho de que Bibi apuntara con tal certeza a esa zona invisible de su persona, al menos en la información que de sí mismo manejaba. Le pareció que no era el momento de alegar nada a su favor. Sin embargo, debía haber una réplica final que lo acercara a la puerta de salida.

—Como tú quieras —dijo levantándose—. Si se trata de conciencias limpias y quieres dejar la tuya a salvo, hazlo. Es cierto que yo nunca hice ninguna propuesta, y reconozco también que nunca mencionaste a Alejandra y te lo agradecí, pero no trates de convencerme de que se debió a tu paciencia o a una delicadeza conmigo. Salman te metió ideas en la cabeza respecto de Alejandra y de mí. No sé desde cuándo comenzó su trabajo. Lo que me inquieta, Bibi, y no te pido una respuesta, es en qué momento comenzaste a verlo a mis espaldas, y sospecho que fue mucho antes de tu deserción. Meses tal vez, ¿o no?

Bibi no decía nada. Estaba de pie en medio de su habitación, con los pies desnudos, y en el vestido nuevo que llevaba las flores parecían haberse vuelto de pronto mustias.

—Si entremedio seguiste conmigo —prosiguió Max—, fue simplemente porque no tenías otro plan y sólo estabas dejando pasar el tiempo a la espera de una salida mejor. Pensaste en nosotros hasta que viste que yo no era la solución. Estamos a mano, Bibi. Si te equivocaste con Salman, y de qué forma lo hiciste, es asunto tuyo. No me mezcles en eso. La verdad, no sé quién es más hipócrita en esta historia. Pero no quiero atormentarte más de la cuenta, tienes tema para largo contigo misma. Estoy aquí porque estás en apuros; si no lo estuvieras, no habrías marcado mi teléfono. Aprecia eso. Cualquier cosa que necesites, llámame —y salió de ese cuarto de hotel dejando a Bibi en la misma postura, de pie en medio de la habitación, todavía vibrando con las últimas palabras de Max.

Max recibió un llamado del viejo López Utrillo. Había interferencias en la línea y se oía mal.

—La Úrsula se fue, Max —dijo el anciano sin más introducción, con su desdeñosa sinceridad—. ¿Me oyes bien? La comunicación está muy mala.

—Te oigo.

—Esperé cinco días antes de llamarte, por si volvía. ¡Creo que ya hay que darla por perdida! —gritó López desde el rústico teléfono del almacén de Punta Boca.

—No grites, te escucho bien.

—Aquí en la Punta nadie la ha visto ni sabe nada. Creí que podía acostumbrarse con Tiberio y el viejo Lawrence. ¿Quieres que haga algo? Puedo poner un letrero ofreciendo una recompensa en el almacén...

—¿Cómo la viste después de que la dejé? —preguntó Max con una voz un tono más alta.

—Triste. Pero es natural, los perros extrañan. Se arrancaba a la playa, comía poco, vagaba por ahí pero siempre volvía, hasta que ya no apareció más.

—Dime una cosa, ¿pasó algo entre tus perros y ella? Quiero decir, ¿se montaron...?

—Qué cosas dices, Max —respondió el anciano con una risa turbada que la mala comunicación se encargó de atenuar—. No vi nada, además mis perros están tan viejos como yo. Para mí que extrañó su casa, los animales son así. Max, ¿me oyes?

—Te oigo. ¿Sirve de algo que vaya?

—Siempre eres bienvenido, pero no creo que sirva de nada. Estos animalitos son incomprensibles, y no sería raro que la vieras aparecer cualquiera de estos días rasguñando tu puerta.

—Si vuelve por aquí vas a tener que reiterarle la invitación. En fin, habrá que esperar. Y tú, ¿cómo has estado?

—Al borde de la muerte, como siempre, pero yo no importo. Vengan a verme con Alejandra cuando se acuerden de este pobre viejo... —y se despidieron con un confuso adiós.

Luego, sin pausa entre una y otra llamada, fue Bibi la que telefoneó, de modo que Max no tuvo tiempo de pensar siquiera en la extraña huida de Úrsula.

—Estoy volviéndome loca aquí. ¿No puedes hacer algo por mí salvo dejarme encerrada en esta pieza asquerosa?

—No es asquerosa, es fea, que es distinto. Por lo demás, yo no te he encerrado en ninguna parte. Entiendo que eres tú la que está escapando de Salman. Si quieres, te puedo llevar otra vez con él.

—No te hagas el gracioso. Puedes ayudarme, ya te lo dije, con lo del pasaje de avión. Te librarías para siempre de mí, no me volverías a ver jamás, te lo juro —la voz de Bibi cobraba ese tono endurecido, práctico, que le había oído otras veces.

—Te podría comprar el pasaje, si quieres, pero no puedes salir del país mientras mantengas la hipoteca impaga, te detendrían en el aeropuerto. Bibi, hay un juicio contra ti, llamé a tu banco para averiguar tu situación.

—¿Entonces no tengo escapatoria...?

—Por ahora, creo que no. Mañana pasaré por ahí a pagar la cuenta y hablaremos.

Bibi cortó por su lado.

Después de su primera incursión, Virginia fue tres veces más a la morgue sin informar de nada a Max. Vio más de una docena de cadáveres de mujeres, cuerpos lívidos, en su mayoría jóvenes con el rostro brutalizado por la muerte, que se expresaba en los rictus desafiantes de sus bocas. Había algunas presumiblemente hermosas, otras delataban en su postura congelada una voluptuosidad que, seguro, había contribuido a su fin. Virginia se embriagaba con esos rostros gélidos, esos senos fríos y firmes, esas pieles que adquirían por efecto del enfriamiento una tersura que no habían tenido en vida.

Al salir de ahí, el ajetreo en las calles le parecía lleno de bullicio y color, y tal vez sólo por eso llevaba a cabo esa triste rutina. Sabía que no encontraría a su hermana en ese lugar, pero habría que haber viajado con Virginia por sus intrépidos estados de ánimo para comprender su conducta.

Esta vez usó su llave del departamento y sorprendió a Max en la ducha.

—¡Virginia! —dijo Max detrás del vidrio esmerilado y el vapor.

—Toqué el timbre varias veces y parece que no me oíste.

—Salgo en un minuto.

—Te espero —dijo ella saliendo del baño.

Al cabo de un rato Max apareció en el living envuelto en una toalla. Con el pelo revuelto y la toalla que lo cubría, parecía un Lear bajo la tormenta.

—No oíste el timbre y entré.

—Está bien, no me des explicaciones, pero no estaría de más que llamaras antes.

—Aunque no estuvieras quería dejarte estas flores. Hace falta algo de vida en este departamento —sólo entonces Max vio el ramo que Virginia tenía en sus manos.

—Gracias —dijo él—. En la cocina hay un jarrón donde ponerlas.

—¿Cómo te las arreglaste para convertir esto en una pocilga?

—Tuve que despedir a Margarita...

—¿Me dejarías poner un poco de orden? Esto está terrible.

—Como quieras —dijo Max entrando otra vez al dormitorio.

Virginia se puso en acción. Papeles borroneados, libros abiertos boca abajo, corbatas, chaquetas tiradas por aquí y por allá; vasos, una gran cantidad de vasos esparcidos en los rincones más inexplicables. Todo indicaba la desazón del solitario habitante de ese departamento.

—¿No vas a colgar nunca estos cuadros? —dijo Virginia de modo que Max la escuchara desde el dormitorio—. Qué diría el pobre López al ver sus obras arrumbadas en el pasillo.

—No he tenido tiempo de dedicarme a la casa —dijo Max con un dejo de ironía y volviendo al living completamente vestido.

—¿Qué has hecho en este tiempo, Max? —Virginia cambió de tono—. He llamado una docena de veces y no estás nunca. Han pasado ya más de dos semanas, más de dos semanas, Max.

—Llevo muy bien la cuenta del tiempo —contestó él.

—¿Y vas a seguir contando los días? ¿No puedes hacer otra cosa?

—Ella va a volver. No sé cómo, pero va a volver —Max se sentó en un sillón observándola afanarse con unos libros que apilaba.

—¿Y cómo lo sabes? ¿Cómo te consta que va a ser así?

—Parece que quisieras un certificado de defunción en tu mano —respondió Max con brusquedad.

Virginia se detuvo. Dejó la pila de libros a sus pies. Estaba ahora erguida y volvía su pelo a su lugar.

—¿Qué estás queriendo decir con eso? No insinúes nada semejante, no te atrevas. No te olvides de que es mi hermana.

Virginia fue entonces desde la estantería del pasillo hasta una silla que enfrentaba a Max. Se sentó y miró a su cuñado.

—¿Por qué *sabes* que va a volver? ¿Sabes algo que yo ignoro?

—Es solamente una esperanza. No quiero pensar en otro sentido, no es más que eso. Sé tanto como tú, no tengo ninguna explicación. ¿Por qué me miras así? —dijo él aferrándose a las coderas de su sillón.

—No te estoy pidiendo una explicación, pero si la tienes me gustaría que confiaras en mí.

—Estás esperando una respuesta que no tengo, Virginia —dijo Max imperturbable, yendo a refugiarse en su escritorio, hasta donde ella lo siguió para interrogarlo. Afuera la noche se volvía más densa y la ciudad se silenciaba para hacer más rotundas las palabras que soltaban uno y otro.

Virginia sabía que Max imaginaba a Alejandra situada en algún lugar ignoto, una apertura en el cielo, aferrada a unos desquiciados largavistas sobre una azotea estratégica; desde cualquier privilegiada y mórbida perspectiva Alejandra los vigilaba, anotaba sus desplazamientos, y habría registrado ya cúantas veces ella fue a tocar a la puerta de Max. Pero Virginia, que creía conocerla mejor que nadie, no lograba asimilar a su hermana con esa loca fantasía.

—Lo único que espero es que no tengas nada que revelarme, pero si algo sabes no entendería que no me lo dijeras. Yo tampoco sé lo que ha pasado, pero como sea deberíamos estar juntos. No pongas las cosas como si yo me entrometiera en un asunto tuyo cuando se trata de mi propia hermana —dijo Virginia terminante, pese a sus ojos enrojecidos por un llanto que se resistía a aflorar. Max se acercó a ella y con cierto pudor trató de calmarla, poniendo la mano en su hombro con una temerosa levedad.

—Óyeme bien, Virginia, ya tocamos el punto y no estoy haciendo otra cosa que ser consecuente con lo que te he dicho. Las cosas aparecen suficientemente oscuras como para que puedan sospechar de ti y de mí. Piensa solamente en qué sucedería si Cristina se entera y descubre además que estamos en la mira de la policía. No sé hasta qué punto podríamos contar con su fe en nosotros. Por ahora lo mejor es esperar y mantenernos distantes tú y yo, o vernos lo mínimo necesario.

—Por favor, no me toques el pelo como si

fuera una pobre tonta. Además quiero decirte una cosa: en nuestra última conversación Alejandra me habló de su sospecha de otra mujer —Virginia lo miró fijamente a los ojos.

Max se levantó sin ninguna prisa y se encontró con su figura reflejada en los ventanales. Era una imagen deformada, sin contornos, efecto de las imperfecciones del vidrio.

—¿Eso te dijo? —fueron sus únicas palabras.

—Sí.

—Es cierto —dijo Max luego de un espaciado silencio que se concedió—, pero pasó hace tiempo, es un asunto que terminó.

Virginia no abrió la boca. Lo observaba ir y venir con las manos en los bolsillos de sus pantalones.

—¿Tendría que darte explicaciones? —continuó—. ¿Eso es lo que me pides? ¡¿Dije algo acerca de tu cónsul o esa lista de cretinos que han pasado por tu vida en este último tiempo?!

—No tienes ningún derecho a juzgarme —respondió Virginia, haciéndose cargo inmediatamente de la frase—. Por lo demás, todas la decisiones sobre nosotros han sido tuyas.

—Sí, y yo he sido el último en desearlas, pero eso va a cuenta mía.

—No me dejes de lado ahora, es lo único que no puedes hacerme.

—No te dejo de lado, por el contrario. Te pido solamente que estés conmigo en la forma que creo es la correcta. No querrás que parezca ante el mundo que sacamos alguna ventaja de la situación.

—Claro que no —dijo Virginia bajando los ojos.

—¿No crees que es lo que Alejandra está esperando que hagamos? —volvió a la carga Max.

—¡Puede ser, puede ser! —dijo Virginia exasperada.

Virginia fue la primera sorprendida del resultado de ese encuentro. Volvía a su casa con las manos aun más vacías. Sentía un profundo disgusto consigo misma mientras el taxi la acercaba a su departamento. Max tenía la virtud de disolver sus ímpetus, de volver pueriles sus emociones con el primer argumento que soltaba. Su distancia la atemorizaba y la conmovía a la vez, como si él, pasando por alto sus desvaríos, pensara sensatamente por los dos. Se sentía inadecuadamente frágil ante la magnitud del dilema que enfrentaba y no tenía la seguridad de haber actuado correctamente con Max, si es que no se había hecho a sí misma el peor favor al quitarle su confianza. Entregada a él, se sabía protegida, cubierta por la fuerza de su ánimo, lo que la descargaba de la tarea de seguir adelante con sus extenuantes y estériles deducciones. Era como cerrar los ojos y dejarse llevar, desprovista de toda voluntad, adonde él resolviera. Hubiera querido alojarse en su alma, reposar ahí al resguardo de las amenazas que los rodeaban.

Pero Virginia disponía aún de un resto de razón para detener en seco esas ilusionadas interpretaciones. La supuesta integridad de Max, su aplomo ante el cual ella siempre cedía, no eran más que la expresión involuntaria de su desilusionada mirada hacia el mundo. Aplicado ese espíritu a la circunstancia en que se hallaban, ese incendio donde Virginia creía que debían arder ambos, el pragmatismo de Max terminaba por desorientarla. Tras aquella supuesta fortaleza no había, tal vez, más que desapego y cansancio. Max no hacía sino despejar el mundo en torno a sí, ella incluida. Le resultaba fácil concluir entonces que todo cuanto había elucubrado era erróneo, en un sentido y en otro, que la inactividad de Max ante los hechos era simple desdén y que el desenlace de la historia lo tenía sin cuidado.

Virginia podía entender cómo Alejandra había sufrido este desapego durante los últimos diez años. Era comprensible que su ánimo la empujara a exacerbar ese dolor de una manera perversa; y esa perversidad no era sino el regocijo fatal en la propia derrota. La «maniobra» de Alejandra, como la llamaba Max, podía ser un desesperado y operático final, acaso la única acción que dependió exclusivamente de su voluntad antes de que los hechos se le adelantaran y la arrollaran por completo. La idea de un suicidio de Alejandra comenzó a tomar forma en la mente de Virginia; pese a lo dramático de esa posibilidad, el cuadro tenía cierto sentido. El único posible, tal vez. Era probable que Max guardara la misma sospecha, y que el rigor que había aplicado con ella no fuera otra cosa que la exhortación a una serenidad que Virginia no había demostrado. Ésa era su falta. No, Max no la había abandonado. Nada de lo ocurrido dependía de él y el pobre no era más que un hombre confuso y expectante. Debía volver a las impresiones que la acunaron mientras regresaba en taxi a casa, para así serenar otra vez su ánimo. Quiso llamarlo en ese momento para que supiera todo lo cerca que estaba de él, pero pensó que Max no lo juzgaría necesario.

Virginia era la única de las hijas que solía visitar a su madre. María Luisa padecía un Alzheimer avanzado que la había desconectado de la vida, para su suerte, cuando ya el tiempo por venir no tenía nada que ofrecerle a una mujer de su vitalidad. Asistida por una enfermera, la anciana oscilaba desde la más inquietante introspección, silencios sostenidos por horas, hasta la más delirante de las locuacidades. Cuando esto último ocurría, surgían habitualmente de su boca nombres y más nombres que parecían pronunciados por primera vez. Su hija los escuchaba con una renuente atención. Supuestamente, eran amantes que habían pasado por su vida, confundidos en su cronología y —lo más probable— en su realidad específica. La suma de nombres daba una cantidad tan fabulosa que, descontando su delirio, debía prevalecer el hecho de que María Luisa fue siempre eso que se llama una «imaginativa», y probablemente muchos de ellos no fueron más que deseos incumplidos. En su espacioso departamento frente al Parque Forestal la vieja dejaba pasar sus días entre sus alucinaciones amorosas y los malhumorados gestos de su enfermera, cuyo ademán favorito era mover la cabeza de lado a lado en signo de reprobación. Envuelta en las brumas de su pasado, las visitas de su hija menor no podían conmover particularmente a la anciana, si apenas lograba reconocerla. Virginia no hacía más que contemplarla o rescatar un atisbo de conversación razonable, la que nunca llegaba a consumarse, desviada súbitamente por alguna divagación extemporánea que le salía al paso. Estas visitas solían ser breves y dejaban, sin excepción, un malsano sabor en Virginia. No podía dejar de imaginar el final de su propia vida en un estado semejante y con un balance sentimental también similar. Observando detenidamente a la hermosa anciana, mientras tomaba su té con la mirada confundida en un pasado tan revuelto que ni siquiera alguien en sus cabales habría podido ordenar fácilmente, Virginia intentaba dar con algún rasgo que las diferenciara. No siempre resultaba fácil hallarlos y lo más frecuente era que observara a su madre con cierto vértigo. La misma María Luisa le había inculcado desde niña que era ella la que había heredado el conjunto de sus virtudes —no habría sabido referirse a sus defectos—, y resultaba comprensible que así fuera, ya que el parecido físico era evidente y algunos tics y gestos expresivos se repetían en una y otra, y además porque nadie como María Luisa podría soportar ser la única de su especie. Virginia estaba convencida de haberse deshecho de ese maleficio mediante la obstinada invención de un camino propio que aunque coincidente en las apariencias, difería en la forma de sobrellevarlas; en otras palabras, observando a esa mujer de cabellos blancos y ojos de un azul casi demencial, se convencía de que su madre nunca había sufrido verdaderamente.

—Fue en Roma, habíamos quedado de encontrarnos ahí a mediados de agosto. Él tenía a su mujer, no era ningún santo tampoco. Jaime nos descubrió e intentó matarse con un revólver que siempre llevaba consigo. Tú sabes que desde entonces Jaime odió Roma, Europa entera diría yo, nunca quiso que yo volviera... pero no lo consiguió, volví con él pisándome los talones. Era un hombre tan celoso, y tenía razón...

Virginia recordaba bien cómo su padre no dejaba viajar sola a María Luisa, aun cuando ésta era ya una mujer de edad, y cómo ese hombre refinado, sensible, amante del arte y de las cosas bellas, y por lo mismo lejano y ausente con los seres humanos, había sucumbido a la ansiedad constante por las infidelidades de su mujer. Virginia nunca le había reprochado nada a su madre, ni recordaba que Alejandra hubiera tenido un punto de vista definido al respecto. La vida de María Luisa era una aventura que les concernía a medias, por la fragmentada información que tenían acerca de ella y por esa decisión que ponía en cada uno de sus actos, lo que no daba lugar sino a pensar que no podía actuar de otro modo. Con los años, los capítulos dispersos de la vida de su madre habían ido tomando un sentido que confirmaba el signo irremediable que tuvo su biografía. Por lo mismo, el atávico temor de Virginia a recorrer el mismo camino no estuvo nunca disipado del todo, y ese sentimiento se había hecho más punzante en los últimos tiempos. Luego de la muerte de Mercado, experimentaba una suerte de pánico ante cualquier aventura que pudiera planteársele, y aunque las llevara a cabo consideraba que sus escrúpulos y esa falta de felicidad que había convertido en un estilo que sólo ella conocía, la situaban en un bando distinto al de de su madre. Tal vez empujada por un secreto instinto, por esos días visitó más asiduamente la casa de María Luisa, con el fin inconfesado de fortalecer su espíritu en la dirección correcta.

Tal como lo había prometido, Max pasó por el hotel para pagar la cuenta de la semana. No le pasó desapercibida la aguda mirada del recepcionista, que sin duda se preguntaría qué se ocultaba detrás de esa extraña relación entre el hombre que pagaba cada tantos días la cuenta y esa mujer encerrada bajo llave en la 703. Max subió sin hacerse avisar y tocó la puerta. Se abrió lentamente y asomaron los ojos de Bibi por la pequeña hendidura que permitía el largo de la cadena de seguridad.

—Pasa —dijo ella sin disimular su malhumor.

Estaba en bata —la que había comprado Max—, con el pelo revuelto y los ojos hinchados como si acabara de despertar, pese a lo avanzado del día.

Max fue a sentarse al pequeño silloncito.

—Ya está pagada la próxima semana —dijo.

—¡¿La próxima semana?! ¡¿Crees que me voy a pasar otra semana encerrada?! ¡Por favor, Max, sácame de aquí, me estoy volviendo loca!

Se tiró en la cama de través y hundió la cabeza entre sus brazos. Debajo estaba totalmente desnuda, como Max pudo ver.

Luego de un momento Bibi levantó la cabeza, lo miró en esa forma particular que tenía ella de dirigir los ojos, que era como si los pusiera en el otro pero observándose a sí misma lastimeramente. Sin ninguna transición entre un gesto y otro, se puso de pie para ir hasta él. Tomándolo de una mano, le dijo:

—Ven, ven, Max.

—Por favor, Bibi, no seas imprudente. No eches a perder las cosas y no arriesgues tampoco tu seguro de vida. Si fueras medianamente sensata, no pedirías más de lo que te estoy dando ahora. En otras palabras, no rompas tu propio instrumento.

—No sé de qué estás hablando —dijo ella.

—Te hace bien vivir con lo estrictamente necesario. Tu espíritu tiene otra luz, debieras darte cuenta. Cualquier cosa más allá de la supervivencia está de más en ti.

—¿No vas a venir?

Max consideró que había sido suficientemente explícito. El resto corría por cuenta de Bibi. Se puso de pie y se dejó llevar hasta la desordenada cama donde se sentó sin ninguna plasticidad. Pudo ver como Bibi lo observaba y se divertía. Él no lograba dar con el tono que la escena requería de su parte. Fue Bibi la que inició todo y el comportamiento de él fue dejarla hacer. Si habían llegado hasta ahí, ocurrió del modo que le acomodaba a Max.

Por momentos, mientras Bibi se agitaba sobre él, se le pasaba por la mente la visión cinematográfica de esa misma mujer enloquecida y jadeante, a horcajadas sobre el enjuto esqueleto de Salman. Debía hacer esfuerzos para volver a la cama del hotel. Bibi era la de siempre, activa y desenfrenada, como si resolviera una urgencia que le concernía sólo a ella. Al final, consiguió deshacerse de sus visiones y se hundió en ese cuerpo que en algún momento adoró y que hoy le producía un lúcido espanto. Cuando Max logró ahuyentar esos duendes que le hacían compañía, por una media hora el tiempo pareció volver atrás en su mecánica, con sus cualidades intactas. El solo acto valía por sí mismo y él se conformaba con su concreción. Eso pensó Max, pero desde luego no Bibi.

—¿Qué tengo que hacer para que se te pase tu rabia? ¿Arrodillarme? ¿Suplicarte? —dijo ella una vez que los dos reposaban de espaldas sobre la cama.

—¿Qué hice mal? —preguntó Max volviéndose hacia ella, que miraba el cielorraso o se remitía a cualquier recuerdo que la transportara a otro lugar.

—Nada... o todo. No estás conmigo —dijo Bibi sin abandonar su ofuscada y minuciosa mirada al punto inmóvil donde se había detenido.

—Podría haber sido peor... si pienso en las circunstancias.

—Pudo ser mejor, yo lo quise —dijo Bibi, alterada pese su posición yacente.

—Yo no te he pedido que te tomes tantas molestias —replicó Max de inmediato.

—Supongo que no pensarás que lo hice por pagarte lo que has hecho por mí —dijo Bibi.

—No, por favor, en ningún caso. No tienes la noción de las deudas y es una de tus virtudes, porque tu ligereza en ese punto haría parecer incluso que no conoces el cálculo.

—No entiendo nada de lo que estás hablando, ni me gusta cómo lo dices...

—Estoy hablando solo.

—Te necesitaba, Max —dijo Bibi incorporándose en la cama—, te necesitaba. Nunca dejé de pensar en ti, pero ya estaba hecho y no supe cómo volver atrás. Yo sé que fue una estupidez... ¿Me perdonas, Max? Dime por favor que me perdonas.

Max vaciló un momento.

—Te perdono —dijo débilmente.

—Con todo el corazón.

—Por ahora con la razón.

Luego de eso Bibi, en un gesto que él consideró adorable, apoyó la cabeza en su pecho, largamente, mientras Max contemplaba la textura de su piel, las curvas de su cuerpo, como si quisiera descifrar en esa anatomía un enigma que escapaba a su entendimiento.

—¿Sabes lo que podemos hacer? —dijo él al cabo de un momento—. Podríamos ir a nadar. Es seguro que nadie nos verá y te serviría para tomar aire.

—Me encantaría, amor, pero no tengo traje de baño.

—Pasamos por una tienda y compramos uno.

—¡Te adoro! —exclamó ella poniéndose en pie de un salto.

—¿Es cierto que esa vez en la piscina te fijaste en mí?

—Es cierto —dijo ella con una sonrisa—, no te mentí. Fue ahí donde te vi por primera vez. Cuando te encontré después, en casa de Salman, casi me desmayo. Me impresionó la forma en que nadabas, casi sentí miedo, no podría explicarlo. Había una energía en tu forma de nadar...

—¿Para mis años, quieres decir?

—No, ni lo pensé siquiera, es simplemente que ponías una fuerza y una atención que nunca había visto en otro.

Pasaron por lo mismos almacenes donde días antes había estado Max. Bibi se probó media docena de trajes de baño hasta que quedó contenta con uno. Hasta ese momento Max consideraba que las cosas marchaban a su manera, que el gran diseño de su reivindicación se ajustaba a las formas, tal como se estaba dando, y que él procedía con la dignidad necesaria a aquella situación *de facto,* su propiedad exclusiva respecto del destino inmediato de Bibi.

En el club se separaron para entrar cada uno a su camarín. Max esperaba hacía ya largos minutos cuando Bibi apareció finalmente por el acceso; dejó su toalla sobre un silla, miró hacia Max, que la observaba desde el otro borde, y se zambulló con un perfecto clavado. Max la contemplaba. Las formas de su cuerpo eran, a sus ojos, lo más hermoso que había visto nunca en una mujer. Bibi estaba simplemente feliz en el agua, como un niño al que le han levantado el castigo. Desde el centro de la piscina, con el pelo mojado cayéndole sobre la cara, le hacía señas a

Max que, sentado en el borde, se sentía circundado por un reconfortante sosiego. Luego entró él también en el agua. Como siempre, nadó con su concentración característica, varias veces el largo de la piscina, hasta quedar exhausto.

—No sé cómo no tienes escamas —le dijo Bibi cuando se reunieron junto a la escalera.

Max jadeaba.

—¿Me vas a sacar de ese horrible hotel? —preguntó ella luego, echándole el aliento en el oído.

Max la miró, dejando que su respiración entrecortada hiciera el interludio.

—No tengo por ahora ninguna otra solución. He pensado y no se me ocurre nada todavía. La respuesta seguramente vendrá sola. Ten paciencia.

Bibi se sumergió otra vez y se alejó nadando lentamente.

Cuando Virginia se cruzó ese mediodía con Max en su auto, acompañado de una mujer joven y rubia, tuvo la seguridad de no haberla visto nunca antes. Debió detener su propio auto en cualquier parte para aplacar la oleada de sensaciones que se agolparon tras la sorpresiva visión. Era inconfundiblemente Max a quien había visto pasar al volante junto a ella. No, no había sido otro, eso estaba claro. ¿Quién lo acompañaba? Tampoco era importante. Retuvo, como una fotografía que manoseara, el gesto de aquella mujer rubia inclinada hacia Max y hablándole animadamente. Sí, sería estúpido decirse que era un hecho casual o que se trataba de una desconocida para él. Era evidente, si volvía a examinar la escena, que había un grado de intimidad entre Max y esa mujer cuya imagen, en conjunto, no había sido más que una mancha blanquecina, pero no menos encandilante que un relámpago. Por sobre la autoconmiseración, la vencía un impulso irresistible de rebeldía. Puso otra vez el auto en marcha y sin recordar siquiera cómo, llegó a su departamento. Debía ordenar sus pensamientos que, sentía, escapaban de ella en una loca estampida.

Max había mentido, se dijo arrojándose sobre el primer sillón que la acogió antes de derrumbarse del todo. Se resistía a pensar nada concluyente acerca de lo que había visto, pero por esa misma áspera ruta comprendía también que tenía que desandar todo lo hecho hasta ahora. Su corazón le decía nuevamente que Alejandra había tenido razón en el club de tenis, que ella había sido una ingenua exculpándolo y atribuyéndose la causa del comportamiento de su cuñado. Max había hecho desaparecer a su hermana; la idea cayó como un tejado que se desplomara dejando a la vista una atemorizante intemperie. Fue hasta el balcón, miró el paisaje del cerro San Cristóbal, la empinada línea del funicular, la Virgen iluminada con sus brazos abiertos en la cima, los inmensos y parpadeantes letreros luminosos encaramados en las azoteas de los edificios de enfrente, y abajo el monumento a Rodó apuntando inútilmente su dedo al cielo. Los puntos negros y móviles de la gente que iba por la calle se dispersaban bajo los faroles amarillos y los automóviles se aglomeraban en un compacto atochamiento sobre la avenida del otro lado del río. Era una suma de hechos materiales, incontestables, el mundo visible que actuaba como un eficaz contraste frente a las alucinaciones que la acosaban. Sólo entonces reparó en que había caído la noche sin saber quién había ocupado su lugar para sobrevivir las horas del curso de la tarde, porque no había sido ella, no habría tenido las fuerzas. Sin embargo, fue esa misma mujer la que se asomó otra vez al balcón y observó largo rato el panorama que por tantos años había sido su escenario práctico, del cual no había extraído nunca una sensación más satisfactoria que la certidumbre de que la vida es tal cual es. La misma mujer que iba y venía hacia ese balcón se decía que hacía años que no veía a un Max tan sonriente como el que divisó unas horas atrás al volante de su auto. Max sonreía —estaba segura—, iba contento y distendido y, si no se equivocaba, estiraba su mano hacia aquella sombra nebulosamente rubia. Cruzó y descruzó dos veces las piernas diciéndose que Max era un repugnante hipócrita que, a cuenta de la fidelidad que sabía le guardaba, había comprado su silencio. Se preguntaba, ya desarmada del todo, cómo pudo dejar en suspenso su juicio ante un acto que exigía de ella su más activa repulsión. Tras la visión de aquel mediodía, creía haber recuperado una razón perdida y ser capaz, por primera vez, de examinar las cosas bajo su verdadero prisma. No solamente Max sino todos sus errores se agolpaban ahora para empujarla a actuar.

A la mañana siguiente Max volvió al hotel Mónaco. Había acordado con Bibi ir donde un abogado a ver la cuestión de la hipoteca. El recepcionista le dirigió esta vez una mirada todavía más intencionada y autosatisfecha. Max iba derecho hacia el ascensor cuando el hombre lo detuvo.

—No vale la pena que suba, la señorita no está —dijo con su voz potente.

—¿Qué? ¿Salió a alguna parte?

—No, dejó el hotel. Pasó un caballero a buscarla. Traía una maleta.

—¿Pasó un caballero a buscarla? —repitió Max como para sí mismo—. ¿Cómo era ese caballero? —inquirió.

—Común y corriente, bajo...

—¿Con bigote?

—Sí, con bigote.

—¿Lo había visto antes por aquí?

—No, nunca —respondió el hombre con seguridad.

Max intentaba razonar mientras exigía unas precisiones que estaban de más, pues sabía perfectamente lo que había sucedido.

—¿Le pasó alguna vez llamadas de... hombres?

—Sí, algunas veces.

—Quiero decir otros hombres que no fueran yo.

—No sé si reconocería su voz en el teléfono —respondió el recepcionista, que para Max había adquirido toda la índole de un sepulturero.

—El hombre al que aludo tiene una voz muy especial, como de un barítono, un locutor de radio...

—Sí, puede ser que la llamara una voz así como la que usted describe.

—¿Cuántas veces? ¿Muchas veces? ¿Más de una al día?

—Yo no estoy siempre aquí, hay otros turnos... pero sí, puede ser que haya pasado más de una llamada al día para ella.

—¿Nunca ninguna mujer?

—No, creo que eran caballeros.

—¿Era siempre la misma voz, además de la mía?

—Puede ser —dijo el hombre ya con cierto hastío.

—¿Y esa voz era la del hombre que estuvo aquí? Habrá tenido que preguntarle a usted por ella. ¿La reconoció?

—Puede ser. Ya le dije, señor, que yo no atiendo a esos detalles, tengo mucho que hacer —dijo el recepcionista dando una mirada en torno a su pequeño reino tras el mesón.

—Bien, bien... muchas gracias —dijo Max y se marchó.

Cuando caminaba hacia su auto tras dejar el hotel, el mundo en torno a él se esfumó con toda su densidad. Se diría que a su paso una mano invisible escamoteaba los objetos y las personas que se cruzaban en su camino. Era una pequeña gentileza, una atención con el desdichado para que, al menos durante ese trance, pasara desapercibido en la calle y nadie advirtiera el ridículo de los pensamientos que mascullaba para sí; ideas de un orden básico, como que el destino organizaba las cosas de tal manera de poner a prueba a los pobres mortales a través de su imperturbable crueldad, esa frivolidad con que mide sus fuerzas, seguro de antemano de su victoria. Era inútil interrogarse más. Max experimentaba esa tenue aspereza que está sobre la superficie de todas las cosas. Todo se reducía a una cuestión de dolores y agravios, mayores o menores, se decía Max observando casi con placer el estoicismo de sus reflexiones. Esta vez Bibi no había sido capaz de hacerle daño, argumentaba el hombre que hurgaba en sus bolsillos buscando sin éxito las llaves del auto, porque estaban puestas y los cierres automáticos pasados.

Cuando llegó a su edificio una hora y media

después, en el *hall* de entrada lo esperaba un hombre que se puso de pie apenas él apareció.

—Me gustaría hablar con usted —dijo el sujeto, aliviado por el fin de la espera.

Max se detuvo y no supo qué responder. Nunca había visto a ese hombre, pero eso no importaba demasiado.

—Montero, policía de investigaciones —dijo el otro para facilitarle las cosas.

Max miró a su alrededor, particularmente al conserje que los observaba con una atención casi inteligente. Pese a su constante duermevela, había sido testigo tanto de sus desplazamientos con Bibi como de las impetuosas visitas de Virginia luego de que Alejandra desapareció. El hombre, con quien nunca había simpatizado, lo miró a su vez fijamente.

—Subamos, por favor —dijo Max, y se dirigieron a los ascensores.

—He estado hablando con el conserje —dijo Montero taimadamente mientras subían.

—Ya hablaremos en mi departamento —contestó Max secamente.

Lamentaba en ese momento no haber expresado nunca simpatía hacia el conserje, un tipo huraño que, desde luego, había tomado siempre su distracción por desdén.

Max abrió la puerta de su departamento.

—Siéntese, por favor —dijo quedamente.

Podía al menos confiarle a ese desconocido los signos exteriores de su cansancio. No sentía ningún pudor al respecto.

—¿Cómo me dijo que se llamaba? —preguntó Max arrojándose sobre un sillón e intentando sacarse la chaqueta después.

—Montero.

—No nos conocemos, ¿o sí? No lo recuerdo.

—No, claro que no —dijo el otro esbozando una sonrisa—. No es una visita social. Es muy simple, hay una denuncia por presunta desgracia de la señora Alejandra Souza Viel.

Max dejó pasar un momento, todavía sordo ante las palabras de su visitante.

—No puede ser, yo retiré esa denuncia.

—Alguien la interpuso nuevamente.

—Por favor, ¿me puede decir quién? —preguntó despacio.

—La hermana... déjeme ver —abrió una libreta—. Sí, la señora Virginia Souza Viel.

—¿Eso hizo? —preguntó absurdamente Max.

—Aquí figura la denuncia —dijo el hombre haciendo el gesto de llevarse la mano a un bolsillo.

Max lo interrumpió.

—Está bien, ratifico yo también la denuncia —dijo mirando hacia ningún lugar.

—Me parece muy bien de su parte. El asunto es que usted la interpuso veinte días atrás, veintidós para ser más exactos, y a los dos días la retiró. ¿Me puede explicar por qué? ¿Acaso la señora Souza fue hallada?

—No, no ha sido encontrada.

—¿Me puede explicar entonces por qué la retiró?

—No creo que esté obligado a contestarle eso. Tal vez tendría que hablar con mi abogado —respondió el interrogado automáticamente. Comenzaba a cobrar conciencia de la situación en que se hallaba.

—Claro que no está obligado a contestar. Parece que usted no me entiende. Hemos recibido una denuncia por presunta desgracia, y yo sólo vengo acá para saber algo más del caso y poder encontrar a su esposa, que supongo es lo que usted desea. ¿No es así?

—Así es —respondió Max.

—Entonces hablemos un poco.

—Como quiera.

—Su esposa desapareció...

—El 25 de marzo.

—Y la denuncia la pone esa misma madrugada su cuñada...

—Así es.

—Y usted la retira dos días después.

—Así es.

—¿Puedo insistir... por qué?

—Es muy largo de explicar.

—Tengo tiempo.

—Hay un punto que tal vez usted no conoce: mi mujer sufre de un mal incurable. Una sicosis maníaco-depresiva avanzada. Dado este hecho, hablé antes con su siquiatra...

—¿Me puede dar el nombre?

—Samuel Bravo... Su teléfono lo tengo por ahí.

—No se moleste, yo lo conseguiré —dijo Montero anotando el nombre en su libreta.

—Él fue de la teoría —continuó Max de un modo más bien monótono— de que se trataba de alguna locura de ella, un acto inofensivo propio de su enfermedad, y que lo recomendable era no darle un carácter más grave al caso con investigaciones policiales o cosas así.

—Pero han pasado ya más de veinte días, caballero.

—Lo sé.

—¿Sigue creyendo en esa idea del siquiatra?

—La verdad es que no sé qué pensar. Si me lo

pregunta, no sé qué puede haber ocurrido.

—¿No tiene ninguna pista?

—Ninguna. Si supiera algo habría sido el primero en investigarla.

—Sí, claro, pero no quiso que fuéramos nosotros quienes investigáramos.

—Ya le dije, me parecía un asunto siquiátrico más que policial.

—De acuerdo, pero nunca se sabe...

—Sé de qué estoy hablando.

—Explíqueme eso.

—Alejandra está enferma y ahí radica todo. Lo que puede haber ocurrido tiene que ver con su manía. Mi idea es que ella está fantaseando consigo misma, y por supuesto con nosotros.

—¿Quiénes son *nosotros*?

—Su hermana y yo.

—Eso está bien pero, ¿por qué su cuñada hace la denuncia semanas después de que usted mismo la ha retirado, al parecer sin su consentimiento?

—Yo no puedo hacerme cargo de las iniciativas de mi cuñada. Ella y yo habíamos convenido esperar una solución del caso sin que pasara por ustedes.

—Eso fue un error, caballero. Parece que hubiera temido algo de nosotros.

—No, nada de eso. Ya se lo dije, queríamos mantenerlo por ahora en el ámbito familiar.

—Puede que lo sea, puede que lo sea... —dijo Montero.

—Es lo que espero —respondió rápido Max.

—Pero ya no lo es, señor Borda, y en adelante tendrá que contar con nosotros.

—Me parece bien.

—Dígame, señor Borda, sus relaciones con su

señora eran... ¿buenas?

—Eso es una indiscreción de su parte —respondió Max.

—No lo es dada la situación en que se encuentra, pero en fin, no tiene por qué decirme nada si no quiere hacerlo.

—Creo que ya está bien. Si usted puede hacer algo para encontrar a mi mujer, hágalo. Tiene toda mi colaboración pero, por favor, busque por el lado correcto.

—Eso es lo que estoy tratando de hacer —y guardando la libreta en su bolsillo, Montero se puso de pie, echó una última mirada en redondo al departamento de Max y no esperó siquiera a que lo acompañaran a la puerta.

—¡¿Te volviste loca?!

—¿Max?

—Quién otro.

—No te reconocí la voz. ¿Por qué me hablas así?

—Qué esperas, después de lo que me has hecho.

—Hice lo que creí necesario.

—¿Qué les dijiste?

—Lo que ha pasado, nada más.

—¡¿Qué sabes tú lo que ha pasado?! —gritó Max.

—Me gustaría que me lo dijeras tú —dijo Virginia.

—Te has vuelto loca...

—Espero ser la única.

—¡Qué quieres decir!

—Max —dijo Virginia con energía—, quiero que me digas la verdad.

—¿¡De qué verdad me estás hablando!? La verdad... la verdad... ¿¡Qué insinúas?! No sé más que tú. Lo que no entiendo es por qué te has puesto del otro lado.

—¿A qué te refieres con eso del *otro lado*? Yo estoy del lado de saber qué pasó con Alejandra. ¿Hay algún otro lado que ése?

—Lo que quiero decir es por qué no me hiciste caso y por qué me das la espalda.

—Tú lo hiciste desde el principio, yo apenas hace un día. No entiendo tus métodos y no fuiste suficientemente claro para dármelos a entender.

—Creí haber sido claro y por lo mismo soy yo quien no entiende lo que hiciste. ¿No te das cuenta de que el tipo que estuvo aquí sospecha de nosotros? De ti y de mí.

—No sé quién estuvo contigo ni qué te han dicho. Yo sentí que no estabas haciendo las cosas correctamente. Y no podía quedarme de brazos cruzados. Creí que era lo mejor.

—Lo mejor es lo que yo había propuesto. Lo mejor era dejar al menos por un tiempo las cosas como estaban.

—Te escucho y no sé si tienes razón, y tampoco si me estás diciendo la verdad —dijo otra vez Virginia, inflexible. Sólo recibió como respuesta un largo silencio que no se atrevió a romper. Se oía una respiración acelerada al otro lado de la línea.

—Entiendo hacia dónde vas —se oyó entonces la voz contenida de Max—. Pudiste haberlo dicho antes, o insinuado siquiera. Me hubiera preparado para una venganza de tu parte y no me parecería tan descabellado verte hoy convertida en mi acusadora.

—Lo único que quiero es que me digas la verdad —replicó lánguidamente Virginia, hablándole ya sólo a su blanco auricular—. Max, tengo el derecho de pensar lo que he estado pensando y tú has puesto todo de tu parte para que sea así. Tu abandono...

—Tienes el derecho de pensar lo que quieras, pero tu posible conclusión es tan desquiciada que no hace más que agregarle más demencia a todo lo que está pasando. Debías ser razonable y eso era lo que la circunstancia nos exigía. Pero tú fuiste más lejos, sospechaste de mí. No tengo ninguna verdad que decirte, y entiendo perfectamente tu insinuación. Si se te ha llegado a pasar por la cabeza que tengo algo que ver con la desaparición de Alejandra, es simplemente que estás más loca de lo que creía.

—No estoy loca, Max, ¿por qué dices eso?

—Ya, basta, no quiero escuchar más estupideces...

Virginia colgó el teléfono porque no pudo sostener la andanada de Max. Estaba confundida y se sentía vergonzosamente tonta. Había actuado sin medir las posibles consecuencias, poniendo al descubierto sus recelos no sólo ante Max sino también ante la policía. No imaginaba cómo Max podría perdonarla, ni cómo remediar el mal que había desatado. Pero era el propio Max, se decía, quien se encargó de echar por tierra sus convicciones, quien la llevó a romper el pacto entre ambos. ¿Por qué lo había hecho? ¿Por qué tuvo que aparecer aquella mujer en un momento que sólo les pertenecía a los dos? Hubiera bastado con que todo siguiera igual que antes de esa llamada. Se habría conformado con eso.

Max tocó en el departamento de Salman. Era lo último que le quedaba por hacer. Sólo verla. Tardaron en responder. De pronto se abrió la puerta.

—¿Qué haces aquí? —dijo Salman asomando

la cabeza.

—Por el momento, entrar.

—No tienes nada que hacer aquí —dijo Salman.

—No me tengas miedo, Salman, no voy a hacer ningún escándalo.

—No te tengo miedo —dijo Salman todavía detrás de la puerta.

—¿No me vas a dejar entrar? —y al empujar la puerta, el liviano cuerpo de Salman cedió y quedó tambaleante un metro más atrás.

—Max, no te atrevas...

—No es que no me atreva, es que no me da la gana...

En ese instante apareció Bibi por el corredor que venía del dormitorio. Se quedó paralizada al ver a Max en el centro del living. Fumaba un cigarrillo. Vestía la misma bata que él le había comprado y que usó en su último encuentro. Siguió inmóvil un momento; luego, dando un extraño rodeo que la alejaba de Max, fue a tirarse a un desgastado sofá donde quedó expectante, aspirando con fuerza su cigarrillo.

—Hola, Bibi —dijo Max.

Se mantuvo muda. Entonces fue Salman, siempre enfundado en su bata de seda roja, el que habló.

—Entraste a la fuerza y eso es ilegal, podría llamar a los carabineros...

—No te pongas nervioso, mi querido y miserable Morales...

—¡No me llames Morales!

—Pensé que te gustaba.

—Déjame... déjanos en paz —dijo Salman dirigiendo una mirada a Bibi, que no hizo ningún gesto para confirmar esa complicidad—. Ella no se va a ir de aquí.

—No te preocupes, jamás me la llevaría, tendría que estar loco —dijo Max, mirando él también a Bibi.

—No puedes culparme de nada —replicó Bibi sin ningún énfasis—. Pensabas mantenerme encerrada ahí como tu esclava para hacer conmigo lo que quisieras. ¿Crees que no te conozco? ¿O que soy estúpida?

No había ninguna expresión en el rostro de Bibi. Más bien era como si su discurso la aburriera antes de haberlo terminado, segura de estar en lo cierto. Max comprendió cuánto lo detestaba ella, pero no era el momento de preguntarse por la docena de motivos posibles.

—Eso es lo que querías, que fuera tu esclava... Reconócelo —volvió a decir Bibi.

—Lo que yo quería ya no importa, querida.

—Entonces, ¿por qué estás aquí? —preguntó Salman algo más sereno.

—La verdad es que ni yo mismo lo sé. Darles mi bendición, despedirme, no sé, saber por lo menos que te encuentras bien —dijo Max dirigiéndose a Bibi.

Se hizo un silencio.

—No me vengas con cuentos, algo te traes entre manos —dijo Salman con un patético dramatismo.

—Déjalo, Mario. Él es así, no le importa nada. Se quiere reír de nosotros.

—No soy yo el que debiera reír, y sin embargo ustedes dos hacen que sea así —replicó Max observando a Bibi.

—No me hables más, por favor —dijo ella bajando los ojos—. Eres un cerdo. Me sedujiste siendo un hombre casado, y peor aun, con una mujer enferma. Si estabas casado, ¿por qué lo hiciste? Eres un cerdo, Max.

—¿No te lo dije yo? —dijo Salman dirigiéndose a Bibi.

Esta vez Max no pudo dejar de sonreír.

—Se está riendo de nosotros —dijo Bibi acusadoramente.

—Si no te vas, voy a llamar a la policía —intervino Salman.

—No te molestes, me voy por mi propia voluntad. Era sólo una cuestión de curiosidad, quería ver este cuadro con mis propios ojos, ¿me entiendes? —dijo recorriéndolos a ambos con la mirada, Bibi en el sofá, Salman tembloroso, protegido por una mesa que se interponía entre él y Max.

Algún otro conductor podría haberse extrañado al ver a ese sujeto con una extraña sonrisa en la boca. Ni siquiera el propio Max habría podido determinar con exactitud la razón de su regocijo, pero la emoción que lo invadía era suficientemente plena como para que no hiciera falta buscarle explicaciones. Aún podía recordar la vibración de su presencia en el departamento de Salman, y sabía que continuaría vibrando por muchos días más.

Esa misma tarde se fue a la piscina y nadó por varias horas. Tal vez fueran unas treinta vueltas a lo largo de la piscina. Habitualmente, los demás bañistas se hacían a un lado al ver a este concentrado nadador que realizaba una sincronizada boqueada lateral, sus largos brazos surgiendo vigorosamente del agua para alcanzar la meta repetida mil veces, el borde de concreto de la piscina, una recompensa de la que obtenía un goce que a otro le habría costado entender.

Sexta parte

La muerte de su madre ocurrió dos días después de su visita a casa de Salman. Apenas supo la noticia, llamó a Orvieto. A través del fono pudo oír los pasos del monje que iba por los pasillos en busca de Javier y el rumor de los pájaros en ese jardín italiano. Recordó en ese minuto una estadía con Alejandra en un hotelito en los alrededores de Pisa, donde oyeron por primera vez el canto de un ruiseñor.

Luego de escuchar su exposición de los detalles más urgentes, Javier anunció que tomaría el primer vuelo a Santiago y rogó que lo esperaran, porque deseaba hacer personalmente el responso.

—Estaré ahí cuanto antes —y colgó.

Max fue a recibirlo al aeropuerto. No se veían desde hacía tres años y se abrazaron largamente, como la circunstancia imponía. Javier se veía de una juventud casi prodigiosa para sus cuarenta y cinco años. Sin duda, la vida eclesiástica prolongaba la existencia, pensó Max. Ambos hermanos tenían un gran parecido físico, si bien se podría decir que Javier, el menor, tenía las facciones acaso mejor delineadas, más finas, y una gravedad en el rostro que, sin embargo, no complotaba contra esa sorprendente juventud. Ya en el auto hablaron con mayor tranquilidad.

—¿Cómo fue? —preguntó Javier.

—Un paro cardíaco durante la noche. La enfermera la encontró por la mañana. Lo más probable es que no haya sufrido. Tomaba somníferos y tal vez ni siquiera despertó. Después de todo, fue un buen final.

—¿Cuándo estuviste por última vez con ella?

—Dos semanas antes, creo. Pero en el intertanto hablamos por teléfono un par de veces. Estaba de buen ánimo y además con excelente salud, según me dijo. Nunca la había sentido así. Se podría decir incluso que estaba más dulce.

—¿Está todo listo para el funeral?

—Está todo listo y, como demoraste un día, la misa no se puede retrasar más y será hoy a las tres de la tarde. ¿Estás preparado?

—Por supuesto, pero necesito una ducha.

—Se quejó en el último tiempo de que no le escribieras. Yo le dije que seguramente estabas muy ocupado.

—No creas que por mi retiro no tengo actividades, pero tampoco es eso; nunca dejé de pensar en ella, en todos. Tengo en mi maleta una larga carta que acababa de terminar cuando recibí tu llamado. Hubiera querido que la leyera... —dijo Javier con un confuso suspiro final, no se sabía si de alivio porque ese hecho no llegó a darse o lamentando la dilación ya irreparable.

Max no quiso indagar más acerca del sentido de esa carta. Dado que se trataba de una visita informal, el sacerdote alojaría con él los días que pasara en el país. Max se había preocupado de preparar el departamento y también había meditado sobre el momento en que le contaría lo de Alejandra; y puesto que tal vez transcurrieran muchos días antes de que volvieran a estar verdaderamente a solas, resolvió hacerlo de una vez. Javier lo escuchó con atención,

mientras Max conducía concentradamente y relata-
ba, detalle por detalle, todo lo que había ocurrido en
las últimas semanas.

—En este momento el asunto está en manos
de la policía. Yo no puedo hacer más.

—¿Por qué no me avisaste antes? —preguntó
Javier, consternado ante lo que acababa de oír.

—Ni Cristina lo sabe todavía. Qué caso tenía
avisarles, salvo preocuparlos. Ninguno de ustedes podía hacer nada. Ni yo. Es un misterio, nada tiene sentido, es como si se hubiera desvanecido en el aire.

—Nadie se desvanece en el aire, Max.

—Para mí es una especie de transfiguración,
yo lo veo así. No tengo ninguna explicación —dijo
Max sin dejar de mirar la carretera.

—No estaba pensando exactamente en una
transfiguración. Debe haber alguna explicación... menos teológica. Pensé que con el nuevo tratamiento estaba mejor.

—Sí, mejor, como puede estarlo un agonizan-
te al que le anuncian dos meses más de vida. El mági-
co tratamiento de Alejandra no ha hecho más que retrasar la progresión acelerada de su enfermedad en
la etapa terminal. En otras palabras, estaba precaria-
mente estabilizada, sólo eso.

—Nunca supe, y no tenía cómo saberlo si tú
no me informabas, lo mal que estaba —dijo Javier
con la culpable ignorancia de quien acaba de aterri-
zar en un paraje desconocido y debe empeñarse en
que su geografía le incumba. No era por cierto falta
de interés, sino más bien un asombro pertinaz frente
al hecho de que cada vez que se reunían Max tenía
un problema grave que más o menos definía su vida.
Era nuevamente el caso, se dijo el cura.

Luego de un momento de silencio, Javier volvió a hablar.

—Es tan extraño todo lo que me cuentas, que no sé qué pensar. ¿Cómo estaban ustedes? ¿Cómo iba la relación?

—Estable en su gravedad, como su propio mal. Resistíamos ambos con cierta dignidad. No había más que eso.

—Voy a rezar por ella y sería bueno que tú también lo hicieras —dijo el sacerdote, y miró por la ventanilla el paisaje campestre de los alrededores del aeropuerto.

Pasaron algunos minutos antes de que uno de los dos se decidiera a volver a hablar; el hermético silencio interior del auto y el sonido persistente del aire acondicionado conspiraban para ello.

—Sé que no es un tema para ahora, pero tendremos poco tiempo después para hablar de eso —dijo Max mientras hacía una arriesgada maniobra para sobrepasar a otro auto en la empinada cuesta que los llevaba hacia la ciudad.

—¿Poco tiempo para qué? —preguntó su hermano volviéndose.

—Para resolver los problemas legales de la herencia. He pensado que tal vez sería necesario que pasaras aquí algunos días más de lo que tenías calculado. En realidad, me gustaría que te quedaras un tiempo. No sé si tienes obligaciones o compromisos. Estoy solo, tan inesperadamente solo que todavía no llego a entenderlo. ¿Me comprendes? Y todos esos papeles que firmar, yo nunca he sido...

Javier escuchó atentamente hasta que decidió interrumpirlo, sin ninguna brusquedad pero terminante.

—Si es por la herencia, por favor ocúpate tú de todo y me informas. Somos apenas dos, así es que supongo que los cálculos no serán demasiado complicados.

La respuesta de Javier lo sorprendió, no por el desinterés respecto de los asuntos patrimoniales, ante los cuales era esperable su indiferencia, sino por la manifiesta evasiva frente a su invitación a quedarse en casa por un tiempo más largo de lo que las exequias de su madre exigían. Desde que Max supo que Javier venía a los funerales, pensó que esos días y ese fin de ruta que significaba la muerte de su madre serían una buena ocasión para estar juntos. La verdad es que, más allá del pesar por la muerte de Ester, prevalecía en Max esta expectativa de arreglo con su hermano, cuestión que tenía más que ver con el futuro.

Max había estado el día anterior en el departamento de su madre, poniendo a resguardo los objetos más valiosos e intentando ordenar el cúmulo de documentos; acciones, títulos, ajados papeles amarillentos que le resultaban tan extraños como la partida de nacimiento de un desconocido ya muerto. No conocía su valor ni su vigencia, y a primera vista le parecieron hojas secas que la anciana había guardado por nostalgia en un libro de vida. La enfermera había sacado del dedo anular de su patrona el inmenso brillante que estaba destinado a Cristina. La mujer se lo entregó con una actitud casi religiosa. Max guardó el brillante en una cajita de terciopelo y se lo echó al bolsillo. También se llevaría consigo los álbumes de fotos. Esa colección de imágenes, prolija y minuciosamente ordenada en su cronología, pensaba compartirla con Javier cuando éste llegara. Era una pila de empastes en cuero, voluminosos y pesados. Por casi

veinte años no tuvo contacto con ellos, tal vez porque
su madre no era dada a las evocaciones y no propició
esa ocasión. No resistió la tentación de abrir el
primero.

Ahí estaba todo el pasado de esa exigua familia compuesta por los padres y apenas dos hijos sepa-
rados por casi tres años de diferencia, igualmente
delgados, de rostro afilado y mirada intensa, tal como
los mostraban las fotografías, en blanco y negro las
primeras, en color las últimas. La más antigua es una
borrosa foto familiar en la piscina del fundo paterno,
donde Maximiliano Borda luce joven, en una postura
sobradamente arrogante. Sostiene orgullosamente a
Javier en sus brazos mientras Max gatea a los pies del
tumulto social de un domingo de verano. Apresuran-
do las páginas, todo se clarifica; están ambos arriba
de tensos caballos, ya son dos vigorosos niños, uno
comparte la montura del padre, es Javier, y Max la de
su madre que monta todavía de lado, no por tradi-
ción sino por un problema ginecológico. El padre parece mirar hacia otro lugar, un horizonte lejano que
lo aguarda, mientras su hijo menor observa con fijeza
el lente. La madre, en cambio, tiene la mirada puesta
en el hijo que comparte su montura y hace el gesto
rebelde de zafarse de un abrazo demasiado entusiasta. Ambos fueron tan distintos desde pequeños, pensó Max recorriendo las duras hojas de ese memorial.
Si Max desde niño brilló en la natación, su hermano
no hizo jamás caso de ningún deporte y no demostró
nunca ningún remordimiento por ello. En el colegio
era Javier sin duda el más brillante, y su atrevida y serena locuacidad causaba en torno a él un efecto del
cual no parecía enterarse. Por lo mismo, ejercía una
especial atracción sobre las mujeres. El recuerdo de

esta impresión hizo a Max apresurar el curso del tiempo y saltándose varias páginas llegó hasta esa foto que los muestra en plena adolescencia junto a un grupo de primas, todas hermosas y sonrientes, y donde él aparece en traje de baño, lo mismo que ellas, mientras que su hermano, al centro, vestido de pies a cabeza, parece como arrastrado a la foto y totalmente inadvertido de las miradas que recaen sobre él, mientras un Max vagamente reconocible se encuentra en un extremo del cuadro. Max recordó vivamente cómo había examinado esa foto al fin de aquel verano, y las pruebas tangibles que le aportaba acerca de la injusticia que mostraba la realidad con su mínima persona y de los pocos recursos que tenía él entonces para alterarla. En los hechos, casi todas esas primas se enamoraron de Javier, se dijo mientras hojeaba el álbum. Todas son hoy día mujeres más o menos felices, salvo una, que murió hace un tiempo.

Dejando el álbum de lado, Max levantó los ojos y recorrió con la mirada el barroco y atiborrado departamento de su madre recién muerta que, en ese mismo instante, yacía sobre la cama esperando a los de la funeraria; observó las pesadas cortinas cerradas de terciopelo color oro y sus borlas que en ese momento eran unos brillantes y justificados crespones. No supo por qué se le vino a la mente la imagen de su padre cuando se enteró del ingreso de Javier al seminario. «Pensé que tendría una descendencia con más orgullo, que mis hijos valorarían lo que poseen y la responsabilidad que les cabe.» Ésa y otras razones, tal vez, llevaron a Maximiliano Borda a vender sus propiedades, dejar a su mujer y mermar con calculada locura su capital viajando por el mundo. No tuvo tiempo de agotarlo, porque murió antes de alcanzar a cumplir su tarea. Max creyó siempre que para su madre la huida de su padre había sido un alivio, y que con ello acababa la permanente agonía de no saber en qué momento su temperamental marido la abandonaría definitivamente. Luego del largo viaje de Maximiliano Borda y hasta pocos años antes de su muerte, Ester tuvo un novio, discreto como una sombra, que reconfortó su corazón tal vez sin que ella llegara nunca a amarlo.

Estos pensamientos cruzaban por la mente de Max mientras manejaba silencioso junto a su aun más silencioso hermano.

—¿Cristina está aquí? —preguntó Javier de pronto.

—No. Hablé con ella. Están los dos en pleno período de exámenes y, por otro lado, no tiene con qué pagarse el pasaje. Tú sabes que, supongo que instigada por su pobre becario, no quiere recibir un peso que venga de mí. En todo caso la conversación fue horrible, pidió hablar con su madre y tuve que decirle que estaba donde el siquiatra pero que la llamaría sin falta. No sé hasta cuándo va a resistir esta situación. En fin, tenemos que apurarnos, la misa está prevista para las tres y media.

El cura miró su reloj, era la una de la tarde.

—Tenemos tiempo —dijo.

Ya en casa de Max, Javier se dio una larga ducha, cosa que también hizo el anfitrión. Max eligió un traje oscuro y una corbata negra. Por el pasillo venía Javier con su impecable *clergyman*. Max pensó en el cambio que se había operado en su hermano desde su partida a Italia. El cura progresista de los tiempos de la dictadura se había convertido en un sacerdote elegante y conservador, con algo adusto y reconcentrado que Max no hubiera podido definir ciertamente como espiritual. Nadie hubiera dicho que había dejado hacía apenas un día una modesta vida conventual; más bien, por su semblante casi contrariado, parecía haber descendido de importantes esferas que lo requerían en forma apremiante para acceder a mezclarse en los triviales asuntos de la humanidad. Uno de estos asuntos era el doméstico funeral de Ester. Era previsible que entre ambos hermanos no hubiese grandes efusiones emotivas a causa de la muerte de su madre; ésta era suficientemente anciana y no dejaba tras de sí nada que enmendar, pero Max había contado con esa oportunidad para obtener de su hermano —forzosamente algo más desarmado por la circunstancia— una suerte de indulgencia. Asaltado por los peores presagios, con el mundo derrumbándose a su alrededor y seguro de no ser una mera víctima de esa hecatombe, se sentía absolutamente desamparado; Javier venía a ser entonces la única fuente de donde obtener una comprensión genuina.

Bajaron en el ascensor sin hablar. El silencio de Javier se explicaba tal vez por la tarea que iba a llevar a cabo dentro de unos minutos y que exigía una cierta concentración previa, pero sin duda algo más había en él. Max no dejaba de sentir una implícita condena en esa actitud, una especie de recriminación que decía «sólo alguien como tú se podría encontrar en la situación en que estás», y lo que es peor, ese tácito reproche le parecía a Max remoto e indiferente, cercano al tedio, como si su hermano hubiese agotado respecto a él sus capacidades de análisis. Esos pensamientos, de una culpa casi pueril para un hombre como Max Borda, se veían reforzados por el más mínimo atisbo a las lamentables escenas que había protagonizado con Bibi en los últimos días. De todo ello resultaba un mal gusto del que no lograba deshacerse.

Afuera de la iglesia se concentraba alguna lejana parentela, ancianas elegantes, veteranas de esos festines mortuorios que observaron con respeto a los hermanos cuando bajaban del auto. Eran los dos únicos deudos directos. Max pudo percibir los cuchicheos, particularmente ante la figura del apuesto e impecable sacerdote que se había ido de Chile hacía tanto tiempo. Max lo siguió con la mirada cuando se dirigió con diligencia hacia la sacristía, sin saludar a nadie como no fuera a Virginia, que se cruzó en su decidido camino y con quien compartió un largo abrazo. Luego Max se perdió entre la gente recibiendo pésames, mientras Virginia se alejaba hacia el interior de la iglesia. Max fue hasta su lugar en la primera fila sólo cuando los ancianos comenzaron a entrar como pequeñas hormigas por las alas de la nave. En esa primera fila, reservada a los más cercanos, estaba solamente Virginia. Con un descorazonado vistazo mientras se dirigía a la banca de madera, Max comprendió cuán breve era su estirpe y cómo dos ausencias, su mujer y su única hija, le daban a su propia silueta el talante del vástago de una raza en proceso de extinción. Tomó asiento junto a Virginia. Javier debía aparecer por la puerta lateral, y tardaba. Los cirios eléctricos flanqueaban el féretro abierto, ante el cual se inclinaba cada tanto alguna anciana que escrutaba la urna de vidrio con un movimiento de cabeza imposible de interpretar.

De pronto apareció Javier. El uso de sus hábitos de monseñor se justificaba por su cercanía con la difunta. Un sacristán abrió una gran Biblia, de la cual leyó un salmo para la ocasión. Max se impacientó con el largo pasaje escogido tal vez por su hermano, el cual estaba en una silla, entero de blanco, sus manos tomadas fuertemente y la cabeza inclinada. Llegó el turno de Javier, que se levantó con la mirada todavía absorta por su larga meditación. El efecto de su sobresaltada vuelta a la existencia hizo más evidente la intensidad de su recogimiento anterior. Max Borda hubiera dado su cabeza por saber que había pensado durante la lectura su hermano menor. Cuando lo vio en el atrio, pálido como si estuviese hecho de cera o de alguna otra materia no exactamente humana, no pudo evitar su asombro ante el aura radiante que emanaba de aquella figura respaldada por el fastuoso altar y los frescos de la cúpula y sus ángeles, que parecían estar incondicionalmente de su lado. Max escuchó ávidamente las palabras de su hermano. Eran frases sueltas como «una madre que estuvo siempre cerca de Dios y de sus seres queridos», «una mujer íntegra que supo dar forma a un hogar católico», «Dios la tenga en su santo reino», «siempre supo apartarse del mal y tender la mano al desgraciado», «el Señor sabrá juzgar sus méritos terrenos para darle un lugar en el cielo eterno». Percibía en el discurso del sacerdote una inflexión de las palabras, un ritmo y una cadencia, una condensación de sus cuerdas vocales, que creía haber oído mil veces en circunstancias semejantes y donde no lograba encontrar el distingo que esperaba. Sin embargo, ese carácter indistinto que Max advertía en la elegía de su hermano —y que tal vez sólo él notara— no les restaba brillo a sus palabras. Más de una vez los ojos de los hermanos se cruzaron, y cuando esto ocurrió cada uno se encargó de restar todo significado a esa mirada, como si mutuamente acordaran dejar un determinado asunto para más tarde. Javier Borda terminó su homilía y siguió con los procedimientos de rigor hasta que, acabada la misa, sacaron el féretro junto a tíos desconocidos y gentiles primos. Bajando las escalinatas lo llevaron hasta la limusina, una especie de piano de cola que dejaría a Ester para siempre en el mausoleo familiar.

Pocos minutos después los dos hermanos estuvieron reunidos en el cortejo que ya partía. Un Javier apresurado se sentó junto a Max en el descomunal Cadillac que ponía la empresa funeraria. Prácticamente no se hablaron en el demorado trayecto hacia el cementerio. Bajo los tilos de las intrincadas avenidas que llevaban al mausoleo, caminaron ambos hermanos precediendo un gran cortejo de ancianos, cabizbajos y pensativos porque ya en esa fase final del largo rito veían la proximidad de su propia muerte. Sólo en un momento, cuando ya todo había acabado, Max distinguió a Malta entre la multitud que se disolvía. Considerado como era, y para no ser otro importunador más, se limitó a una leve inclinación de cabeza y se alejó.

Llegaron con Virginia al departamento. Ella se había encargado del aseo, de las compras y de disponer la casa para albergar al sacerdote.

Virginia también sirvió un almuerzo frío, ya que nadie había comido hasta esa hora, la media tarde.

—Estoy muerta —dijo ella sentándose a la mesa.

—Eres muy poco agradecida de contarte entre los vivos —dijo Max sombríamente.

—No creo que sea la ocasión para tus juegos de palabras, Max. Tú sabes cuánto siento la muerte de Ester y cuánto la quería —replicó Virginia, que presentía un ánimo impaciente en su cuñado.

—No te equivoques, no lo dije con malicia,

sólo que luego de enterrar a la propia madre es una reflexión inevitable.

Javier guardaba silencio.

—Fueron muy lindas tus palabras, Javier —dijo Virginia volviéndose hacia el sacerdote.

—Sí, una verdadera pieza de oratoria —intervino Max, llevándose el tenedor a la boca.

—No se trata de oratoria —respondió el cura—, son las palabras necesarias para encomendar el alma de alguien al Señor.

—Yo las encontré muy lindas —volvió a decir Virginia, algo inquieta.

—No desmerezco su valor, por el contrario; Javier habla espléndidamente —dijo Max.

—No hablo ni bien ni mal, digo y dije lo que siento. Tampoco es fácil expresar los sentimientos en su totalidad...

—Sin duda, reconozco que yo no habría podido hacerlo mejor.

—No sé qué tratas de decir... ¿Qué quieres ver en mis palabras? Deberías entender que estaba en la posición de dividirme entre el hijo y el sacerdote.

—Y sin duda triunfó el segundo. Creo que el Señor puede estar orgulloso de haber escogido tan adecuadamente a uno de sus siervos...

—Max... —dijo Virginia.

—Estaba rogando por ella —respondió rápidamente Javier.

—Oyéndote llegué a pensar si no te habrías hecho cura sólo para vivir ese momento estelar.

En ese instante el cura se puso de pie, dejó la servilleta sobre la mesa y se marchó hacia su pieza.

—¡Cómo pudiste decirle algo así! —exclamó Virginia, quien se levantó a su vez para ir hacia la habitación de Javier.

Max se quedó solo en la mesa, confundido, como si él mismo no pudiera salir cabalmente de la sorpresa.

—Por favor, Javier —decía en ese momento Virginia.

El cura apareció con su chaqueta puesta y su maleta extraordinariamente liviana en la mano.

—¡Javier! —volvió a decir Virginia suplicante, mientras lo seguía hacia la puerta.

—Adiós, Virginia —oyó Max desde el comedor, y luego la puerta que se cerraba.

Virginia se quedó impávida ante esa puerta bruscamente cerrada. Volvió donde Max.

—¡Cómo pudiste...! ¡¿Cómo puedes ser así?! —le decía sin poder acercársele siquiera. Max no respondía. Tenía la cabeza entre las manos y miraba hacia el plato de porcelana con el monograma familiar, vajilla puesta especialmente para la visita.

—Uno puede ser imbécil de vez en cuando. Mañana lo llamaré y arreglaré las cosas —dijo levantando por fin los ojos apesadumbrados—. ¡No es para tanto! ¡No me mires así! —y fue a la cocina por la hielera.

Virginia lo vio irse a la terraza con el whisky en la mano y arrojarse como siempre en la tumbona. Seguro que se sentía afectado por el incidente, pero —según creyó ver Virginia— fue como si sólo hubiera estado esperando la oportunidad para perpetrarlo. Lo cierto es que Max se lamentaba de que su hermano le hubiera dado la ocasión para hacerlo, y aunque arrepentido, de alguna forma sentía que en sus palabras no había faltado a la verdad.

Una vez en la tumbona, Max en realidad no pensaba ya en su hermano sino en Cristina. Virginia no sabía si quedarse o no y lo observaba desde el living a través de los ventanales. No podía imaginar que en ese instante Max recordaba la última visita a su hija, un año antes. De pronto ella se puso de pie y salió del departamento sin que Max se diera cuenta de sus movimientos.

Max recordaba que llegó a Sausalito un día de diciembre y la llamó por teléfono desde su hotel. Como las conversaciones telefónicas con su hija eran más o menos rutinarias, una vez al mes por lo menos —su voz en el teléfono tenía siempre la misma cercanía física de una llamada local—, hizo falta que diera más precisiones para convencerla de que no se trataba de una broma.

—Asómate a tu ventana y mira hacia el Hotel San José, hacia el lado de la bahía. Voy a hacerte un juego de luces para que veas dónde me alojo.

Cristina hizo lo que se le pedía.

—¿Qué pasa? —dijo el hombre que en la misma pequeña sala se concentraba en un computador y que advirtió la extraña operación de la joven con el teléfono y la ventana.

—Parece que mi padre está aquí —respondió ella observando hacia donde Max le decía.

Desde su casa se veían los bajos tejados y las luces encendidas de las pequeñas casas de Sausalito, y en medio de ellas la fachada del hotel que le había indicado su padre. Cristina vio prenderse y apagarse una de las ventanas del hotel. Ahí estaba él, sin duda.

—¿Cuándo llegaste, papá? —dijo volviendo al

teléfono. Max percibió la conmoción de la muchacha ante una sorpresa que él no podía asegurar aún si era bienvenida. Para entonces el joven hombre del computador se había puesto de pie casi con alarma.

En verdad, Max no esperó que Cristina saltara de alegría al otro lado de la línea, pero esa voz entrecortada de su hija le hizo temer lo que ya venía presintiendo en el avión. Cristina no hacía nada para descargarlo de esa sensación de ser un intruso, como se sentía en ese momento. Pese a ello, empleó un tono entusiasta, decidido a no mostrarse vacilante ante tal acogida.

—¿Viste bien? Aquí estoy. No quise llegar de improviso a tu casa ni interrumpirlos. Además, estoy cansado por el viaje. Mañana nos veremos con más calma. Me invitarán a comer, supongo. Sólo te pediría que, antes de encontrarme con mi yerno, nos viéramos tú y yo a solas. Te invito a tomar desayuno aquí, si quieres. Me gustaría que conversáramos un rato. En fin, ¿desayunamos juntos mañana?

—¿A qué hora quieres que esté ahí?

—¿Te parece a las diez?

A las diez de la mañana Cristina cruzó las viejas puertas de madera del hotel. En el comedor casi vacío dos mujeres tomaban su desayuno y un hombre de espaldas, con una gruesa chaqueta de lona y el pelo gris, miraba hacia el mar por los ventanales con un diario junto a su café humeante. La neblina matinal apenas dejaba ver la perspectiva del Golden Gate y San Francisco al frente. Max tomaba su café a pequeños sorbos y contemplaba distraídamente el impreciso paisaje.

Hacía un año que no lo veía. Cristina observó por un instante más a ese hombre de espaldas, pero no alcanzó a dar forma a su primera sensación porque Max se levantó al sentir los leves pasos de su hija que se aproximaban. Se volvió, la miró asombrado y la besó en ambas mejillas.

—¡Mi amor, no has cambiado en nada...! No, me equivoco, sí has cambiado, estás más linda.

La observaba reteniendo sus hombros en sus manos, y ella se dejaba hacer todavía algo confusa.

—Es mucho tiempo —dijo el padre.

—No es tanto, papá, también tú te ves muy bien.

—Siéntate, siéntate. ¿Qué quieres tomar?

—¿Cómo están Alejandra y Virginia? —preguntó Cristina sentándose en la silla que enfrentaba a su padre, no en la contigua.

Desde niña, Cristina nunca había podido hacer el distingo entre la maternidad real de su madre y la postiza de su tía, y como a la última la llamaba por su nombre, lo mismo hacía con su propia madre.

—Bien, tu madre está bien... pero, ¿no quieres nada?

—Pídeme un té, por favor. ¿Y Virginia? Me escribe cada vez menos...

—No te preocupes por ella, hace mucha vida social, viaja, está casi creándose un estilo —terminó diciendo Max mientras llamaba al mozo, que parecía muy atento al desarrollo de la cita matinal entre esos dos extranjeros.

—Papá, no seas irónico.

—Es verdad lo que te digo, si no te escribe más es porque no tiene tiempo en su agenda y tal vez piensa que sus asuntos no son adecuados para una jovencita, con lo que yo estaría totalmente de acuerdo —replicó el padre.

—Ya no soy ninguna jovencita y no sé hasta cuándo sigues con eso. Por lo demás, Virginia tiene el derecho de hacer la vida que quiera —respondió Cristina con una leve sonrisa y esa lógica que siempre terminaba apabullándolo—. Pero si viaja tanto como me dices —continuó—, podría venir a verme en uno de sus viajes. La echo de menos... bueno, a todos. ¿Alejandra cómo está? ¿Por qué no vinieron juntos?

—Porque vengo de Madrid, de un aburridísimo congreso, y la idea de pasar a verte se me ocurrió a última hora, cuando hacía las maletas en el hotel. Hablé con ella antes de partir. Te mandó un gran beso. Tu madre está mejor de lo que podrías pensar. Al parecer, lo del litio funciona.

—Me alegro —dijo ella con una especie de grave suspiro—. Recibí una carta suya hace tres semanas y me contaba que ya están muy acostumbrados en el nuevo departamento. Parecía contenta. Yo le respondí, no sé si leíste mi carta.

—Claro que la leí —dijo Max sonriéndole a su hija y preguntándose, al mismo tiempo, por qué Alejandra no le había mostrado la carta.

Max se sentía reconocido de que su hija, pese al cúmulo de resistencias que sabía le guardaba, pusiera toda la voluntad de su parte para que el encuentro rodara lo mejor posible, del mismo modo que lo estaba haciendo él. Porque Max Borda no podía dejar de sentir una cierta turbación ante su hija. Desde su adolescencia había sido así. Ella había tomado una distancia que nada ni nadie pudo evitar. Se había comportado con tal resolución en su observación crítica hacia sus padres, que Max resolvió considerar ese rasgo de Cristina como una virtud de su temperamento, una reacción positiva y casi necesaria. Era natural que al menos uno de los tres tuviera el valor suficiente para rebelarse ante el funesto *statu quo* que había terminado por imponerse entre ellos. En cierto modo, con su presencia siempre activa, Cristina había contribuido a sostener una languideciente vitalidad en el matrimonio por la vía de su permanente exigencia moral y una visión muy determinada de cómo debían ser las cosas. Ambos, él y Alejandra, se habían plegado a este urgente reclamo de su hija. Todo tomó otro rumbo cuando Cristina se enamoró, o al menos eso creía ella, del ayudante de cátedra de Max, cosa que el padre y profesor deploraba. Más allá de la evidente diferencia social que los separaba, Beltrán Jerez era de esos tipos que, para Max, se toman demasiado en serio, y si lo había escogido como ayudante era justamente por la descarga que significaba un hombre tan meticuloso y abnegado para su propio trabajo docente. Lo que nunca imaginó fue que su propia hija se enamorara de ese sujeto, al que Max veía como una sombra desesperada tras una obsesión, pero sin la luz necesaria para llevarla a cabo. Nada podía violentarlo más que el hecho de que su hija intentara repetir con alguna esperanza el derrotado modelo que vio en su padre, y que creyera verlo triunfar en Beltrán, que tenía ciertamente ímpetus mayores pero jamás sus talentos. Pese a eso, no dudaba de que Beltrán Jerez llegaría lejos en su carrera.

—¿Qué tal están ustedes?

—Bien —dijo ella.

—Me alegro —respondió Max distraídamente—. Supongo que todavía no se han casado, de otra forma nos hubieran invitado al matrimonio...

—Papá, claro que los habríamos invitado. No, no nos hemos casado todavía.

Pese a su sincera intención, no lograba darle a ese diálogo la intimidad que creía necesaria. Se lo explicaba por el largo y agotador vuelo, la turbación natural de la primera cita entre un padre y una hija que se ha independizado. Pero la verdad es que era tal la importancia que Max atribuía a las formas, que estaba dominado y obstruido por el desconcierto acerca de cuál debía ser su actitud. Las dos ancianas de la mesa contigua, que probablemente no tenían asuntos tan importantes entre manos, conversaban más animadamente que ellos dos. En resumen, la conversación entre padre e hija avanzaba a tropezones. Max cambió bruscamente de tema.

—He dormido muy mal estas últimas noches. En Madrid y aquí también. Sabes que llegué ayer casi al mediodía. Toqué la puerta de ustedes y no me contestó nadie, así es que supuse que llegarían tarde. Pasé el día entero vagabundeando por el pueblo, no venía por aquí en años y creo que está más bonito.

—Sí, es bonito —dijo ella sin mayor énfasis.

Paseaban por el muelle. Unos pacientes y enmudecidos pescadores, sentados en las barandas de madera, forrados en unas gruesas chaquetas y con sus espaldas curvadas —debían llevar horas ahí—, parecían pasmosamente satisfechos.

—Me gustaría verte más entusiasmada. Te noto un poco sombría, Cristina —dijo Max.

—Es el invierno, papá —respondió ella tomándose de su brazo sin ahondar en el tema.

—Ayer por la tarde conocí a un tipo encantador, compatriota nuestro, un tal Larra que hace clases en Berkeley. Tu vecina me dijo que tenían un amigo chileno por aquí y que él podía saber algo de ustedes. Lo fui a ver, por supuesto. Sabía perfectamente quién era yo. ¿Le hablaste de mí?

—Sí —dijo ella suavemente.

—Estuvimos conversando largo rato de ti. Te adora. Tiene una biblioteca maravillosa. Hablamos de poesía chilena, no te puedes imaginar cómo me hace feliz hablar de poesía chilena cuando estoy fuera. Él opina igual que yo, que Pezoa Véliz es un gran poeta.

—Sí, Pedro es encantador.

—Me alegro de que tengas cerca a alguien como él.

—Bueno, tengo a Beltrán.

—Sí, claro, me refería a otra cosa. Supongo que me invitarán esta noche.

—Por supuesto.

—Y no te preocupes, no me voy a quedar con ustedes. No quiero molestarlos. Además, el hotelito es muy simpático. No creo que pudieras tener una visita más cómoda que ésta.

—Tienes razón en quedarte en el hotel, nuestra casa es pequeña y no mira al mar.

Continuaron caminando. Ella tenía clases esa mañana, debía tomar el tren a San Francisco, pero decidió perderlas sin decirle nada a su padre.

—Papá —dijo al cabo de un rato, arrepentida de su última frase—, si quieres te puedes quedar con nosotros.

—No, gracias, mi ángel, de veras. Prefiero el hotel y no lo digo por cumplir. No quiero estar en una casa desde que siento que ya no tenemos casa. ¿Quieres que te diga una cosa? El nuevo departamento no termina de convencerme.

Por la noche Max estaba nervioso. Cristina

notó que se le hacía muy difícil estar sin alcohol y ninguno de ellos dos bebía, no habían pensado en ese punto. A Cristina la conversación se le hacía pesada si tenía que hacer esfuerzos a cada momento para sosegar la inquietud de su padre. Tan ostensible era que Beltrán lo irritaba, que sus miradas vagabundas y distraídas por esa habitación austeramente amueblada, francamente triste a los ojos de Max, resultaban casi un agravio para el pobre joven que lo enfrentaba desde un desfondado sillón.

—¿Te dije que Javier está haciendo una meteórica carrera en el Vaticano? Es secretario de un cardenal y creo que hasta se encuentra con el Papa en los pasillos.

—Sí, lo sabía. Tú me escribiste para convencerlo de que respondiera a tus cartas. ¿No te acuerdas?

—Es verdad, lo había olvidado —dijo Max sin darle más importancia al asunto.

—¿Por qué no pasaste por Italia si estabas tan cerca?

—No tuve tiempo. Mis planes eran volver cuanto antes, por tu madre. Desviarme hasta aquí fue una idea de última hora y Alejandra estuvo más que de acuerdo cuando la llamé. En cuanto a Javier, hemos vuelto a escribirnos después de casi cuatro años, gracias a ti, preciosa.

Cristina se preocupaba por la creciente animosidad que notaba en su padre. Durante el día le había hablado de su posible retiro de la investigación y del creciente escepticismo que le producía su actividad. «Tu viejo padre está más confundido de lo que puedas imaginar», le había dicho con cierto cinismo. Cristina temía que atacara a Beltrán por ese flanco. Éste no había abierto hasta ahora la boca y parecía algo amedrentado.

—¿Cómo van tus cosas, Beltrán? —dijo Max dirigiéndose a su posible yerno.

Beltrán había estado al acecho de esa pregunta. Ardía en deseos de meter su baza, pero los asuntos familiares que hasta entonces se habían tocado lo habían obligado a mantener un incómodo silencio.

—Bien, trabajo actualmente con Weeler y estuve un tiempo asistiendo a los cursos de Bekenstein. Lo conoce a usted. Ha leído algunas cosas suyas —dijo.

—Ah, quién lo dijera —Max sonrió.

—Pero debo decirle —agregó Beltrán con seriedad— que estoy abandonando la gravedad cuántica. Al parecer, todo lo que sabemos acerca del quantas había seguido un camino equivocado. Mi idea en el futuro, si es posible, es trabajar con Witten.

—¿Con Witten? ¿Teoría de cuerdas? No pasa de ser una moda. En un par de años nadie hablará de ellos —replicó Max, disimulando su ofuscación.

—Dicen que es un genio, papá, uno de los investigadores más importantes de la actualidad —dijo Cristina saliendo en ayuda de su novio.

—Sí, es un genio —dijo Beltrán, rotundo.

—El mundo está lleno de genios —replicó Max sin ganas.

Seguro de que Beltrán no lo había dicho con intención, la sonrisa que se dibujó en el rostro de Max habría que interpretarla como que no quiso atender al desatino. Su discípulo, su aprendiz, elogiando a otro investigador exitoso y, peor aun, considerablemente más joven que él, era una falta a las maneras que Max decidió dejar pasar, dada su decisión ya meditada de abandonar la física en el corto plazo. Beltrán hablaba atolondradamente y se hacía muy evidente que ya no podía esquivar el tema en que había caído sin proponérselo. Pero bien pensado, tampoco hubiera tenido otra cosa que decir. Cristina sabía que esos ímpetus eran el tipo de rasgos que molestaban a su padre.

—Entonces —dijo Max serenamente—, tienen planes de largo plazo aquí en California.

—Si todo resulta, si comienzo con Witten, pueden ser muchos años y tal vez debamos incluso quedarnos indefinidamente. Usted sabe que en Chile no son muchas las oportunidades para un físico, es imposible llegar a ser alguien, en cambio aquí...

Hablaba precipitadamente, con la mirada encendida, sin medir —cosa que Cristina sí podía hacer— que muchas de sus palabras podían ser interpretadas como despropósitos. Ni siquiera el hábil manejo de Max pudo contra el torrente de desordenadas palabras que salió de la boca de su ex ayudante. Mucho antes de lo conveniente, Max decidió marcharse alegando cansancio y anunciando su partida para el día siguiente. Cristina no pudo sacarse de encima la sensación de que la visita de su padre había sido un fracaso. Había escuchado a Beltrán hablar con esa misma pasión sobre los mismos asuntos en innumerables ocasiones, y no le importaba esencialmente lo que podía decir mientras le diera pruebas de una convicción tan total. Pero esa noche el mismo discurso había sonado voluntarista, torpe, casi pueril. La había irritado que esa comprobación ocurriera delante de su padre. Lo confirmaría luego en la conversación que sostuvieron a la mañana siguiente.

Caminaban otra vez por el muelle de madera blanca que terminaba en un encantador cafecito.

—¿No te parece que es demasiado serio? —dijo

de pronto Max—. Puede ser contagioso.

—Es cierto, Beltrán se toma las cosas muy en serio, y eso es lo que me gusta de él.

—Un poco abstracto para mi gusto. ¿Cómo te comunicas con él? ¿De qué hablan entre ustedes?

—De lo que hablan todas las personas normales.

—Dudo que a él le interesen las personas normales.

—No creo que ni tú ni yo seamos normales —respondió Cristina.

—¿Quién lo es? Pero cada uno a su modo.

—Beltrán va a triunfar, lo sé.

—¿Triunfar? ¿En qué? ¿En la física? Puede ser. Si me aseguras que eso te hará feliz a ti, tienes todo mi apoyo.

—¿A quién quisieras a mi lado, papá? —interrogó Cristina deteniendo la suave caminata.

—Como padre debiera decirte «a alguien como yo», pero no estoy en condiciones de citarme como ejemplo.

Transcurrió un lapso en que retomaron la caminata y continuaron en silencio por el muelle.

—No sé, lo único que te pido es que seas feliz junto a Beltrán o quien sea que esté contigo. Ésa es tal vez la única satisfacción que podrías darme. Yo no te puedo ayudar en nada para conseguirlo, tú sabes bien que no sé cómo hacerlo. Incluso, te agradezco que hayas tenido con tu padre la delicadeza de jamás pedirme un consejo al respecto.

En ese momento Cristina lo tomó del brazo y caminaron así hasta que un solitario banco de madera los invitó a sentarse.

Esa misma mañana Beltrán Jerez se sentía disgustado, y sabía por qué. Había mostrado ese aspecto de su persona que combatía con encono, ese encono que lo hacía parecer siempre tajante y desamparadamente dueño de un solo tema. Era a su suegro, y no a su profesor, al que había recibido. Si al suegro debía respetarlo por razones obvias, al profesor tenía la convicción de ya no deberle nada y de haberlo sobrepasado hacía largo rato. Pese a estas contundentes ideas, sentía con pesar que no había logrado ni por un momento aligerar la conversación. Más bien, la volvió ardua y difícil de sobrellevar, y se explicaba que Max Borda no lo hubiera seguido por donde él quería ir. Pero él tampoco estaba en este mundo para sostener conversaciones ligeras con nadie, se dijo. Para eso había otros. Cuando Max pasó esa mañana a buscarlos, Beltrán alegó que tenía trabajo y se quedó frente a su computador. Para Max fue un alivio.

El breve diálogo sostenido en el muelle esa última mañana con su hija fue todo lo que se dijeron a modo de despedida. Después Max volvió a su hotel por su equipaje. En el tren que lo llevaba a San Francisco, una simple mirada hacia los dos días pasados en Sausalito lo hizo comprender que no volvería a contar nunca más con la cercanía de su hija en los años que le restaban de vida.

Max no encontró a Javier en la congregación adonde telefoneó y tampoco en la casa vacía de su madre, donde podía haber ido por esa noche. En el Arzobispado —había reportado su breve estadía en Santiago— le informaron que esa mañana había tomado un vuelo con destino a Europa. Cuando colgó, hizo el cálculo de que en ese minuto su hermano se encontraría volando sobre el Atlántico, y tendría que esperar al menos veinticuatro horas para hallarlo en Italia. En el intertanto llamó varias veces a la casa de Virginia, pero respondía siempre esa irritante graba-ción transmitiendo un escogido tono de su voz, el to-no negligente y algo altanero de quien no necesita de nadie: «Por favor, después de la señal deje su número y su mensaje...» En ninguna de sus llamadas dejó mensaje, porque no sabía bien qué es lo que quería decir. Solamente necesitaba verla. Le parecía extraño que Virginia no estuviera. No imaginaba dónde po-día encontrarse o qué estaría haciendo en ese mo-mento. Pasó la mañana así, contabilizando las horas del vuelo a Roma que había tomado su hermano, que en ese momento se hallaba suspendido en el aire, y pensando en Virginia, que esa misma mañana se em-peñaba en no aparecer. Max desconocía que, pese a todo, Virginia disponía de una instintiva prudencia que le dictaba cuándo debía retirarse. Ella estaba en casa, escuchó los llamados y aunque sabía con certeza que se trataba de Max, dejó que el contestador hicie-ra el trabajo. Tal vez a la cuarta llamada quedó regis-trada una borrosa imprecación, dirigida específica-mente al aparato grabador. Ocurría que en esos momentos ella temía a Max. Era un malestar que Max no hubiera sospechado siquiera, el que ella experimentaba cuando sufría en carne propia la viru-lencia de su cuñado. Podía ver que había motivos de sobra para esas turbulentas oleadas internas que sacu-dían a Max, pero no por eso le causaban menos da-ño. Las fuerzas de Virginia habían decaído y ella ig-noraba todo lo agotada que estaba. Luego de aquella áspera conversación telefónica, dos días antes de la muerte de Ester, Max no había querido hablar del tema —y tampoco hubo ocasión para ello—, dejándo-

la con el sabor amargo de un error no reparado. Lo
más duro era que Max lo diluyera, como si en el fondo no le confiriera al asunto la menor importancia. Se
preguntaba si no había utilizado a su favor el desagradable episodio con Javier para aplazar todavía más la
cuestión pendiente entre ellos. Pero nada de eso parecía importar ya demasiado. El hecho de que la desaparición de Alejandra estuviera en manos de la policía y
se hubiera roto esa maldita confabulación de silencio
simplificó las cosas, le dio algún alivio, y ahora que lo
experimentaba, desfallecía. Había terminado por descargar de su imaginación cualquier posible culpa de
Max, pero también se había derrumbado aquel tejido
de expectativas en torno a ambos. Quería estar lejos,
de Max y de todos los sucesos recientes, volver a su
existencia habitual, recobrar esa ligereza que sabía sobrellevar tan bien, al costo mínimo, creía ella, para
una vida como la suya. Por primera vez se había asomado a las profundidades de sus sentimientos y renunciando temporalmente a toda razón había dejado
que la pasión la condujera, como si la encrucijada en
que de pronto se encontró pudiera resolverse por sí
sola y lo mejor fuese dejar que la inercia de los hechos actuara por ella. Había cerrado los ojos, lo sabía. Ahora se sentía incapacitada para hacer frente al
monstruo de su conciencia al descubierto. Las emociones de las últimas semanas habían acabado con
ella. Sentía miedo. El amor, del que se había visto tan
selectivamente privada, tenía para Virginia, en ese
instante, un rostro amedrentador. Justificaba entonces haber huido instintivamente de él o haberlo pre-
dispuesto para el fracaso. La mundana gelidez con la
que hasta hacía unos meses había conducido su vida
le pareció no sólo explicable sino también necesaria.

Cuando Max llegó a tocar a su puerta, sabía que era él, y fue como si el mismo demonio se presentara. Se levantó de la cama, se miró al pasar en el espejo del pasillo y fue a abrir.

Max estaba ahí, en el umbral, con el rostro desencajado. Ella abrió del todo la puerta para hacerlo pasar.

Max fue derecho hacia el primer sillón que avistó.

Virginia lo miraba mientras él mantenía los ojos puestos en un punto incierto del espacio.

—¿Me puedes dar un whisky?

—¿No es demasiado temprano?

—Por favor —dijo él con un tono suplicante en que había algo imperativo a la vez. Estaba acostumbrado a no ser contrariado por su cuñada y ésta no tenía energías para cambiar, ese mediodía, el pobre protocolo. Virginia volvió con el whisky. Max la miró fijamente.

—Te perdoné tu imprudencia, pero de todas formas me detestas, ¿no es cierto? Por lo de Javier.

—Max, no tengo ganas de discutir.

—¿Qué pasa? —preguntó él, asombrado.

—Nada, no me pasa nada en especial. Si quieres estar tranquilo, no te detesto, más me detesto yo.

Ella se sentó en el mismo amplio sofá, de modo que los dos contemplaban el San Cristóbal con su corte transversal que interrumpía los frondosos pinos y, en un extremo de esta pantalla, las antenas parabólicas de los canales de televisión.

—Si no hubieras caído en la locura de sospechar de mí, no tendrías razones para odiarte ni nada parecido —dijo Max con cansancio.

—No es el primero que has tomado hoy —di-

jo Virginia indicando el vaso que Max tenía indolen-
temente en la mano y a punto de volcarse.

—No, no es el primero —respondió él—, pero me hace bien.

—Seguro que no te hace bien, pero qué importa.

—Sí, hemos llegado a un punto en que nada
parece importar, ni siquiera tu asalto a mi integridad.
¿Me viste realmente como un asesino o algo así? —le
dijo volviéndose esta vez hacia ella.

Virginia bajó los ojos.

—Sí, fue una locura, una locura... —repitió
ella como para sus adentros, pero también con la
contrición necesaria frente a ese hombre que la
interrogaba con la mirada.

—Debiste haberme hecho caso, todo sería
tan distinto —dijo él tartamudeando, algo borracho y
quitando todo peso a sus palabras.

—¿Qué quieres decir?

—No estoy seguro... He tomado desde temprano pero sé muy bien lo que podría decir si estuviera sobrio. ¿Me entiendes? Te lo podría decir, pero sobrio tal vez no te lo diría nunca. ¿Quieres aprovechar
la oportunidad?

—Sí.

—Yo nunca deseé lo que ha pasado. ¿Me crees?

—Te creo —respondió Virginia con una voz
muy baja.

—Eso es importante, que me creas. ¿No te
importa que esté un poco borracho?

—No.

—Está bien, entonces. Ya te dije, no quise ni
tampoco esperaba lo que pasó. Siempre creí, y sigo
creyendo, que se trata de un acto voluntario de Ale-

jandra y que, llegado el momento, esperando un tiempo prudente, podríamos sentirnos libres para disponer de nuestras vidas, porque la decisión era de ella y esa decisión era la de dejarnos en libertad. Eso es lo que pensaba. No me preguntes qué hizo ni dónde está. No sé nada y quisiera saber algo, lo mismo que tú.

Virginia lo observó un momento y luego se puso de pie. La simetría en que se encontraban en ese sofá no era justa. Se sentó en un pequeño sillón frente a él.

—¿De qué estás hablando? ¿Quieres hacerme creer que yo estuve por algún momento en tus pensamientos estas últimas semanas, desde que desapareció Alejandra? No me vengas con eso, Max. Lo que pasa es que estás borracho, y desesperado.

—¡Claro que lo estoy, y seguramente no he dejado de estarlo en los últimos diez años! En eso no he cambiado nada.

—No has cambiado en nada, es cierto, pero no sé cómo interpretarlo.

—No tienes nada que interpretar. No soy interpretable. He hecho lo que he podido y, creo, lo que he debido, eso es todo. No había más caminos. Compréndeme, me bastaría con eso. Estoy cansado, estoy muy cansado —dijo luego de una breve pausa.

—Si tú supieras de *mi* cansancio...

—Si algún cargo puedes hacerme es el no haber hecho nada por ti, por nosotros, es cierto, pero ahora lo estaba haciendo, eso es lo que quiero que entiendas.

—¿Qué es lo que estabas haciendo?

—Esperando, esperando con una paciencia que tú no tuviste.

—¿Para eso tenías que alejarte de mí como lo hiciste?

—Era lo mejor...

—¿Y también era lo mejor buscarte una rubia y precisamente en este momento?

—¿De qué estás hablando?

—¿Quién es? ¿Puedes decírmelo?

Max estaba demasiado derrumbado como para salirle al paso con alguna argucia a este giro inesperado.

—En una cosa te equivocas. No la busqué en este momento o por ser éste el momento. El asunto estaba acabado de antes, antes de lo de Alejandra.

—Hace unos días te vi con ella, en tu propio auto.

—¿Fue eso lo que te hizo llamar al detective ése? —preguntó Max, sonriendo desde su borrachera.

—Por supuesto. ¿O querías acaso que siguiera tus instrucciones como una estúpida mientras tú te acostabas con otra mujer?

—Es un asunto insignificante del que no vale siquiera la pena hablar. Un ajuste de cuentas final y punto —replicó Max, echándose luego un gran sorbo a la garganta—. Lo que tú viste fue la escena de un epílogo retardado. Puedo estar de acuerdo en que no era lo más oportuno, dada la situación, pero era necesario cerrar ese capítulo.

Virginia no dijo nada, sólo lo observaba.

—Fue una estupidez, tal vez la peor que haya cometido nunca. No es casualidad que fuera mi peor momento. Llevo la estadística de mi infortunio. Había agotado todas mis fuerzas, que como siempre sobrestimé. Tú estabas lejos, con tu cónsul o con el primer imbécil que pasara por tu camino, en la barra de

algún hotel en Buenos Aires o donde fuera. Me aven-
tajas solamente en que eres viuda y podías hacerlo; yo
no corrí tu misma aventura, estos últimos años han
sido más tristes de lo que puedes imaginar. No puedes culparme de nada.

—Menos puedes culparme a mí —respondió
Virginia con una serenidad que Max registró pese a
la bruma del alcohol.

—Ni tampoco me interesa. De hecho, nunca
lo hice. Me limité a ser un atormentado espectador
de tu existencia. Sentía que habías conseguido por
lo menos una libertad, por desgraciada que fuera,
que te era útil para pasar mejor tus días. Yo ni siquiera tenía a mi favor esa libertad. Yo era el hombre en tierra firme que te veía zarpar cada cierto
tiempo. Cada vez que te ibas, yo no hubiera querido
otra cosa que partir contigo, desaparecer los dos en
cualquier parte del mundo. Pero yo no podía partir,
tú sí.

Virginia bajó los ojos y guardó silencio.

—Pero ahora las cosas son distintas... —agregó
Max intempestivamente.

—Claro que son distintas, es como si nos hubieran echado un maleficio. El destino no se confor-
mó con lo que nos hizo hasta ahora, quiere más de
nosotros y tú has seguido sus instrucciones al pie de
la letra. En cuanto a mí, ya no las seguiré más.

—No hables así, no hay ningún maleficio,
Virginia. ¡Por el contrario! Las cosas se han conjura-
do para que estemos juntos. La desaparición de Alejandra es deliberada. Es obra de ella y por algo lo ha
querido. Estaba cansada, y yo todavía más. He hecho
demasiado ya, demasiado. Quiero estar contigo, quie-

ro cerrar los ojos y estar contigo, pase lo que pase en el futuro, no importa lo que esté por venir. Aun si Alejandra vuelve, quiero estar contigo.

—¿Estás seguro de lo que estás diciendo? —dijo Virginia cruzando sus brazos, fijando su mirada en Max.

—Te he amado siempre, lo sabes mejor que nadie —dijo Max aceptando la mirada, intentando darles veracidad a esas palabras que el alcohol y su dicción podían poner en cuestión.

—A veces lo he creído —dijo Virginia poniéndose de pie—, a pesar de que no tenía cómo comprobarlo. Me diste muy pocas pistas, Max.

—Lo sé.

—No me quedó más remedio que bastarme por mí misma. Pero de algún modo siempre estuve contigo, era una forma de estar menos sola con todo lo sola que estaba con el hombre que casualmente estuviera a mi lado.

—Bueno, te serví de algo —replicó Max, que había escuchado atentamente las palabras de Virginia—, y tendrías que estarme reconocida al menos por eso. Metida en las sábanas de cualquier otro, acordándote de mí te sentías como en casa, sentías que no habías perdido del todo el ancla. Es todo un halago y te lo agradezco. Si lo piensas de otra manera, mi inmovilidad era una especie de seguro de vida. Yo no iba a moverme de donde me habías dejado, y podías volver cuando quisieras a agitar frente a mis ojos la bandera de tu libertad. Yo no podía hacer más que resistir, porque no tenía otra salida, y tú sabías bien que no la tenía, creo que esa situación terminó por serte confortable, sólo que no te diste cuenta de que era así.

Virginia esbozó una sonrisa ante la parrafada que acababa de soltar Max.

—Hemos sido los que somos, Max, no los que debimos ser. No tiene mucho sentido ahora preguntarse quién pudo o debió haber hecho más. Pero me adelanto al tiempo y te absuelvo de toda responsabilidad, y también, de algún modo, me absuelvo a mí misma.

—Parece que te enfrentaras al juicio final.

—Digamos que al final.

—¿Qué quieres decir con eso...?

—Que soy tan tonta como para entender las cosas sólo cuando no puedo continuar, cuando me estrello con los hechos. Sin darme cuenta, supongo, me ha tocado hacer más de una vez un tramo de camino donde ya no lo había.

Por la postura de Max en el sofá, progresivamente desarmado, se podría decir que se concedía todo el tiempo para oírla y que esperaba aun más. Pero Virginia calló, como si revisara con mayor detención sus propias palabras.

—Eres maravillosa —dijo Max sobresaltadamente, como quien acaba de dar con un hallazgo.

—¿Sí? ¿Por qué? —preguntó Virginia, apenas saliendo de sí.

—Por la dulzura y el tacto que usas para defraudarme. Podría darme por contento con ese gesto tuyo, y seguramente no merezco otra cosa que tus buenos modales —y levantó su vaso vacío.

—No se trata de modales; estoy inmensamente triste y lo que sugieres me parece lo más mezquino que te he escuchado nunca —dijo Virginia sin alterarse.

—Dame otro, por favor —dijo Max dejando su vaso en la mesa.

Ella tomó el vaso y se fugó hacia la cocina. La operación de preparar ese whisky la llevó a cabo tan rápidamente que sus manos agitadas parecían pensar por ella. Volvió con el vaso y encontró a Max asomado al balcón, completando un gesto del que había visto su inicio —cuando se levantó precipitadamente del sillón— y que ahora, en la soledad del balcón, revelaba su gravedad. Su altura, que siempre le provocó una inexplicable compasión, sus grandes manos aferradas a la baranda de fierro, el vacío que tenía ante él, detuvieron a Virginia con el vaso en sus manos. Su pelo, agitado por el viento que corría a esa hora de la tarde, esas espaldas ahora algo curvadas, dejaban ver tal abandono que Virginia sintió que no había lugar para nadie más que él en ese balcón.

Presintiéndola, Max se volvió y al verla con el vaso en la mano entró por las puertas correderas para sentarse muy lentamente sobre un sillón.

—¿Es para mí? —preguntó señalando el vaso que Virginia tenía aún en su mano.

—Me lo pediste —dijo ella dejando el vaso en la primera mesa que encontró, porque Max no hizo caso del whisky sino que, advirtiendo su chaqueta colgada en una silla, se dirigió hacia ella con una extraña y casi fanática resolución, como si tuviera una mala idea en la cabeza. Entonces Virginia vio lo que siempre supo. Fue un instante que se iluminó con la claridad de un relámpago pavoroso y radiante. Comprendió entonces, cuando él se disponía a marcharse, que era su destino darle a Max esas certidumbres que tan tempranamente él debió renunciar a encontrar en Alejandra. Si así lo entendió, no fue porque nunca antes Max hubiera mostrado su derrota —no hacía falta que lo hiciera—, sino porque ahora la suma de las cosas decía que había llegado su turno para cumplir ese destino. Virginia se encontraba en la situación de admirar la victoria de unas fuerzas que no creía poseer. Bastó que le quitara a Max por un minuto su mano tendida para comprobar ese derrumbe tantas veces soñado y que ahora se revelaba como la prueba de una resistencia imposible. Comprendió cómo, equivocadamente, había luchado contra la multitud de reflejos desesperados y contradictorios que él emitía a su alrededor, y cómo Max no había obtenido de ella más que esos mecánicos gestos equivalentes que ella fue capaz de producir. Max se puso la chaqueta con la prisa del que escapa de un momento embarazoso. Cuando Virginia lo tomó por los hombros para luego besar, empinándose, el tramo de cuello que dejaba libre su camisa abierta, él tomó sus manos, no se volvió, y cerrando los ojos se aferró a ellas por largo rato.

Hacía cinco años que se habían amado por última vez. Todo ese tiempo se despeñó como una gigantesca roca que hubiera estado oscilando en un risco y que al final, por una irrefrenable causa geológica, cediera provocando un fantástico desplazamiento de material que dejaba al descubierto un paisaje llano y despejado. Las revelaciones de esos días que siguieron tenían esa calidad concluyente de los desastres naturales. Los cabos se ataban con asombrosa facilidad y todos los años pasados, los episodios que tuvieron lugar, no eran más que los hitos de un necesario sacrificio propiciatorio. Max no imaginaba cómo había podido vivir sin Virginia, ni dormir sin acariciarla como lo hacía ahora cada mañana al despertar. Virginia tenía más certezas acerca de los resultados, así es que la felicidad de ese momento era común a ambos, pero para cada uno estaba hecha de distinta materia. Max descubría algo, Virginia sólo lo confirmaba.

Max dejó el departamento de Virginia al día siguiente de su embriagada irrupción y a mediodía se fue a nadar. Su dicha era tan inesperada que no dejaba siquiera lugar a los malos presentimientos que cualquier observador habría advertido por cientos en torno a él. Se dio una larga ducha y partió a la piscina. Nadó hasta las tres de la tarde, volvió a su casa y llamó a Virginia. Comerían juntos esa noche y le propuso que durmieran en su departamento.

—¿Crees que esté bien? —preguntó ella.

—Lo hablamos anoche. ¿No quedamos en que no pensaríamos en nada?

—No sé si está bien —respondió Virginia.

En los hechos, Virginia prácticamente se trasladó donde Max. Entre sus fantasías estaba el darle vida a ese departamento inhabitado, donde el esfumado espíritu de su hermana no había logrado dejar sino la huella de su ingravidez. A Virginia, cuya propia casa, utilizada por tantos años como un refugio pasajero, le provocaba una extrañeza que nunca logró vencer, el departamento de Max, con su aire todavía provisorio, le producía la excitación de un pintor ante una tela en blanco. Los cuadros que se apilaban en un corredor esperando el momento de la inspiración fueron colgados, y los que ya lo estaban fueron dispuestos por Virginia en una forma tal que expresaba una elaborada y personal combinación que buscaba contradecir cualquier otro orden anterior. Max la dejó hacer, le dio cuanto quiso para hacer las compras y los cambios necesarios. Pese a esta actividad de Virginia, Max le sugirió un día si acaso no sería más conveniente vender ese deprimente cubo de cemento y comprar una casa, si ella así lo quería. Lo incomodaba la vigilancia suspicaz que ejercían sobre ellos el conserje y sus ayudantes, una tropa de tipos jóvenes vestidos de azul, contratados a última hora, que iban y venían por el *hall* con un escobillón en la mano, y que dedicaban, como si fuera una tarea, miradas vehementes a Virginia y más específicamente a sus piernas. Tanta atención sobre ellos les parecía un peligro, y más todavía los desapercibidos vecinos, las familias que poco a poco habían ido poblando el edificio. Cuando les ocurría compartir el ascensor con esa buena gente, Max sentía que eran observados con un detenimiento casi experimental. No iba a ir puerta a puerta dando explicaciones acerca de su nueva situación, y le pesaban las agudas miradas que se clavaban sobre ellos cuando cruzaban juntos y nerviosos el gran vestíbulo de mármol.

Max insistía en el tema de la casa. En su conversación, que en esas circunstancias tenía algo fantasioso, él terminaba siempre en lo mismo. Argüía —excesivamente erguido contra el respaldo de la cama— que una casa, grande y espaciosa, haría más comprensible ante los ojos del mundo que un hombre tocado por una repentina soledad la compartiera con la hermana de su mujer.

—Es absurdo, Max, es imposible —respondía Virginia con una risa nerviosa. Ambos eran todavía suficientemente jóvenes y la silueta común que proyectaban parecía demasiado a la medida como para pensar que esa convivencia se debiera a una mera cuestión habitacional.

Max le aseguraba que el tiempo los haría desaparecer de las miradas del mundo, que en unos meses nadie se acordaría de ellos. Por otro lado, no era forzoso que ella se instalara de inmediato. Las cosas podían seguir más o menos como iban, pero en cuanto a él, ya no soportaba ese departamento. Virginia no desconfiaba de la intención de las palabras de Max —su cabeza reposaba reflexivamente sobre su pecho—, pero esos planes trazados en el aire se disolvían con igual volatilidad cuando pensaban en Cristina, y ambos lo hacían, cada uno a su modo. Virginia sabía que arreglar ese asunto era una tarea de Max, pero ella estaba lejos de sentirse libre. No hubo ninguna noche que no concluyera en este mismo callejón sin salida. Sabían que cualquier ruta que emprendieran estaba rodeada de peligros y que los cubriría la gran cúpula del escarnio público, pero era Cristina la que los convocaba con su lejana particularidad. Si el fantasma de Cristina resultaba amenazante, lo era aun más para Virginia que para su padre. La estrecha relación de Cristina con su tía había sido uno de los rasgos más tangibles de la infancia de la muchacha, y si con el tiempo Virginia se había alejado de su sobrina, se debió a la inevitable fractura entre sus deseos y su incómoda posición en la familia, de la cual Cristina era la única pieza intocada. Sin embargo, el lazo no se había roto nunca del todo, simplemente se vio alterado en su continuidad lógica, según pensaba Cristina, por la vida cada vez más privada de su tía —Virginia estaba dispuesta a aceptar esa interpretación—, y algún día habrían de retomarlo.

—Nunca lo entendería, nunca, la conozco bien —dijo Virginia una noche. Sorpresivamente, levantó la cabeza desprendiéndose del sueño que su corazón en paz estaba elaborando y del hombre que lo sustentaba.

—Es lo más probable, pero no me hace falta su aprobación, y tal vez ni siquiera su comprensión —respondió Max, tanto o más despierto e inquieto que ella. Virginia prendió la luz de su velador y miró su perfil.

—No digas eso. Si lo sabe no llegaría nunca a entenderlo ni a perdonarnos, y yo sé que te importa lo que ella piense de nosotros. Seguro que nos pesaría más de lo que tú crees.

Max sacudió las sábanas y se irguió lentamente.

—Claro que lo sentiría, Cristina no ha dejado nunca de pesarme. De todas formas no me perdona, y siempre he querido saber qué es lo que no me perdona, aunque creo que es la imagen de conjunto que le ofrezco —dijo Max como si le hablara a un fantasma que tuviera al frente—. La cuestión, mi amor, es que dado que no podemos volver atrás para enmendar nada, sólo nos queda seguir adelante.

Los estrechos márgenes en que les tocaba actuar los reconocían ambos en las más simples cosas; Max se afeitaba y se detuvo, por primera vez desde la llegada de Virginia, en el mueble junto al espejo donde todavía estaban los cosméticos de Alejandra. No había razón para que no estuvieran allí. Era explicable que Virginia no tomara la iniciativa de sacarlos y sustituirlos por los suyos. Ese acto nunca iba a realizarlo su mano, el gesto debía salir de él. En una ocasión, cuando se dispuso a hacerlo, lo paralizaron esos recipientes de aspecto romántico alineados en perfecto orden y que expresaban en forma tan fidedigna a la Alejandra que todos veían. Por de pronto, los cosméticos de Alejandra continuaron en su lugar, y los de Virginia en una elegante y coqueta bolsita de viaje.

Pero ésos no eran más que momentos y el

transcurrir diario parecía estar del lado de Virginia y Max. No hubieran podido detenerse en cuanto esfuerzo ponían en ello, porque con el paso de las semanas los actos más indispensables de su intimidad parecían adquirir una suave pátina de rutina que no sospecharon ver aparecer tan pronto. Era como si el tiempo se apresurara a convertirse en su entusiasta aliado. La primera compra de supermercado de Virginia, el cóctel de la tarde en la terraza, el cuidado de las flores, el pago de las cuentas, fueron hechos que se consumaron pasando casi desapercibidos. En ese ánimo, Max insistía en lo de la casa, y como una variante a esa alternativa comenzó a planear un largo viaje alrededor del mundo. Para su sorpresa, Virginia retrocedió ante las dos ideas. Era partidaria de esperar, según dijo, porque la felicidad conseguida era tanta, la situación tanto más generosa con ellos de lo que nunca hubieran soñado, que no parecía prudente empujar las cosas. Tenía más argumentos. Una nueva casa, del tamaño que fuera, reforzaría en Cristina la sospecha de que se trataba de un complot. En cuanto al viaje, era simplemente una locura, una especie de bofetada a su entorno social —todavía invisible e ignorante— que seguro pagarían caro. Conclusiones semejantes podía elaborar también la policía, agregaba Virginia con una dulce sensatez a la luz tenue de su lámpara de noche. Estos aplicados razonamientos no hacían sino hechizar todavía más a Max por el cuidado que ella ponía en el destino de los dos.

—No pueden hacer nada contra nosotros. No hay un cuerpo, y en dos años más podremos pedir su defunción —dijo Max una noche.

—Dejemos pasar entonces esos dos años —respondió Virginia, con un temblor en la voz que se llevó la oscuridad apenas ella apagó la luz del velador.

Max nunca convenció a Virginia de que lo acompañara a nadar, pero ella lo alentaba si él quería hacerlo. Cuando Max volvía, la encontraba leyendo, metiendo ropa en la lavadora, o simplemente no estaba porque había ido a ver unas telas para tal o cual cortina. Era más bien indiferente lo que uno u otro hiciera, porque la complicidad establecida impedía que ninguno traspusiera el estrecho radio de su circunstancia. Las posibilidades de una sorpresa en sus existencias se habían reducido al mínimo. Esa situación no dejaba de inquietar a Max, pensando en la intensa vida social que Virginia había llevado hasta hacía poco y en el ostracismo al que él la había condenado. Un día le dijo: «¿No quieres ver a tus amigos, tus conocidos? No has tenido contacto con nadie en casi un mes. Tal vez te haría bien ver a alguien, salir...» Virginia lo cortó en seco, dejó seriamente su taza de café en el plato y mirándolo a los ojos le replicó sin drama.

—¿De qué estás hablando? ¿Crees que echo de menos algo o a alguien, Max? ¿De verdad lo crees? Te tengo a ti y es lo único que me importa. No he renunciado a nada, aunque tal vez haya dejado algo atrás. Todas esas relaciones de las que hablas pertenecen a la terrible cofradía de la gente sola y divertida. Te las puedo presentar si quieres. Hay algunos casos interesantes, pero no pasan de ser eso, unos casos. Ni mi vida ni mis relaciones fueron nunca un remedio para nada, apenas un refugio bullicioso donde sentir que no era la única estúpida que estaba sola en el mundo por su propia voluntad. Fuera del amor, Max, todas las relaciones consisten en un problema de asistencias mutuas.

Max se serenó. De algún modo, se sintió abrumado por la incontestable convicción que usaba Virginia para poner las cosas en su lugar. De igual manera, llegaba a temerla cuando ella insistía cada cierto tiempo en que retomara su cátedra en el departamento de física.

—¿No has pensado alguna vez que subestimaste tu trabajo, y que te quedaba mucho por hacer antes de rendirte? —le dijo ella una tarde a la hora del panorámico cóctel en la terraza.

—Esa palabra, *rendirse,* no es la exacta. Implicaría que alguna vez empleé y agoté mis fuerzas, y que reconocí después la derrota. No es mi caso. No hubo ni esfuerzo ni derrota, sólo un error de cálculo que duró demasiado tiempo. La física teórica es apasionante para cualquiera que se encuentre ahí, sin duda, pero había otros más apasionados que yo y creo que no estoy destinado a ocupar un modesto lugar entre esas pasiones. En esta etapa de mi vida, sólo espero ocupar un lugar importante entre las tuyas.

—La primera de todas y la única, Max, lo sabes. Es sólo que me pregunto si te bastará para siempre con ésa —respondió Virginia inquisitiva.

Max no pensaba sino en el viaje que harían por el mundo. Ocupaba entonces gran parte del día en resolver las cuestiones de la herencia, porque necesitaba dinero contante y porque quería apurar los trámites de manera de despejar su parte y la de Javier. Había intentado infructuosamente ponerse en contacto con su hermano, pero el sacerdote simplemente se negaba al teléfono y la carta conciliatoria que le escribió no tuvo respuesta. Virginia la leyó detenidamente y consideró que le faltaba humildad.

—Con la que hay ahí creo que es más que

suficiente.

—Si tú crees que es suficiente, entonces es que no lo es. La humildad, en este caso, tiene que ver con el arrepentimiento.

—Amor, Javier es inteligente y sabrá ver el inmenso esfuerzo que me significaron esas palabras insuficientes.

Una forma de arreglar las cosas, creía Max, era entregarle rápida y transparentemente su parte de la herencia a su hermano, para luego insistir con el malogrado acercamiento que intentó en el fugaz paso de Javier por Santiago. Pero las cosas no eran fáciles. La falta de un testamento contribuía a esto. Había complejos títulos en litigio, acciones que no era el momento de vender, pequeñas participaciones en sociedades limitadas cuyos socios —de los que nunca había oído siquiera hablar— se empeñaban en poner obstáculos, propiedades agrícolas en juicio por cuestiones de aguas; en fin, se trataba de un lío para el cual Max no estaba de ningún modo preparado, como tampoco estaba preparado para calcular así a simple vista el monto de su fortuna. Pero para un hombre como Max, esos papeles no constituían todavía dinero de verdad si antes tenía que lidiar con una docena de abogados y con el suyo propio. Naturalmente, nunca había vivido de su sueldo de profesor e investigador —pequeñas rentas familiares lo ayudaron—, pero si pensaba en el gran diseño futuro, el viaje que estaba decidido a llevar a cabo pese a las resistencias de Virginia, necesitaba una suma de la que no disponía. Lo que sí tenía en su cajita de terciopelo era el brillante de su madre. Una mañana, al despertar, Virginia lo encontró sobre la blanca almohada, frente a sus ojos, refulgiendo con la luz del sol que entraba por las ventanas, abiertas hacía unos minutos por Max.

—¿Qué es esto? —dijo Virginia todavía dormida, tomándolo como un objeto extraño a su sueño y a sus sábanas.

Bastó una mirada más atenta para que lo reconociera.

—¡Pero Max, es el solitario de Ester! —exclamó volviendo precipitadamente a la vida.

—Claro que sí. El palacio de cristal.

—El palacio de cristal... —musitó ella, observando el magnífico solitario que Ester llevó siempre en el anular de esa mano que al final expresaba tan bien la fisonomía de sus largos huesos.

—Míralo contra la luz y cierra un ojo, se pueden ver en su interior ciudades enteras, catedrales, lagos, cascadas... Eso es lo que veíamos Javier y yo cuando niños en esa piedra. Ponla contra el sol.

—Pero Max...

—Es tuyo, Virginia, y no pienses en mi madre ahora. Yo pienso por ella.

Virginia, ya incorporada en la cama, con el brillante destellando entre sus dedos, parecía atrapada por un sueño del que esa súbita y dulce actividad formaba parte.

—Aunque ella no se lo hubiera imaginado jamás —continuó Max—, de saberlo, y si algo me quiso, te aseguro que estaría conforme con verlo ahora en tu mano. Ella siempre tuvo un cariño especial por ti...

—Sí, lo sé, pero este anillo era para Cristina —dijo Virginia sobresaltada, recordando antiguos almuerzos familiares en que se tocó a la ligera el destino del fabuloso solitario.

—Cristina es muy joven todavía para ese brillante, no va con su estilo y de alguna forma, yo diría, no está bien dispuesta hacia la belleza. Nada odiaría más que su becario, que tiene una aversión semejante a este tipo de cosas, lo empeñara a la primera de cambio. De todas formas llegará a ella, porque esta piedra nos sobrevivirá a todos, piensa en eso. No concibo a nadie más que a ti para tenerlo por el resto de su vida. Ese brillante, para el que lo lleve, es un premio a la persistencia consigo mismo. Pienso en mi madre, en ti y también en Cristina, que persiste a su manera, pero aún no le ha llegado el momento —le dijo Max, y lo puso en su dedo anular derecho.

Más allá de los obvios y románticos significados del gesto de Max, por primera vez se saltaban expresamente a Alejandra en la sucesión lógica de los hechos. Virginia tuvo la prudencia de quedárselo, pero no lo usó en los días sucesivos porque lucir una joya así, a su modo de ver, no convenía al momento.

Pese a la oposición de Max, Virginia insistía en volver a veces a su departamento. El pretexto habitual era que necesitaba cambiarse —naturalmente, no había trasladado su guardarropa a casa de Max, tenía ahí sólo una pequeña maleta—, y una o dos veces por semana dormía en su propia cama. Con ello Virginia quería remarcar el hecho de que no vivía aún con Max, sino sólo pasaba ahí unas noches. El departamento de Virginia no había experimentado ningún cambio y lucía el mismo aspecto de imagen congelada de cuando ella estaba de viaje. El ceremonial de la mudanza no había sido llevado a cabo y ninguno de los dos se había planteado cuándo ni cómo ocurriría ese decisivo paso. Era el último gesto que faltaba para la consumación final. Alejandra había desaparecido hacía ya tres meses, y habían pasado dos desde que la policía estaba al tanto.

Virginia abrigaba el temor de que una vez que su ropa estuviera bien colgada en el closet, sus fotografías más queridas sobre una mesita, sus cosméticos en el baño, sonara el timbre en la puerta. Su interrumpida residencia en casa de Max no dejaba de producirle una desazonante sensación de intemperie. Max, en cambio, parecía libre de todos estos sobresaltos. Acostumbraba examinar un mapa del mundo trazando posibles itinerarios y se había entusiasmado especialmente con el aviso de una agencia de viajes que promocionaba un safari por el África Central siguiendo la ruta de Livingstone. Los azules cielos de África, la inmensidad del panorama, la extrañeza del paisaje, el dulce anonimato, la total libertad, eran imágenes que pasaban como un coloreado y atropellado *cinemascope* por la agitada cabeza de Max.

Max fantaseaba con estos asuntos a la hora del té, cuando volvía exhausto y desorientado luego de las estériles reuniones con sus abogados. En la misma medida en que iba entendiendo que la conversión de sus bienes en dinero era una cuestión que no sería para mañana, su imaginación se apresuraba a trabajar.

—¿África? —dijo Virginia incrédula—. ¿Cuál es la ruta de Livingstone?

—En realidad, es la ruta de Livingstone y otros exploradores como Baker y Stanley. La partida es en Zanzíbar para recorrer en camello, ¿te imaginas?, toda Tanzania hasta el lago Victoria y luego descender por el Nilo desde su fuente hasta El Cairo. ¿Qué te parece?

Virginia reía condescendiente ante estas ensoñaciones. Las horas y los días pasaban, para Max, entre sus entuertos jurídicos, sus irrenunciables horas de natación y esos fantásticos planes donde los dos aparecían, en diversas y glamorosas escenas, en un pintoresco y derruido hotelito colonial en Tabora, un punto remoto señalado por Max en el mapa, o durante una larga y ociosa estadía en el fabuloso Carlton de Alejandría; para entonces estarían ya soldados por la más férrea de las amalgamas. Sin embargo, siempre había algún elemento nuevo con el cual contar, y que venía a perturbar su entusiasta resistencia. Una carta de Cristina a su madre quejándose de su silencio. Max la abrió inquieto por su contenido. Margarita, la vieja ama de llaves, llamaba de cuando en cuando para preguntar por la señora. La anciana María Luisa, que desde su penumbra y ante la inminencia de su propia muerte exigía ver o hablar con Alejandra, con quien inexplicablemente no tenía contacto desde hacía ya meses. Todos estos detalles eran diligentemente postergados. Sin embargo, pese a estos inoportunos requerimientos del mundo exterior, en los momentos de paz sentían que habían estado juntos desde siempre, y los escollos formales que debían vencer cada día —conserje que se pasa de listo, vecinos cuchicheantes, los obligados anteojos oscuros cuando iban en auto por calles muy concurridas de Santiago, los restaurantes escogidos con meditada prudencia— no constituían ninguna fricción aparente, y Max sentía que por primera vez la vida no le exigía más de lo que él estaba dispuesto a dar. Observados en su intimidad, se hubiera dicho que se trataba de un largo matrimonio bien avenido, y como tal debían dejar que las cosas transcurrieran sin pronunciar ciertas frases, omitiendo determinados hechos o aplazándolos por la vía de envolverlos en un elíptico silencio. El nombre de Cristina era uno de ellos y Virginia se encargó de ponerle punto final a esa culpable omisión.

—¿Contestaste la carta de Cristina? —preguntó una noche cuando se encontraban los dos en la terraza, contemplando distraídamente el espectáculo del delfinario.

—No, no lo he hecho —fue la simple respuesta de Max.

—¿Cuándo piensas que podremos partir?

—No sé, amor. Cuanto antes, cuando haya resuelto ese infierno de papeles. No sé cómo mi madre pudo manejar todos esos asuntos. Veremos, veremos, pero será pronto.

—De hacer el viaje, Max, quiero que pasemos por Europa, y más exactamente por Orvieto. No voy a seguir un kilómetro mas allá si no has resuelto tu problema con Javier. Y tanto mejor si cuando estemos arriba de un camello Cristina sabe al menos algo de nuestra situación y de lo de Alejandra.

Max respondió con alguna confusa afirmación.

Ambos sentían el peso de tener que revelar la desaparición de Alejandra, para luego experimentar sobre sí la asombrada mirada del mundo. De más está decir que esta atmósfera de amenaza, que adquiría la forma de un círculo espinoso en torno a ellos, dejaba por momentos en segunda fila las cuestiones del amor, y si bien actuaba también como un aglutinante de sus fuerzas, ellos veían cómo éstas se dilapidaban en librarse de estas cuestiones externas. Por momentos el viaje parecía lejano y hasta imposible.

La palabra que más se oía en sus conversaciones, en sordina, en la oscuridad de la noche prolongada en un compartido desvelo, era «espera». Esperaban, gozando de una privacidad intensa, condensada en esas horas que pasaban juntos, pero alertas a cualquier llamado telefónico, a una carta, al timbre sonando en la puerta. Esperaban que algo o alguien viniera a poner fin a esa tensa vigilia.

—Te veo mañana —dijo inesperadamente Virginia una tarde de domingo, pese a que habían acordado pasar la noche juntos.

—¿Qué? —replicó Max, sorprendido.

—No sé, tal vez quieres descansar, o hacer otra cosa.

—¿Qué estás diciendo? Lo único que quiero es estar contigo.

—Bueno, te llamo por la mañana —dijo ella y se marchó a su departamento.

Max no estaba ciego a los temores de Virginia y necesitaba, por todos los medios, darle una seguridad para la que no tenía nada concreto de qué tomarse. Él recelaba que ella notara el terreno que habían ido ganando sus propios temores. Virginia tenía sin duda el temperamento para luchar contra la adversidad, pero tal vez no contra la incertidumbre. Si habitualmente sus actos podían parecer caprichosos, era porque con sus decisiones ponía siempre fin a alguna situación ambigua. Max se asombraba de cómo Virginia era capaz de luchar día a día contra el agotamiento que seguro le producía la encrucijada en que se hallaban, pero al mismo tiempo ignoraba que ella había resuelto que ya no lo dejaría más, pasara lo que pasara.

Una noche que volvían de comer fuera, Max se encontró con un llamado de Montero en su contestador. Lo llamó de inmediato al número que había dejado. Mientras marcaba en el teléfono sintió cómo su corazón se aceleraba.

—¿No ha tenido noticias de ella? —preguntó

el detective.

—¿No es usted el que debería tener noticias?

—Tal vez las tengo. Es una posibilidad solamente.

—Sea claro, por favor.

—Hay señas de alguien con las características de su esposa.

—¿Cómo es eso de *alguien*?

—Se trata de una mujer y creemos que es su esposa.

—¿Dónde está? ¿La encontraron?

—No importa tanto dónde está como con quién.

—Explíquese, por favor —dijo Max intentando despejar desde ya la insinuación.

—El tipo se llama Boris Salgado. ¿Le dice algo?

—Nada —contestó Max, rotundo.

—¿No le entrenaba a su perra?

Max calló. No lograba unir las dos imágenes que sugería Montero. El esfuerzo de asociar a ese obtuso estudiante encargado de Úrsula con su propia mujer iba más allá de él, pero debió rendirse al curso del diálogo.

—Nunca supe su apellido, pero sí, había un tal Boris que entrenaba a nuestra perra. ¿Está con él? —preguntó Max con una voz ensombrecida.

—No estoy seguro, pero a él lo hemos seguido este último tiempo y advertimos que está hoy con una mujer que corresponde a las señas de la suya.

—¿Por qué lo han seguido?

—Ése es otro asunto. Es miembro del Partido Comunista, nadie importante, un intelectual más bien, pero creemos que puede tener contactos con grupos armados y, específicamente, con los asesinos del senador Gazitúa. No tenemos pruebas aún, pero hay sospechas sobre él. Tal vez no sea nadie, pero eso no importa respecto de nuestro asunto. Sabíamos que entrenaba perros, investigamos a sus clientes y los encontramos a ustedes. Hice el nexo. La mujer que está con él podría ser la señora Alejandra Souza. La descripción física coincide. Otra cosa, tienen un perro pastor alemán.

—¿Qué debo hacer yo? —dijo Max, ahora cabalmente atónito.

—Reconocerla.

—¿Y cómo?

—Anote.

Max anotó la dirección que le dictó Montero.

—Escúcheme bien —continuó éste—, si es su esposa me alegro y lo que haga con ella es cosa suya. Lo único que le pido es que no mezcle los dos asuntos. Si la va a buscar o hace el movimiento que sea, es muy importante que el tipo no sospeche que está siendo seguido. Le exijo que sea discreto.

—Está bien, está bien —dijo Max, y colgó.

Max comunicó a Virginia las palabras de Montero.

—No sabía siquiera que existiera ese... ¿Boris?

—¡Existe, ya te dije, era el entrenador de Úrsula!

—¿Y cómo es ese hombre?

—No sabría decirlo... Es un estudiante de medicina, un tipo como cualquier otro, unos quince años menor que Alejandra. No sé, no sé, es imposible.

Virginia, tan ajena a esa situación, no podía acompañarlo en su intrincado discurrir.

—¿Y si fuera Alejandra esa mujer? ¿Qué oportunidades tuvo de estar con él... de intimar, quiero decir?

—Los martes por la tarde, cuando venía a buscar a Úrsula. O cualquier tarde, o por las mañanas, qué sé yo. A esa hora yo no estaba en casa. Pero aun así, la edad, el carácter de ese tipo... Tampoco noté nada. Es un hombre extraño... hay algo muy decidido en él. Tiene que haber sido durante las tardes, cuando yo estaba en la universidad y luego me iba a nadar. Tenían todo el tiempo del mundo. Yo estaba tan poco con ella. Es una paradoja, Alejandra tenía libertad de sobra...

—No es precisamente libertad lo que tenía Alejandra —replicó Virginia.

—De acuerdo, estaba muy sola —respondió Max.

—¿Qué vas a hacer?

—Tengo una dirección...

—¿Vas a ir?

—Tendría que hacerlo, ¿o no? —dijo Max observándose en los ojos de Virginia.

—Creo que sí.

—Acompáñame.

—¿Quieres que vaya contigo como una especie de cómplice?

—No somos nosotros los acusados, es ella... y ese tipo de ojos desorbitados.

—No me habías dicho que tenía los ojos desorbitados.

—Sí, los tiene, hay algo de fanático en él.

—¿Tienes celos?

—No, estoy asustado.

—¿Por quién?

—Por mí, por ti... Ven —dijo acercándola hacia sí. Ella se zafó con cierta energía.

—¡No sabes todavía lo que vas a hacer! ¡Cuando lo sepas, me abrazas! —dijo Virginia alejándose del sofá que compartían—. Por favor, esta vez tráeme tú un whisky.

Max no dudó un instante e hizo lo que ella le pedía. Cuando volvió, Virginia ocupaba de un modo deliberado su propia tumbona.

—Debe ser Alejandra —dijo Virginia.

—Sólo quiero comprobar que es ella.

—¿Y cuando la veas? ¿Si es ella?

—Me bastará con eso.

Pasó una mañana entera frente a ese oscuro edificio de la calle Monjitas, sentado en su auto. Tenía puesta la radio en una frecuencia de música clásica. De todo lo que escuchó distraídamente esa larga mañana, sólo recordaría el *Canon* de Pachelbel. Salió y entró gente, ancianos con bolsas de compras en su mayoría, y con cada uno que abrió esa puerta vidriada Max se sobresaltó. Pero la suma de esas frustradas apariciones venía a confirmar que era imposible que Alejandra pasara por ese umbral junto al entrenador de Úrsula. Sin embargo, por disparatado que pareciera en el orden externo de sus pensamientos, algo comenzaba a ajustarse en el fondo más cenagoso de las últimas imágenes de su mujer. Sus progresos habían sido tenues pero indesmentibles, y pese a ello Alejandra conservó para Max esa aura fracturada, tan fácilmente atribuible a su enfermedad. La larga espera frente al edificio contribuía a este razonar desesperadamente lógico. En otras palabras, se dijo Max, Alejandra había encubierto con sus habituales malestares una relación culpable con ese cretino al que habían

confiado el adiestramiento de Úrsula. Cuando llegaba a esa conclusión, Alejandra le parecía un ser extraño, dotado de una tersa máscara de la cual su enfermedad era sólo una capa superficial. Cómo se había
equivocado con ella en esos últimos tiempos, si
poseía la voluntad y la salud para llevar adelante un
amorío a tal punto audaz. La que saliera por esa
puerta no sería, en todo caso, su mujer, por mucho
que tuviera su rostro y todas sus señas. Pero pasaron
las horas y la improbable pareja no apareció. A eso
de las siete de la tarde, luego de más de diez horas de
espera, volvió a casa donde Virginia contaba también
las horas.

Era previsible que no apareciera, y más aun si
el misterioso entrenador de perros era un supuesto terrorista. Volvió a hablar con Montero. ¿No podía hacer
algo él? ¿Irrumpir en el departamento ya identificado?
Por ningún motivo, eran dos asuntos paralelos, dijo
Montero. Él debería reconocer a su mujer, si quería
hacerlo, pero sin alertar al individuo, recalcó rotun-
damente el detective. Virginia mantuvo un obstinado
silencio ante la perorata de Max esa misma noche.

Max repitió la operación al día siguiente, y sucedió lo mismo. Si Alejandra estaba con él, concluyó,
era evidente que se mantenían a puertas cerradas y
de poco valían esas horas gastadas en un vano acecho; seguramente, algunos de los que había visto entrar al edificio tenían por misión suministrarles lo necesario para su subsistencia. La vigilancia había resultado exasperante y la repitió sólo un día más, ante la
escéptica y casi irritada espera de Virginia.

A la mañana siguiente despertó con una idea.
Sabía con exactitud cuáles eran el piso y las ventanas
del departamento que ellos ocupaban. La cosa era

simple. Dado que era improbable que salieran del departamento, él podría espiar desde el edificio de enfrente.

—Pero, ¿cómo vas a entrar ahí?

—Veremos quién lo ocupa, explicaré de qué se trata y pagaré, pagaré lo que sea para observar desde ahí.

Esta vez Virginia lo acompañó. En el edificio de enfrente, idéntico al otro, en el quinto piso —la coordenada correspondía al 508—, tocaron el timbre. Abrió una anciana con la correspondiente cadena que dejaba ver sólo un raro ángulo vertical de su rostro.

—Señora —dijo Max—, ¿le importaría dejarnos pasar? Tengo un asunto que hablar con usted.

—¿Usted trabaja en la televisión? Conozco su cara —dijo la vieja con seguridad.

Virginia, junto a él, le hizo un gesto para que asintiera.

—Sí, sí, en la televisión —respondió.

La anciana cerró otra vez la puerta para descorrer la cadena y hacerlos pasar.

—Su cara me es conocida. ¿No es cierto que trabaja en la televisión?, ¿no es locutor de un noticiario? —preguntó la mujer haciéndolos entrar a un ordenado, atiborrado y maloliente departamento.

—No, desgraciadamente no. No soy locutor en ninguna parte.

—Tiene una voz muy bonita, debería trabajar en la televisión —dijo tajante la dueña de casa.

—Puede ser más adelante, pero por ahora soy un hombre en un apuro y necesito de su buena voluntad.

Max sabía que su aspecto, así como la elegancia de Virginia, había ya disipado cualquier reserva que pudiera tener la mujer acerca de ellos. Más bien parecía encantada por una emoción que jamás se esperó para ese día cualquiera.

—Se trata de un problema de... orden sentimental, por así decirlo. ¿Ve la ventana del edificio de enfrente? —dijo Max.

—Sí —respondió ella seriamente.

—Bueno, el asunto es que necesito saber si mi mujer está ahí con un hombre.

—¿Y quién es ella, entonces? —preguntó la anciana, indicando a Virginia desde su propia lógica. Virginia sonrió levemente ante la instintiva curiosidad de la vieja.

—La hermana de mi mujer.

—Ah... ¿y usted cree que ella está ahí?

—Eso es lo que creo y necesito comprobarlo. Entiendo que la importunamos y puede ser que nos tome mucho rato. Por las molestias, por favor, acepte esto —y Max le tendió un fajo donde había diez azules billetes de diez mil pesos, una suma, a simple vista, que debía doblar la pensión de la anciana.

—Por favor —dijo la vieja recibiendo con presteza los billetes y amasándolos en su mano—. No hacía falta. Pero usted es un caballero y no puedo negarme si insiste.

—¿Podemos, entonces?

—Sí, sí, pónganse cómodos.

Max abrió el maletín que llevaba y ante la mirada algo estupefacta de la anciana sacó unos anteojos de largavista.

—¿Puedo tomar esta silla? —preguntó Max, y tras el mudo asentimiento de la vieja la llevó junto a la ventana.

—¿Le importa si fumo? —dijo Virginia.

—Por favor, no faltaba más, fume, fume —dijo nerviosamente la mujer.

Virginia tomó asiento en un sillón, prendiendo un cigarrillo y dejándole a Max el problema de la observación. Max se acomodó junto a la ventana y descorrió levemente las cortinas de gasa barata. El departamento de enfrente comprendía tres ventanas, y una de ellas correspondía visiblemente a la cocina. Eran las diez de la mañana de un día nuboso, las cortinas estaban descorridas y no había ninguna luz en el interior. La visión exacta de Max era una sala dominada por el gris, con algunos elementales cuadros naturalistas en los muros y la antena de un televisor asomando por el borde de la ventana en lo que debía ser el living. Al fondo, una puerta corrediza de maderas plegables conducía seguramente a los dormitorios. En la otra habitación, todavía más oscura, se distinguía una lámpara de trabajo articulada, y la considerable cantidad de libros dispuestos en estantes de acero llevaba a pensar que se trataba del escritorio. Todos estos objetos recorridos por los largavistas parecían tan inanimados e inertes que era imposible no pensar que los ocupantes se habían marchado por un tiempo largo. Esa presunción animó a Max durante la espera. Aunque podía aceptar a ratos la tesis de Montero, pensaba que, de ser así, habían huido lejos y para siempre, y que le sería ahorrada una constatación inútil. Recorría una y otra vez con los largavistas las tres ventanas, y con cada observación confirmaba aliviado lo improbable de que ellos se encontraran precisamente ahí. En ese minuto no se los podía imaginar sino huyendo, huyendo... Alegremente huyendo, o bien tristemente huyendo; como sea, huyendo de él. Durante su minuciosa observación tuvo la certeza de que Alejandra estaba viva y ocupaba un inesperado compartimento en un transporte que viajaba a gran velocidad hacia un lugar donde ella nunca imaginó encontrarse, o mejor dicho donde Max nunca pensó que llegaría a encontrarse su propia mujer. Su concentración y lo preciso del foco de los largavistas lo hicieron concluir que el gesto de Alejandra, su huida, resultaba inequívoco; cualquier destino era mejor de lo que él le había ofrecido en los últimos años, y más aun si lo proyectaba al futuro. Mientras revisaba de lado a lado esa escena inmóvil, ese nicho que parecía vacante, se decía que no podía culparla, que era necesario y casi indispensable que ella contrariara en una forma tan ruda el frágil y desganado emplazamiento que él le ofrecía para el resto de sus vidas. Oculto tras los largavistas, se decía que cualquier sujeto, cualquier circunstancia, era más concreta que él, incluso un instructor de perros, eventual terrorista de segunda categoría. O quien fuera, no importaba.

De pronto, en la visión circular de los anteojos, una figura somnolienta pese a ser ya el mediodía asomó bajo el dintel que daba a los dormitorios. Se frotaba los ojos con indolencia. Estaba en la supuesta salita y, todavía semidormido, desapareció de su vista para aparecer otra vez en la ventana que daba a la cocina. Ésta no tenía cortinas y el sujeto tuvo la condescendencia de prender la luz. Era una ampolleta lúgubre y amarillenta que colgaba de un cable sin pantalla. Max pudo ver entonces el torso desnudo, los largos brazos de un hombre que ponía una tetera en el fuego. Pese a la macilenta luz de la cocina, lo reconoció. Era «el bueno de Boris», como él lo llamaba sarcásticamente ante Alejandra. Alto, de hombros anchos, cabeza alargada, grandes orejas y esos ojos negros que no podía ver desde ahí, pero sí presentirlos con absoluta inmediatez. Unos minutos después surgió otra figura por la puerta plegable. Max ajustó mejor el foco de los largavistas. Una mujer se asomaba a la sala fumando un cigarrillo; dio una aburrida mirada a su alrededor y, lo mismo que Boris, desapareció hacia la izquierda rumbo a la cocina. Era ella. Aunque tuviera el pelo revuelto y Max no viera su rostro con nitidez, por ese gesto que conocía como si fuera propio, su mano deslizándose demoradamente por su cara, comprobó que era Alejandra despertando. No fue más que su silueta en la penumbra, una camisa de dormir blanca que jamás le había visto, pero era ella. Max la perdió por un segundo, pero la recuperó de inmediato cuando entró en la cocina. Ella se aproximó a Boris por detrás mientras él manipulaba algún artefacto. Lo estrechó cruzando ambos brazos en torno a su cintura y dejó reposar su cabeza todavía dormida en sus hombros. Se quedó ahí por largos minutos mientras Boris lograba zafar una mano, y con esa mano libre acariciaba las manos de ella. Max bajó los anteojos. Virginia había notado el temblor en su espina dorsal desde que las cosas comenzaron a moverse en el departamento de enfrente.

La anciana también había registrado la agitación de su extraño visitante, y cómo fue lentamente con los largavistas, dos veces, de izquierda a derecha, con una estremecida precisión.

—¿La encontró? Estaba ahí, ¿no es cierto? Yo había visto cosas raras en ese departamento, aunque nunca...

—Está bien. Vamos —dijo Max poniéndose de pie.

—¿Vamos? —Virginia estaba curiosa y desconcertada por el súbito corte que propuso Max.

Se despidieron sumariamente de la alegre anciana y Max prácticamente arrastró a Virginia fuera del departamento. La mujer los vio irse a toda prisa por el corredor.

Max presionó varias veces el botón del ascensor sin resultado inmediato. Sólo una vez dentro de la caja —de ésas con reja de hierro—, Virginia se atrevió a hablar.

—¿Era ella? —preguntó cautamente.

—Era ella.

—¿Estás seguro?

—Absolutamente.

Continuaron en silencio hasta que estuvieron ya en la calle.

—¿Cómo te sientes?

—No sé, no importa —respondió Max.

—¿Qué vas a hacer? —volvió a interrogar ella después de unos momentos.

—Nada, nada... —y no volvió a hablar.

En la vereda, Max se detuvo y miró por un instante aquel quinto piso, esas tres ventanas penumbrosas, y tomando a Virginia del brazo siguió bajando por la calle hacia el auto. Reparó en los absurdos anteojos de largavista que aún colgaban de su mano. Los tiró dentro del primer tarro de basura que encontraron, y siguió caminando apresuradamente con Virginia tomada de su brazo. Una vez en el auto, Max pareció por fin exhalar el aire de sus pulmones. Miró con una cierta sonrisa a Virginia, un gesto que ella no supo interpretar porque estaba aun más pálida que él. Sin más palabras, Max encendió el motor y desaparecieron entre el tumulto de automóviles, por la Costanera hacia el oriente.

Este libro se terminó de imprimir
en el mes de noviembre de 1995,
en los talleres de Editorial Antártica S.A.,
ubicados en Ramón Freire 6920,
Santiago de Chile.

El autor agradece al Fondo de Desarrollo de la Cultura y las Artes

(FONDART).